유토피아

Utopia

Thomas More

유토피아

토머스 모어 지음 | 김남우 옮김

문예출판사

책을 읽기 전에

'유토피아'를 U-topia라고 적으면 지구상에는 존재하지 않는 가상의 도시가 되지만, 만일 이를 Eu-topia라고 적으면 유토피아는 '행복도시'가 된다. 희랍어로 '행복'을 나타내는 접두사가 바로 'eu-'다. 플라톤과 키케로의 고대 세계를 토대로 근대 세계를 열기 위해 투쟁했던 르네상스 인문주의자들은 토머스 모어의 《유토피아》를 통해 자신들의 '행복도시'를 설계했다.

《유토피아》를 새롭게 우리말로 번역하며 라틴어 원문을 번역 대본으로 삼았다. 또한 앞서 나온 우리말 《유토피아》 가운데 저자의 지명도 혹은 출판사의 인지도에 따라 일부를 선별하여 참고하였다. 많은 번역본 가운데 이 번역본의 장점을 꼽는다면 라틴어 원문에 충실하게 번역하는 가운데, 케임브리지 대역판 편집자의 교감주를 통해 라틴어 원문을 더욱 착실히 검토했다는 것이다.

옮긴이 김남우

차례

작품 소개

1. 《유토피아》의 판본

토머스 모어의 《유토피아》는 유럽의 르네상스 인문주의 운동에 깊은 영향을 미친 유럽 역사상 매우 중요한 책 가운데 하나다. 토머스 모어(Thomas More)가 살아 있는 동안 출간된 《유토피아 Utopia》는 5종으로 알려져 있다.

초판은 1516년 12월 벨기에 루뱅에서 디크 마르텐(Dirk Martens)이 출판했다. 저자가 원고를 에라스무스(Erasmus)에게 보낸 것은 1516년 9월 3일이며, 당대 최고의 인문학자였던 에라스무스는 《유토피아》의 초고를 대폭 수정하여 초판을 찍어냈다. 무엇보다 '유토피아'라는 명칭은 에라스무스가 편집하는 과정에서 탄생했다. 토머스 모어는 라틴어 방식으로 'Nusquama'[1]라는 명칭을 사용했으나, 에라스무스는 이를 희랍어 방식으로 변경했다. 그 밖에도 다양한 명칭이 희랍어 방식으로 바뀌었으며, 《유토피아》를 추천하는 인문학자들의 추천사들이 서문 형식으로 추가되었다.

2판은 1517년 9월 말에 프랑스 파리에서 질 드 구르몽(Gilles de

---

1 '어디에도 없음'이라는 뜻.

Gourmont)이 출판했다. 초판의 잘못을 대폭 수정할 것으로 기대했으나, 당시의 증언에 따르면 초판의 잘못을 수정하지 못한 채 그대로 출판된 것으로 보인다. 수정 원고의 작업은 토머스 럽셋(Thomas Lupset)이 맡았으나, 출판업자는 이 수정 원고를 제대로 반영하지 않은 듯하다.

3판은 1518년 3월 스위스 바젤에서 요한 프로벤(Johann Froben)이 출판했다. 이번 수정판 작업은 이미 1517년 4월 말에 기획되었는데 이때는 벌써 2판 수정 작업이 파리에서 진행 중이었다. 에라스무스가 몸소 참여하여 당대의 인문학자 베아투스 레나누스(Beatus Rhenanus)에게 원고 수정을 의뢰한 것으로 보인다. 또한 1516년의 초판에 기초하여 토머스 모어 자신이 수정본을 만들어 3판에 반영할 수 있게 했다.

4판은 몇 개월 뒤인 1518년 11월에 역시 스위스 바젤에서 요한 프로벤이 출판했다. 3판을 수정한 것으로 보이나, 크게 달라진 것은 없다. 한편 1519년 피렌체에서 다섯 번째 판본이 출간되었는데 이는 3판을 그대로 복사한 것으로 보인다.

2. 《유토피아》의 구성

《유토피아》는 토머스 모어의 초고를 기초로 에라스무스 등 당대 인문주의자들이 편집하고 수정하여 만들어졌다는 의미에서 당대 인문주의 공동의 산물이라고 할 수 있다. 더욱이 이를 증명하는 것은 인문주의자들의 추천 편지가 《유토피아》의 개정 작업마다 계속해서 덧붙여졌다는 것이다. 다음은 《유토피아》 본문을 제외한 나머지 편지들의 목록과 그 설명이다.

• 토머스 모어가 안트베르펜의 페터 힐레스에게 쓴 편지(이 편지는

1516년 1판 이래 '서문'이라는 이름을 달고 등장한다.)

- 안트베르펜의 페터 힐레스가 제롬 부스라이덴에게 1515년 11월 1일에 쓴 편지(이 편지는 1516년 1판 이래 모든 판본에 등장한다.)
- 메헬렌의 제롬 부스라이덴이 토머스 모어에게 1516년에 쓴 편지(이 편지는 1516년 1판에서 서문 격으로 붙여졌다가, 1517년과 1518년에는 책 뒤로 옮겨졌다.)
- 루뱅의 장 데마레즈가 페터 힐레스에게 1516년 12월 1일에 쓴 편지(이 편지는 1516년과 1517년에 실렸으며, 1518년 이후에는 실리지 않는다.)
- 토머스 모어가 페터 힐레스에게 쓴 편지(이 편지는 오직 1517년 2판에만 등장한다.)
- 루뱅의 에라스무스가 바젤의 프로벤에게 1517년 8월 25일에 쓴 편지(이 편지는 1518년 3판과 4판에 실렸다.)
- 파리의 뷔데가 토머스 럽셋에게 1517년 7월 31일에 쓴 편지(이 편지는 1517년 2판, 1518년 3판과 4판에 실렸다.)
- 바젤의 베아투스 레나누스가 빌리발트 피르크하이머에게 1518년 2월 23일에 쓴 편지(이 편지는 1518년 3판과 4판에 실렸다.)

다음은 《유토피아》에 실린 부속물 목록이다.

- 아네몰리우스가 쓴 6행시(이 시는 1516년 1판부터 4판까지 모든 판본에 실렸다)
- 유토피아 지도 1(1516년 1판에 실린 것으로 작가 미상이다.)
- 유토피아 지도 2(암브로시우스 홀바인이 그린 것이다.)

- 유토피아 알파벳(1516년 1판에 등장하고, 이후 생략되었다.)
- 제라르 겔덴후버가 쓴 6행시(이 시는 1516년 1판에 서문 격으로 붙여졌다가, 이후 책 뒤로 옮겨졌다. 겔덴후버는 네덜란드 인문학자로 디크 마르텐을 도와《유토피아》1판을 만들었다.)
- 코르넬리스 드 쉬리버가 쓴 6행시(1515년 당시에 안트베르펜에 살고 있던 유명한 시인이다.)
- 장 데마레즈가 쓴 12행시(이 시는 1516년과 1517년에 실렸으며, 1518년 이후에는 실리지 않는다.)

3. 《유토피아》와 관련된 인물

토머스 모어(Sir Thomas More, 1478~1535)

영국의 인문주의자. 런던에서 태어났다. 헨리 8세와 앤 불린의 결혼이 정당하지 않음을 천명한 이유로 1534년 4월 17일 런던탑에 수감되었다. 영국 교회의 수장으로서의 헨리 8세를 부정했다는 명목으로 유죄 판결을 받고 1535년 7월 1일 처형당했으며, 로마 교황청에 의해 성인으로 추대되었다. 당대의 인문주의자 에라스무스와 교류했으며, 에라스무스는 토머스 모어의 집에 머무는 동안 《우신예찬》을 저술했다. 1515년 5월 토머스 모어는 영국 사신단의 일원으로 브뤼헤를 방문했고, 협상 기간 중 시간이 남는 틈을 이용해《유토피아》를 저술하기 시작했으며, 런던으로 돌아와 이를 완성했고 에라스무스는《유토피아》의 출판을 도왔다. 에라스무스는 토머스 모어를 "사계절의 인물(omnium horarum homo)"이라고 불렀는데, 이는 토머스 모어가 부드럽고, 겸손하며, 상냥하면서도 때로는 즐겁고 유쾌하고, 때로는 심각하고 진지한 모습을 보여주었기 때문이라고 에라스무스는 덧붙이고 있다.

에라스무스(Desiderius Erasmus Roterodamus, 1466/1469~1536)[2]
《우신예찬 Encomium moriae》(1511)으로 널리 알려진 대표적인 르네상스 인문주의자. 네덜란드 로테르담 출신으로 1489년 성 아우구스티노 수도회에 입회 후 서품을 받고 성직자로 여생을 보냈다. 토머스 모어와는 1499년경 친교를 맺게 된다. 그가 편집한 희랍어, 라틴어《신약성경》판본은 16세기 이래 각국에서 모국어 성경 번역의 기초가 되었다. 또한 그는 마틴 루터(Martin Luther)와의 지면 논쟁으로 이름을 떨쳤고, 신교와 구교 양측에서 비난을 받으며 종교개혁이 한창이던 1536년 스위스 바젤에서 사망했다.

페터 힐레스(Pieter Gillis, 1486~1533)[3]
영문으로 Peter Giles 혹은 라틴명 Petrus Ægidius로 불리기도 하는 안트베르펜 출신 르네상스 인문주의자이자 인쇄업자. 외교 업무로 안트베르펜을 방문한 토머스 모어와 처음 교분을 맺게 되었으며, 이후 에라스무스, 토머스 모어 등의 친우이자 후원자로서 교분을 쌓았다.《유토피아》에서는 그가 작중 등장인물로 그려지기도 하는데, 이 작품은 그에게 헌정되었다.

기욤 뷔데(Guillaume Budé, 1467~1540)[4]
라틴명 Guilielmus Budaeus. 파리 출신의 고전학자. 프랑수아 1세

---

2 참조. "에라스무스."《가톨릭대사전》(http://info.catholic.or.kr/dictionary/dic_view.asp?ctxtId
　Num=2350, 2010년 4월 21일 접속).
3 참조. "Pieter Gillis." *Wikipedia, the free encyclopedia*. Web. 21 Apr. 2010 〈http://
　en.wikipedia.org/wiki/Pieter_Gillis〉.
4 참조. "Guillaume Budé." *Wikipedia, the free encyclopedia*. Web. 21 Apr. 2010
　〈http://en. wikipedia.org/wiki/Guillaume_Bud%C3%A9〉.

의 총애를 얻어, 훗날 콜레주 드 프랑스(Collège de France)로 발돋움하게
될 콜레기움 트릴링그(Collegium Trilingue) 설립에 이바지했다. 그가 남
긴 다수의 고전문헌학적 연구는 이후 프랑스에서 그리스 문학에 대한
관심을 고조시켰다. 오늘날 통상 뷔데판(版)으로 알려진 '콜렉시옹 데
위니베르시테 드 프랑스(Collection des Universités de France)'는 기욤 뷔
데 협회(Association Guillaume Budé)의 후원으로 출간되는 대표적인 고
전 총서로 유명하다.

토머스 럽셋(Thomas Lupset, 1495~1530)[5]

목회자로 활동한 영국의 인문주의자. 런던 성 바오로 대성당 부속학
교와 케임브리지에서 수학했으며, 에라스무스, 기욤 뷔데 등과 친분을
쌓았다. 《유토피아》 재판의 책임 편집자였고, 고전 및 교부 문헌 연구에
힘썼다.

암브로시우스 홀바인(Ambrosius Holbein, 1494?~1519?)[6]

독일 아우크스부르크 출신 미술가. 부친 한스 홀바인(Hans Holbein),
동생 한스 홀바인 2세와 더불어 독일에서 르네상스 화풍을 개척한 선구
자로 평가받는다. 말년에는 스위스 바젤에서 활동하면서 규모가 작은
작품, 특히 초상화로 이름을 날렸다.

---

5 참조. "Thomas Lupset." *Wikipedia, the free encyclopedia*. Web. 21 Apr. 2010
   〈http://en. wikipedia.org/wiki/Thomas_Lupset〉.
6 참조. "Ambrosius Holbein." *Wikipedia, the free encyclopedia*. Web. 21 Apr. 2010
   〈http://en.wikipedia.org/wiki/Ambrosius_Holbein〉.

제롬 부스라이덴(Jeroen Busleyden, 1470?~1517)[7]

Jérôme de Busleyden이라는 프랑스식 이름으로 불리기도 했던 남부 네덜란드 출신 인문주의자. 이탈리아에서 수학한 바 있는 그는, 에라스무스, 토머스 모어 등의 벗이자 지원자로서 당시 루뱅 대학의 콜레기움 트릴링그를 후원하기도 했다. 메헬렌에 있는 르네상스풍으로 지어진 그의 거처 호프 반 부스라이덴(Hof van Busleyden)은 오늘날 박물관으로 사용된다.

제라르 겔덴후버(Gerard Geldenhouwer, 1482~1542)[8]

네덜란드 출신 역사가이자 인문주의자. 성 아우구스티노 수도회 소속 수사였으나, 에라스무스와 토머스 모어 등 인문주의자들의 저서를 탐독하고, 훗날 비텐베르크를 비롯해 독일 각지를 방문하며 루터파 교리에 심취하게 된다. 그리하여 1526년 수도회에서 탈퇴하고, 6년 뒤에는 루터파 계열의 마부르크 대학 역사학 교수로 취임하고, 후에는 신학과 신약(新約)학을 담당하게 된다.

베아투스 레나누스(Beatus Rhenanus, 1485~1547)[9]

독일 출신 인문주의자. 파리 대학에서 아리스토텔레스 철학을 공부한 뒤 1511년부터 스위스 바젤에 머물면서 그 후 15년간 고전문헌 출판가

---

7 참조. "Jeroen van Busleyden." *Wikipedia, the free encyclopedia*. Web. 21 Apr. 2010 〈http://en.wikipedia.org/wiki/Jeroen_van_Busleyden〉.

8 참조. "Gerard Geldenhouwer." *Wikipedia, the free encyclopedia*. Web. 21 Apr. 2010 〈http://en.wikipedia.org/wiki/Gerard_Geldenhouwer〉.

9 참조. "Beatus Rhenanus." *Encyclopœdia Britannica. Encyclopœdia Britannica Online*.

요한 프로벤과 함께 테르툴리아누스, 타키투스 등의 각종 고전문헌들을
편집, 출간했다. 그곳에서 에라스무스와 친분을 쌓고, 종교개혁 정신에
교감한다. 그는 또한 귀한 자료로서 가치를 지닌 에라스무스의 일대기
를 기록으로 남기기도 했다.

장 데마레즈(Jean Desmarez, ?~ 1526)[10]

네덜란드 카셀(Cassel) 출신 고전학자. 성 도나티우스 대학 학장으로
라틴어와 문학을 가르쳤으며, 1502년 에라스무스가 루뱅에 왔을 때는
그를 환대하고 인문주의자 친구들에게 소개했다. 그는 또한 토머스 모
어를 동경했다. 1516년 그가 페터 힐레스에게 보낸 편지와 시 작품이
《유토피아》1517년판까지는 게재되었다.

요한 프로벤(Johann Froben, 1460?~1527)[11]

바젤의 저명한 인쇄업자이자 출판업자. 라틴명 Johannes Frobenius.
에라스무스의 절친한 벗이기도 했던 그는, 에라스무스가 편집한《신약
성경 Novum Testamentum》(1519)을 출간했다. 이 책을 마틴 루터가 독일
어 번역을 위해 기초로 삼았다. 그 밖에 수많은 교부 문헌들을 출판했
고, 서책 도화(圖畵) 작업을 위해 한스 홀바인 2세를 고용했다. 16세기
스위스 서책 시장에서 선도적 역할을 했던 바젤에서 프로벤의 사업은
그의 자손들에게 가업으로 대물림되었다.

---

10 참조. "Jean Desmarez." in P. G. Bietenholz, Thomas B. Deutscher, eds. *Contemporaries
of Erasmus: A Biographical Register of the Renaissance and Reformation.*
University of Toronto Press, 2003.

11 참조. "Johann Froben." *Wikipedia, the free encyclopedia.* Web. 21 Apr. 2010
〈http://en.wikipedia.org/wiki/Johann_Froben〉.

이상 국가이자
신천지 섬나라
유토피아

DE OPTIMO
REIPUBLICAE STATU
DEQUE NOVA INSULA
UTOPIA

존경받고 박식한 사람
문화국의 유명한 도시 런던의 시민이자 부사법장관인
토머스 모어가 저술한
진실로 황금의 소책자이며
재미뿐만 아니라 유익함을 주는 책

libellus vere aureus
nec minus salutaris quam festivus,
clarissimi disertissimique viri
THOMAE MORI
incultae civitatis Londoniensis civis
et Vicecomitis

토머스 모어가 안트베르펜의 페터 힐레스에게 인사를 전합니다[1]

매우 송구스럽게도, 친애하는 페터 힐레스 씨, 저는 일 년이 다 되어가는 지금에야 당신께 유토피아의 정체(政體)에 관한 이 작은 책을 보내게 되었습니다. 분명 여섯 주 안에 받게 될 것이라 기대하셨을 텐데 말입니다. 잘 아시겠지만, 저는 사실 문제를 발견하거나 배열하는 것을 두고 그렇게 크게 수고하고 고민할 필요가 없었으며, 단지 제가 할 일은 당신과 제가 라파엘 휘틀로다이우스 씨에게서 들었던 이야기를 그대로 옮겨 적는 것뿐이었습니다.[2] 또한 문체를 염려할 것도 아니었습니다. 왜냐하면 그는 즉석에서 떠오르는 대로 이야기를 했지만 더이상 손볼 것이 없을 정도였습니다. 당신도 잘 아시겠지만, 그는 라틴어보다 오히려 희랍어에 능통하였음에도 말입니다. 따라서 제가 그의 소박한 말투를 그

---

1 이 편지는 1516년 1판 이래 '서문'이라는 이름을 달고 등장한다.
2 토머스 모어가 페터 힐레스를 만난 것은 1515년 여름 안트베르펜이었다. '라파엘 휘틀로다이우스 씨'를 언급하는 부분에서 사실에서 허구로의 이행이 이루어진다. 당시 토머스 모어는 페터 힐레스와 대화하면서 《유토피아》의 전체적인 구상을 완성한 것으로 보인다.

대로 옮겨놓을수록 더욱 있는 그대로를 전달할 수 있었습니다.[3] 사실 이 책에서 저는 있었던 그대로를 전달하는 것을 유일한 저술 목적으로 삼았습니다.

친애하는 페터 힐레스 씨, 말씀드리거니와 저는 책에 기록할 모든 제재를 이미 가지고 있었기에 제가 할 일이 전혀 없을 정도였습니다. 또 다루어야 할 문제를 깊이 생각하여 전체를 알맞은 질서에 따라 배열하는 문제는, 이를 맡은 사람이 재능과 학식이 어느 정도 있다면, 전혀 시간과 노고를 요구하지 않을 정도였습니다. 물론 탁월한 문체를 구사하여 문제를 다루어야 했다면, 저로서도 아무리 시간을 들이고 노고를 쏟는다고 하더라도 불가능했을지도 모릅니다. 하지만 자칫 많은 땀을 흘려야 했을 이런 모든 부담을 덜 수 있었기에, 제가 할 일은 단지 들었던 바를 있는 그대로 옮겨 적는 것뿐이었습니다. 이런 일이 그다지 큰 수고를 요구하는 것은 아니었지만 그럼에도 반드시 해야 하는 다른 많은 일들에 쫓겨 시간을 많이 낼 수 없었습니다. 일과의 대부분을 때로 변론을 직접 행하고, 때로 남의 변론을 듣고, 때로 판관 노릇을 하고, 때로 배심원 노릇을 하며 보내야 했으며, 일과 관련하여 사람을 만나는가 하면 협의와 관련하여 다른 사람을 만나야 했으며, 바깥일로 하루의 대부분을 소비해야 했으며 나머지는 가족을 위해 써야 했습니다. 글을 쓰기 위한 저만의 시간이 좀처럼 주어지

---

3 이상에서 토머스 모어는 수사학 전통에서 논의되는 '착상(inventio)'과 '배열(dispositio)'과 '문체(elocutio)'의 문제를 이야기하고 있다.

지 않았습니다.

집에 돌아오면 제 안사람과 이야기를 나누어야 했으며, 아이들과 이것저것 대화를 나누어야 했으며, 집안에 부리는 사람들과 의논해야 했습니다. 이런 것들마저 저는 제가 해야 할 의무라고 생각하고 있는바, 집안에서 이방인이 되지 않기 위해서라면 하지 않을 수 없는 일이며 반드시 힘을 쏟아야 할 일이었습니다. 그들을 삶의 동반자로 자연이 가져다주었든지, 혹은 우연이 만들었든지, 혹은 자신이 선택했든지 간에 이들에게 되도록이면 다정다감하게 대해야 합니다. 물론 너무 오냐오냐 말을 들어주어 아이들을 버릇없게 만들어서도, 혹은 너무 너그럽게 대하여 하인들이 주인 노릇을 하게 만들어서도 안 되지만 말입니다.

그럼 제가 언제 글을 썼을까요? 잠을 자거나 혹은 심지어 먹는 일에 관해서도 저는 이렇다 하게 말씀드릴 것이 없는데, 많은 사람들이 그들 인생의 절반을 잠자는 일에 낭비하는 줄 압니다. 저를 위한 시간은 오로지 수면과 식사에 할당된 시간에서 빼낼 수밖에 없었습니다. 그리 많은 시간은 아니었고 하여 일이 더디게 진행되었지만 차곡차곡 완성해 당신께서, 친애하는 페터 힐레스 씨, 읽고 행여 제가 무언가를 빠뜨렸다면 이를 알려주실 수 있도록 이제 《유토피아》를 보낼 수 있게 되었습니다. 이 점에서 제가 제 자신을 믿지 못할 것도 없고, 저의 판단력과 학식이 그리 나쁘지 않은 저의 기억력을 받쳐주기를 바라옵니다만, 무엇 하나라도 빠뜨리지 않앗노라 맹세할 만큼 확신한다고 말할 수는 없습니다.

그도 그럴 것이 제 학생인 존 클레멘스 군, 저와 함께 동석했던 그를 당신도 아실 텐데, 저는 그를 유익한 것이다 싶은 대화에는 반드시 함께하도록 합니다. 그는 벌써 라틴어와 희랍어에서 두각을 나타내고 있는 어린 새싹으로 언젠가는 커다란 열매를 맺으리라 기대하는 청년인데, 그가 저에게 커다란 의문을 제기했던 것입니다. 그러니까 라파엘 휘틀로다이우스 씨가 말한 바에 따르면 아마우로툼 시가지를 지날 무렵 안휘드룸 강에 놓인 다리가 길이가 반 마일, 그러니까 이백 길에 이른다고 했던 것으로 제가 기억하고 있으나, 존 클레멘스는 여기서 팔십 길을 줄여야 한다고 말하고 있습니다. 실로 강폭은 백이십 길이 채 안 된다고 기억하고 있습니다. 하여 저는 당신께서 어찌 기억하고 계신지 여쭙고자 합니다. 당신의 기억이 그와 일치한다면 저는 기꺼이 제가 틀렸다고 인정하고자 합니다. 하지만 당신도 이를 기억하지 못하신다면, 저는 저의 기억을 따를 것이며 제가 알고 있는 수치를 기록할 것입니다. 저는 이 책에서 되도록이면 거짓을 담지 않으려 했으며, 따라서 무언가 미심쩍은 것이 있다면 거짓말을 하기보다 틀린 숫자를 기록하는 편이 좋을 듯싶습니다. 다시 말해 영리하지는 못하지만 적어도 거짓말은 하지 않으려 합니다.

그러나 이런 어려움은 쉽게 해결될 것으로 보입니다. 당신이 라파엘 휘틀로다이우스 씨와 얼굴을 맞대고서

거짓말하기와 잘못 말하기의 신학적 차이에 주목하라.

혹은 편지를 통해서라도 여쭤봐주신다면 말입니다. 아무튼 당신이 꼭 그리해주셨으면 하는 것이, 저나 당신의 잘못이라고 할지, 혹은 라파엘 휘틀로다이우스 씨 자신의 잘못이라고 할지, 우리로 인해 다른 문제가 있기 때문입니다. 무슨 말씀인가 하면, 우리가 물어볼 생각을 하지 못했는지 아니면 그가 말해줄 기회가 없었는지 확신할 수 없으나, 아무튼 유토피아가 신대륙 어디에 위치하는지를 우리는 모르고 있습니다. 이렇게 간과한 것을 아무리 많은 비용이 들더라도 알아내야 할 텐데, 다른 많은 것을 기록했음에도 정작 그 섬이 대양 어디에 있는지 모른다는 것은 창피스러운 일이기 때문입니다. 게다가 저희에게는 여러분들이 그러한데, 특히 신앙심 깊은 신학자인 어떤 분은 멀리 떨어져 있는 유토피아를 갈망하고 계십니다. 그분은 신기한 것을 보고 싶다는 공허한 열망과 호기심에 이끌려서가 아니라, 오로지 복되게도 이제 막 그곳에서 시작된 우리의 종교를 진작시켜보겠다는 마음을 가지고 계십니다. 이를 제대로 실행하려고 그분은 먼저, 교황께서 그곳으로 그를 파송한다 하명하시며 유토피아 주교로 임명하시도록 일을 주선하고 있습니다. 그분을 그렇게 이끄는 것은 ⟨경건한 사명 의식⟩ 자리에 대한 욕심이 아니라, 오로지 경건한 사명 의식이며, 명예와 금전적 이익을 고려해서가 아니라, 오로지 종교적 열정 때문입니다.

친애하는 페터 힐레스 씨, 하여 간청하오니, 라파엘 휘틀로다이우스 씨를 편리하신 대로 직접 만나 보시거나 떠나고 없다면 서신으로라도 만나, 이 책에 어떤 잘못된 정보가 담기지는 않았는지, 어떤 바른 정보가 누락되지는 않았는지 물어봐주시기 바랍니다. 아마도 이 책을 그분께 직접 보여드리는 편이 좋을 듯싶습니다. 만일 제가 잘못을 범했다면 이를 고쳐줄 수 있는 사람은 오로지 그분밖에 없는데, 그가 직접 이 책을 읽지 않는다면 그렇게 할 수 없기 때문입니다. 다른 한편 당신은 그리하여 제가 이 책을 쓴 것을 그가 좋아하시는지 아니면 불편해하시는지를 알 수 있을 겁니다. 만약 그분이 직접 자신의 이야기를 책으로 쓰려고 하신다면, 그는 제가 이 책을 내는 것을 좋아하지 않으실 테니 말입니다. 제가 유토피아의 국가정체를 출판함으로써 그분과 그분의 이야기에서 행여 새로운 이야기라는 참신함을 유린한다면 심히 유감스러운 일이 될 테니 말입니다.

그러나 진실로 아직 저는 제가 이 책을 출판해야 할지 확신하지 못합니다. 사람들의 취향은 참으로 다양해서 어떤 이들은 성정이 가혹하고, 심성이 고약하고, 영혼이 어리석습니다. 오로지 경멸과 비난으로 책을 받아들 그런 사람들을 위해, 단지 주어진 천성에 단순히 복종하여 즐거운 삶을 살아가며 유익하거나 즐거운 무언가를 출판하느라 호된 노고를 감내하는 것은 의미 없는 일인 듯싶습니다. 많은 사람들이 학문을 알지 못하며, 많은 사람들이 학문을 경시합니다. 천박한 사람들은 무언가 천박하지 않은 것을 무조건 어렵다고 거부합니다.

세상 사람들에 대한 부정적 평가

24

또 현학적인 사람들은 무언가 진부하지 않은 것을 무조건 천박하다고 거부합니다. 어떤 사람들은 오로지 고대의 현학만을 읽으며, 어떤 사람들은 오로지 당대의 것만을 읽습니다. 가벼움의 그림자도 허락하지 않는 진중한 사람이 있는가 하면, 해학을 견디지 못하는 진지한 사람이 있습니다. 어떤 사람은 풍자를 견디지 못하는 납작코인지라, 마치 광견에게 물려 물을 두려워하게 된 사람처럼 풍자를 두려워합니다. 또 어떤 사람은 변덕스러워, 앉아 있을 때는 이것을 좋아하다가 일어서서는 저것을 좋아합니다.

풍자에 화내는 사람을 납작코라고 부른다.

이들은 술자리에 모여 앉아 술잔 너머로 작가의 재능을 평가합니다. 이들은 확신에 차서 내키는 대로 작가들의 작품을 놓고 작가 하나하나를 마치 머리를 움켜잡고 한 가닥 한 가닥 뽑아내듯 괴롭히고 비방합니다. 자신들은 정작 소위 '사정거리 밖에' 앉아서 말입니다. 이 훌륭하신 분들은 말하자면 머리털을 완전히 밀어버려 잡으려야 잡을 머리가 없는 분들입니다.

속담

더불어 어떤 사람들은 전혀 고마운 줄 모르는 사람들입니다. 작품을 즐겁게 읽고 나서도 전혀 작가를 좋아할 줄 모르기 때문입니다. 이들은 마치 예의 없는 식객과도 같습니다. 풍성한 저녁 식사를 만끽하고 나서 초대한 주인에게는 감사의 말 한마디 남기지 않고 돌아가 버리는 사람들 말입니다. 그러나 당신! 실로 섬세한 미각과 다양한 취향을 가졌으며 더 나아가 공(功)을 기억하고 감사하게 생각할 사람들을 위해 이제 당신이 비용

놀라운 비유

을 부담하여 잔칫상을 펼치시라!

친애하는 페터 힐레스 씨, 아무튼 당신은 제가 말씀
드린 것을 라파엘 휘틀로다이우스 씨와 함께 해결해주
시기 바랍니다. 그래 주시면 추후에 저는 남은 문제를
말끔히 정리하도록 하겠습니다. 그리고 그분이 기꺼운
마음으로, 저는 이렇게 책을 다 끝내고서야 비로소 뒤
늦게 현명한 생각을 하게 되었습니다만, 이 책의 출판
에 동의해주신다면, 저는 친구들의 조언, 특히 당신의
조언을 따르고자 합니다. 건강하게 지내시기 바랍니다.
소중한 친구 페터 힐레스 씨, 당신의 아내도 함께, 늘 그
러하듯 저에게 애정을 보내주시기 바랍니다. 저는 어느
때보다 깊은 애정을 당신에게 보냅니다.

라파엘 휘틀로다이우스 씨의 누이의 아들 계관시인 아네몰리우스가 유토피아 섬에 대하여 쓴 6행시[4]

Utopia priscis dicta ob infrequentiam,

Nunc civitatis aemula Platonicae,

Fortasse victrix (nam quod illa literis

Delineavit, hoc ego una praestiti

Viris et opibus, optimisque legibus) :

Eutopia merito sum vocanda nomine.[5]

잘 알려지지 않았던 예전에는 '없는 나라'로 불렸으나,

이제는 플라톤의 이상 국가와 맞먹는다 하며

어쩌면 능가한다고 하니, (그의 국가가 글자로

대강 그려져 있던 것을 나만이 유일하게

시민과 국부와 최상의 법률로써 실현했기 때문)

나의 정당한 이름은 '행복도시'로 불려야 한다.

---

4 이 시는 1516년 1판부터 4판까지 모든 판본에 실렸다.

5 'U-topia'와 'Eu-topia'를 가지고 말장난하고 있다. 'Eutopia'의 'Eu-'는 '행복한, 즐거운'을 의미한다. 시행에 적용된 운율은 얌보스의 세소리걸음으로 희랍 서정시에 많이 채택되던 운율이다. '短 長 短 長'의 박자로 구성된 얌보스 운율을 세 번 반복하여 구성된다.

유토피아 지도 1[6]

---

6 1516년 1판에 실린 것으로 작가 미상이다.

유토피아 지도 2[7]

---

7 암브로시우스 홀바인이 그린 것이다.

안트베르펜의 페터 힐레스가 에르 시의 시장이시며 기독교 군주 카를로스 왕의 각료이신 고명하신 분 제롬 부스라이덴에게 인사를 전합니다[8]

며칠 전, 존경하옵는 부스라이덴 씨, 당신도 잘 아시고 당신도 동의해주실 것인바, 우리 시대의 커다란 자랑거리인 토머스 모어 씨가 저에게 《유토피아》를 보냈습니다. 유토피아는 아직까지 소수에게만 알려져 있으며, 장차 모두가 플라톤의 이상 국가보다 뛰어나다고 인정할 만한 섬나라의 이름입니다. 글솜씨가 탁월한 그 사람에 의해 마치 눈앞에서 보는 듯 잘 서술되고 묘사되어 있어, 이를 거듭 읽을 때마다 저는 라파엘 휘틀로다이우스 씨 자신이 이야기를 들려주는 듯한 착각에 빠집니다. 토머스 모어 씨가 라파엘 휘틀로다이우스 씨와 이야기를 나누던 그곳에 저도 동석했습니다. 라파엘 휘틀로다이우스 씨도 사실 조악하지 않은 문체로 이야기를 들려주었습니다. 라파엘 휘틀로다이우스 씨는 제3자에게서 들은 내용을 단순히 되풀이했던 것이 아니라, 그가 가까이서 자신의 눈으로 보았으며 오랜 시간 동안

---

8 이 편지는 1516년 1판 이래 모든 판본에 등장한다.

개인적으로 몸소 체험했던 것을 정확하게 묘사했던 것이 분명합니다. 제 생각으로는 라파엘 휘틀로다이우스 씨가 저 유명한 오뒷세우스보다 많은 나라와 많은 사람들과 많은 일들을 경험한 사람이라 하겠습니다. 그와 같은 인물은 앞으로 800년 안에는 다시 태어나지 않을 것이라 생각합니다. 라파엘 휘틀로다이우스 씨와 비교하면 아메리고 베스푸치는 아무것도 아니라고 봅니다. 남에게 들은 이야기를 전달하기보다, 직접 눈으로 목격한 것을 묘사하기가 훨씬 쉬운 일이지만, 이와는 별도로 라파엘 휘틀로다이우스 씨는 사물을 묘사하는 데 남다른 재주가 있었습니다. 하지만 제가 토머스 모어 씨가 글로 옮겨놓은 것을 들여다볼 때도 또한 때로 제가 몸소 유토피아에 살고 있는 것과 같은 느낌을 받습니다. 실로 라파엘 휘틀로다이우스 씨가 5년에 걸쳐 그 섬에서 살며 목격한 것보다 훨씬 더 많은 것을 토머스 모어 씨가 묘사하고 있다 싶을 정도였습니다. 아무튼 이 책을 읽으면서 모든 점에서 놀랄 만한 것들을 아주 많이 보게 되는바, 무엇을 처음으로 혹은 가장 크게 경탄해야 할지 모를 정도입니다만, 우선 그의 놀라운 기억력을 들겠습니다. 그는 단지 전해 들은 것들을 한 자도 빼놓지 않고 거의 글자 그대로 옮겨놓았습니다. 혹은 그의 훌륭한 판단력을 들겠습니다. 그는 많은 사람들이 쉽게 간과하고 마는바, 국가의 모든 악이 시작되는 혹은 국가의 모든 선이 출발하는 근본을 간파했습니다. 혹은 그의 글솜씨 내지 깔끔한 라틴어 실력을 뽑겠습니

다. 그는 광범위한 문제를 다루면서도 탁월한 솜씨로
이야기를 흥미진진하게 끌어갔습니다. 나랏일로 혹은
집안일로 그와 같이 분주한 사람이 없는데도 말입니
다. 물론 당신은 이 모든 것이 조금도 감탄할 일이 아
니라고 생각하실지도 모릅니다. 학덕이 높으신 부스라
이덴 씨, 당신은 이미 그와 친밀히 지내면서 그의 초인
적인 능력과 거의 신적인 재능을 익히 접하셨을 테니 말
입니다.

각설하고 저는 토머스 모어 씨가 저술한 것에 아무것
도 덧붙이지 않았습니다. 다만 토머스 모어 씨가 떠나
고 나서 우연히 라파엘 휘틀로다이우스 씨가 보여주었
던, 유토피아 언어로 쓰인 4행시를 하나 첨부했습니다.[9]
또 유토피아의 문자를 앞에 붙였으며 난외주를 몇 가지
첨가했습니다.

토머스 모어 씨가 유토피아의 정확한 위치 때문에,
라파엘 휘틀로다이우스 씨가 이를 말해주지 않았다며
걱정하고 있습니다. 라파엘 휘틀로다이우스 씨는 이를
간단하게 지나가면서 언급했으며 나중에 다시 이야기
하겠다고 했던 것입니다. 그러다 불행하게도 우리 둘
다 이를 잊고 말았던 것입니다. 라파엘 휘틀로다이우스
씨가 이야기를 들려주는 동안, 잠시 토머스 모어 씨의
하인 하나가 다가와 무엇인지는 모르겠으나 그의 귀에
무언가를 속삭였습니다. 저는 바로 그런 이유로 조금

---

9 49쪽.

더 긴장하며 귀를 기울였지만, 같이 있던 사람들 가운데 하나가 제가 짐작하기로는 뱃길에서 감기에 걸렸는지 크게 기침을 하는 바람에 라파엘 휘틀로다이우스 씨의 말을 깜빡 놓치고 말았던 것입니다. 우리의 친구인 라파엘 휘틀로다이우스 씨가 아직 무사하고 건강하기만 하다면, 저는 이 문제에 관한 나머지 정보를 전해드리고 특히 섬의 일반적 위치 말고 정확한 위도와 경도를 전해드리고자 합니다.

많은 사람들이 라파엘 휘틀로다이우스 씨에 관한 저마다의 이야기를 들려줍니다. 어떤 이는 그가 고향으로 돌아가는 길에 죽었다고 하고 어떤 이는 고향에 당도했으되 고향 사람들의 태도에 견디지 못하고 유토피아에 대한 그리움으로 앓다가 결국 그곳으로 돌아갔다고도 합니다.[10]

물론 이 섬의 이름이 지리책에서 전혀 발견되지 않는 것은 당연합니다. 라파엘 휘틀로다이우스 씨는 그 이유에 대해 훌륭한 대답을 남겼습니다. 그의 말에 따르면 고대인들이 이 섬에 붙인 이름이 나중에 바뀌었거나 혹은 고대인들이 이 섬을 전혀 알지 못했던 것입니다. 요즘도 고대의 지리책에 전혀 언급되지 않았던 새로운 땅들이 발견되고 있습니다. 토머스 모어 씨가 직접 적어

---

10 토머스 모어가 페터 힐레스에게 보내는 두 번째 편지에는 라파엘 휘틀로다이우스 씨가 고향 포르투갈에서 잘 지내고 있다고 적혀 있다. (51쪽 이하)

놓았으니, 제가 이 문제에 관해 왈가왈부 말을 보탤 필요가 무엇이겠습니까?

이 책을 토머스 모어 씨가 출판하는 일에 아직 확신을 가지고 있지 못하지만, 그것은 아마도 그분의 겸손에 기인하는 것이다 싶습니다. 모든 점들을 고려해볼 때 제가 보기에 이 책을 더는 묵혀두지 말아야 할 것 같습니다. 다시 말해 이 책은 만인이 읽을 만한 귀중한 책입니다. 특히 당신의 추천을 받아 세상에 알려야만 할 책입니다. 당신만큼 토머스 모어의 탁월함을 알고 계신 분은 없으며, 훌륭한 생각으로 국가 공익에 기여할 만한 사람으로 당신에 필적할 사람은 없습니다. 국가를 돌보는 일에서 당신은 오랫동안 지혜와 정직으로 훌륭한 명성을 얻고 계시니 말입니다. 이만 줄입니다. 건강하시기 바랍니다. 학문의 마에케나스[11]이며 이 시대의 자랑이신 이여!

안트베르펜에서 1516년 11월 1일에 씀

---

11 베르길리우스와 호라티우스의 후견인으로 유명하며 황제 아우구스투스의 정치적 동반자였다.

제롬 부스라이덴이 토머스 모어에게 인사를 전합니다[12]

친애하는 모어 씨, 당신 같은 분은 모든 수고와 노력과 열정을 단지 사적인 이익을 위해 쏟는 것으로는 부족합니다. 당신의 경건함과 자유에 달려 있는 그 모두를 공익을 위해 써야 합니다. 무엇이 되었든지 간에 선행은, 더 넓은 사람들에게 나뉘고 더 많은 사람들에게 뿌려질수록 더 많은 덕을 쌓으며 더 많은 은공을 얻으며 더 많은 영광을 거두게 된다는 것을 당신도 알고 있습니다. 이것이 다른 때에 당신이 추구했던 바이며, 또한 이번 기회에 당신은 놀라운 기쁨으로 이를 이루었습니다. 당신이 저술하여 출판한 그날 오후의 대화를 두고 제가 말씀드리는 것인바, 만인이 바라 마지않는 바르고 정당한 정치제도로서 유토피아라는 국가를 당신은 세상에 내놓았습니다.

저 매우 아름다운 정치제도에 대한 즐거운 서술에는

---

12 이 편지는 1516년 1판에서 서문 격으로 붙여졌다가, 1517년과 1518년에는 책 뒤로 옮겨졌다.

해박한 학식 혹은 인간사에 대한 절대적인 경험이 담겨 있었습니다. 이 양자가 이 책에서 서로 균형을 이루어 조화롭게 갖추어져 있으며, 어느 것 하나가 다른 하나에게 양보하지 않으며 나란히 영광에 도전하고 있습니다. 당신은 폭넓은 지식을 갖추었고 풍부한 경험을 모았으며, 당신이 쓰는 모든 것은 수많은 경험에서 우러난 것이며, 당신이 말하는 모든 것은 깊은 학식에서 비롯된 것입니다. 아무한테나 허락되지 않을 이 얼마나 큰 행복입니까! 이것이 더욱 기뻐할 것은, 오로지 소수에게만 허락되었을 뿐 대중에게는 그런 행복이 주어지지 않으며, 그것도 오로지 공명정대하며, 박학다식하며, 믿고 따를 신뢰성을 보여주며, 의심치 못할 권위를 얻고 있으며, 정직하고 바르고 실제적으로 공익에 기여하는 사람들에게만 허락된 행복이기 때문입니다. 마치 당신처럼 말입니다. 당신은 당신 자신을 위해서 이 땅에 태어났을 뿐만 아니라, 다른 한편 세상 모두를 위해 태어났다고 생각하고 있으며, 이것을 당신 스스로 옳은 일이라고 믿고 있다는 것을 훌륭한 저술로써 증명했으니 말입니다.

이성을 가진 사람들 앞에 이런 종류의 국가정체를, 바른 통치의 모범과 완벽한 표상을 내놓았으니, 이보다 효과적이고 정당하게 공익에의 기여라는 목표에 도달할 길은 또 없을 듯합니다. 당신이 제시한 모범보다 더 완벽한 것은 아직까지 이 세상에 없었습니다. 이보다 건강하게 구축되거나 완벽하게 실행되거나 혹은 바람직한 것이 없었던 것은 물론입니다. 유토피아의 국가정체는 이제껏 많은 사람들이 그렇게 크게 칭찬해오던 스파르타, 아테네와 로마의 그것을 훨씬 앞서며 상당히 진보된 것입니다. 저들 나라가 당신이 말하고 있는 유토피아와 같은 전망을 가지고 있었다면, 그와 같은 제도와 법률과 규칙과 관습을 가지고 있었다면 결코 멸망하여 붕괴되어, 다시는 살아날 수 없을 정도로 소멸하지는 않았을 것입니다. 그러했다면 저들 나라는 지금도 무사하고 행복하며 번영했을 것이며, 세계를 지배하는 행복한 위치를 유지하며 육지와 바다에 걸쳐 제국을 다스리고 있었을 것입니다.

저들 나라의 가련한 운명에 서글픈 마음을 갖고 당신은 오늘날 세계를 제패하는 나라들도 동일한 운명을 겪지나 않을까 걱정했습니다. 하여 당신은 법을 제정하는 것 못지않게 이를 지켜나갈 매우 훌륭한 통치자를 교육하는 데 수고를 아끼지 않는 저 완벽한 국가정체의 초상을 제시했습니다. 이것은 전적으로 옳습니다. 왜냐하면 플라톤의 말을 빌리자면, 훌륭한 통치자가 없다면 제아무리 좋은 법률일지라도 그것은 다만 죽은 글자에 지나지 않을 것이기 때문입니다. 특히 어떤 통치자를 갖느냐에 따라, 그의 성향, 그가 제시하는 정당성의 범례, 행위의 모범, 정의의 표상에 따라 국가 전체의 위상과 특징이 결정 나게 되어 있습니다. 국가에 특히 필요한 원리는 지도자들의 지혜, 군대의 용기, 개인의 절제, 그리고 나라 전체의 정의입니다.[13]

당신이 그와 같이 크게 칭송하는 저 국가는 틀림없이 이런 원리에 따라 이룩되었을 것이며, 만국이 따라할 도전 상대이며, 만백성이 우러를 존경 대상이며, 미래의 후손들이 숭배할 성취 대상임에 틀림없습니다. 무엇보다 탁월한 것은 사유재산의 취득이 완전히 철폐되었다는 것으로, 누구도 사유재산을 갖지 않는다는 점입니다. 대신 모든 사람들이 모든 것을 모두를 위해 공유하며, 공적이든 사적이든, 사소하든 중요하든 모든 결정과 모든 조처가 다수의 욕망 혹은 소수의 욕심에 의해 이루어지지 않으며 오로지 정의, 평등, 공동체의 안녕에 따르며 공동체를 전적으로 존중하되, 허영과 사치와 질투와 불의의 재료와 불씨와 연료가 사라질 것은 분명한 사실입니다. 흔히 사람들은 스스로 원하지 않으면서 사적 소유 혹은 불타는 소유욕 혹은 악의 근원인 허영심으로 인해 스스로에게 막심하고 측량할 수 없는 해를 자초하면서까지 이런 악덕들에 빠져듭니다. 이런 악덕들로부터 종종 정신적인 분열이 일어나고 군사적인 분쟁이 발생하여, 결국 '내전 이상의 전쟁'[14]이 벌어지는데 이로 인해 번창하던 국가의 유복함이 뿌리째 파괴되고 예전의 영광과 과거의 승리와, 정복된 적들에게서 가져

---

13 플라톤이 《국가》에서 언급하고 있는 사주덕(四主德)이다.

14 'bella plus quam civilia'는 루카누스라는 로마 시인의 작품 《파르살리아》에 등장하는 문구다. 루카누스는 저 유명한 철학자 세네카의 조카다. 《파르살리아》는 카이사르와 폼페이우스 간의 내전을 다룬 서사시다.

온 풍요로운 상급과 자랑스러운 전리품이 완전히 사라
져버립니다.

이에 대한 저의 생각이 상당한 설득력을 가진 것으로
보이지 않는다면, 입증에 도움이 될 만한 매우 믿을 만
한 증거들을 여기 제시하려 합니다. 즉 과거의 위대한
도시국가들은 파괴되었고, 국가들은 깨어졌고, 공화국
들은 쓰러졌으며, 마을들은 불타고 소실되었습니다. 오
늘날 이들은 흔적조차 남기지 못했으며 심지어 그들이
겪었던 재앙의 흔적조차 사라져버렸습니다. 역사가 오
랜 나라들조차 역사가의 기록에 이름도 남기지 못하고
없어졌습니다.

우리의 국가가, '우리의 국가'가 가능하다면 말씀입
니다만, 만약 유토피아의 국가 제도를 소위 손톱만치의
오차도 없이 그대로 준용할 수 있다면, 저 끔찍한 몰락,
파괴와 소실 등 전쟁이 가져오는 여러 재앙들을 쉽게
피할 수 있을 것입니다. 우리의 위정자들이 이를 그대
로 도입한다면, 그로 인해 얻어지는 결과는 이런 제도
도입으로 인해 얼마나 큰 이익을 볼 수 있었는지를 보
여줄 것입니다. 특히 이런 방식으로 그들은 건강하고
무해하고 승승장구하는 국가를 이끌어가는 방법을 배
우게 될 것입니다. 이로 미루어볼 때 그들이 당신에게,
그들을 위해 기꺼이 자발적으로 도움을 제공하는 당신
에게 갚아야 할 부채는 실로 한 개인을 구한 자에 비견
할 바가 아니며 다만 국가 전체를 구한 자에게 마땅히
갚아야 할 크기입니다.

그럼 이만 줄입니다. 건강하시길 빕니다. 앞으로도
계속해서 유복하시어 국가에게는 영원무궁한 안녕을
가져다주며 당신께 불후의 명성을 안겨줄 구상을 사유
하고, 행동하고, 다듬어나가시길 기원합니다. 건강하시
길 빕니다. 당신의 영국에서 그리고 우리의 이 세계에
서 최고의 자랑이신, 박학하시며 인자하신 토머스 모어
선생님.

메헬렌의 우거에서 1516년에 씀

제라르 겔덴후버가 쓴 6행시[15]

Dulcia, lector, amas? Sunt hic dulcissima quaeque.

Utile si quaeris, nil legis utilius.

Sive utrumque voles, utroque haec insula abundat

Quo linguam exornes, quo doceas animum.

Hic fontes aperit recti pravique disertus

Morus, Londini gloria prima sui.[16]

독자여, 즐거움을 구하는가? 여기 큰 즐거움이 있다.

유용함을 구한다면, 이보다 유용한 것을 읽을 수 없다.

만약 양쪽을 모두 원한다면, 이 섬에는 둘 다 넘친다.

이로써 당신의 말을 꾸미고 생각을 다듬을 수 있다.

여기에 바름과 잘못됨의 원천을 말솜씨가 뛰어난

런던 최고의 영광인 모어 씨가 펼쳐 보였다.

---

15 이 시는 1516년 1판에 서문 격으로 붙여졌다가, 이후 책 뒤로 옮겨졌다.

16 이 시는 엘레기의 이행시 형식을 취하고 있다. 엘레기 운율은 두 개의
시행이 한 짝을 이루어 구성되기 때문에 보통 엘레기의 이행시(二行
詩)라고 불린다. 서사시에서 사용되는 닥틸로스(長 短 短)의 여섯걸
음으로 이루어진 제1시행과 닥틸로스의 다섯걸음으로 이루어진 제2
시행으로 구성된다. 이행시를 여러 짝으로 묶기도 한다.

코르넬리스 드 쉬리버가 쓴 6행시[17]

Vis nova monstra, novo dudum nunc orbe reperto?

Vivendi varia vis ratione modos?

Vis qui virtutum fontes? Vis unde malorum

Principia? et quantum rebus inane latet?

Haec lege, quae vario Morus dedit ille colore,

Morus Londinae nobilitatis honos.[18]

당신은 신세계에서 가져온 신기한 것을 원합니까?

다양한 방식으로 달리 살아가는 것을 원합니까?

덕의 원천을 원합니까? 어디에서 악이 시작되는지

그 원천을? 만물에 어떤 큰 허상이 감추어져 있는지?

모어 씨가 다채로운 문체로 써낸 이 책을 읽으시오.

런던의 자랑거리이며 명예인 모어 씨 말입니다.

---

17 코르넬리스 드 쉬리버는 1515년 당시에 안트베르펜에 살고 있던 유
   명한 시인이다. 이 시는 1516년 1판에 서문 격으로 붙여졌다가, 1517
   년과 1518년에는 책 뒤로 옮겨졌다.
18 이 시는 엘레기의 이행시 형식을 취하고 있다.

카셀의 장 데마레즈[19]가 페터 힐레스에게 인사를 전합니다[20]

　당신 친구 모어 씨의 《유토피아》와 그 제사(題詞)들을 저는, 즐거움이 더 컸는지 아니면 놀라움이 더 컸는지 알 수 없으나, 즐거움과 놀라움으로 읽었습니다. 고대의 현학들과 어깨를 나란히 하는 위대한 학자가 놀라운 재능을 꽃피우고 있는 영국은 얼마나 행복한 나라입니까! 우리가 그에 근접하는 역작들로 그와 같은 명성에 도전하지 않는다면, 납덩이보다 무디고, 바보스럽다 하겠습니다. 아리스토텔레스가 말했듯이, 이소크라테스가 말하고 있는데 침묵하는 것은 부끄러운 일입니다. 우리가 오로지 쾌락을 탐닉하고 금전을 구하는 데만 열중한다면 이는 부끄러운 일입니다. 세계의 변방에 살고 있는 영국인은 그들 왕들의 호의와 관용 가운데 그와 같은 학덕을 쌓아올리고 있는데 말입니다. 희랍 사람들과 이탈리아 사람들이 학문 세계를 거의 독점하다시피

---

19 라틴어식으로 이름을 적으면 'Ioannes Paludanus'이다.
20 이 편지는 1516년과 1517년에 실렸으며, 1518년 이후에는 실리지 않는다.

했으며, 에스파냐 사람들은 그런 중에 자랑할 만한 이름을 고대 학자들의 반열에 끼워 넣었습니다. 야만으로 이름이 높은 스퀴티아조차 현자 아나카르시스를 가지고 있으며, 덴마크 사람들은 삭소 그라마티쿠스를 가지고 있습니다. 프랑스 사람들은 기욤 뷔데를 가지고 있습니다. 독일도 유명한 학자들을 다수 가지고 있으며, 영국은 아주 많이 가지고 있으며, 그 가운데는 매우 돋보이는 석학도 여럿입니다. 우선 모어 씨가 아직 젊고, 또 공적인 일과 개인적인 일로 분주한 가운데서도, 마지막으로 학문과는 거리가 먼 직업인데도 이와 같이 훌륭한 책을 썼으니, 다른 영국 학자들은 말해 무엇하겠습니까? 우리는 다만 손톱이나 다듬고 돈궤나 챙기면 충분히 행복한 사람들인가 싶습니다. 이제 우리가 게으른 구습을 벗어던지고 지고지선의 학덕에 도전한다면 어떨까 싶습니다. 그와 같은 도전에 실패한다 해도 부끄러운 일이 아니며, 만약 승리한다면 그 얼마나 아름답겠습니까? 사방에서 쏟아져 나오는 여러 모범들은 그리하도록 우리를 부추깁니다. 학식과 덕망을 겸비한 학자들에게 그 누구보다 후하게 보상하시는 우리의 군주 카를로스 왕도 그러합니다. 모든 훌륭한 작업들의 위대한 마에케나스[21]이자 후원자이신, 부르군디의 총독장 르 소바주도 우리를 지원하고 있습니다.

학식이 높은 페터 힐레스 씨, 되도록이면 빨리 《유토

---

21 마에케나스라는 고유명사는 나중에 문학과 예술을 후원하는 사람을 가리키는 보통명사로 사용되었다.

피아》를 출판하시길 당신께 진정으로 요청합니다. 그
책 안에는 마치 거울을 들여다보는 것처럼 국가의 올바
른 확립에 관한 모든 것이 담겨 있습니다. 유토피아 사
람들이 우리의 종교를 받아들였던 것처럼 우리도 또한
그들의 국가 제도를 기꺼이 받아들이길 바라 마지않습
니다. 이것은 아마도 우리가 고귀하고 신망이 두터운
신학자들로 하여금 그 섬을 방문하도록 한다면 쉽게 이
루어질 것입니다. 그들이 그곳에서 벌써 일기 시작한
그리스도에 대한 믿음을 굳건히 하는 가운데, 우리에게
돌아와 그들의 관습과 제도를 알려줄 수 있을 테니 말
입니다.

유토피아 섬은 라파엘 휘틀로다이우스 씨에게 커다
란 빚을 지게 되었습니다. 그분은 세상에 알려지지 않
은 채 묻혀 있을 수만은 없었을 그 섬을 세상에 알렸습
니다. 더욱 큰 빚을 학식이 높은 토머스 모어 씨에게 지
게 되었습니다. 그분의 능한 글솜씨가 그 섬을 생생하
게 그려 보여주고 있습니다. 또한 이분들과 함께 당신
과도 감사를 나누어야 할 것 같습니다. 당신은 라파엘
휘틀로다이우스 씨가 들려준 이야기와 토머스 모어의
기록을 출판할 것이기 때문입니다. 이는 미래의 독자들
에게는 적지 않은 기쁨이 될 것이며 그들이 이 책을 이
해할 수 있을 만큼 현명하다면 그들에게 적지 않은 이
익이 될 것입니다.

《유토피아》는 무사이 여신들과는 거리가 먼 저의 영
혼을 감동시켰기에 저는 무사이 여신들을 청하였으

니,[22] 이를 당신은 기쁘게 보아주시길 바랍니다.

좋은 학문들의 후원자이며 전파자이신 찬란한 이름이 높은 페터 힐레스 씨여, 건강하게 잘 지내시길 바랍니다.

루뱅의 누옥에서 1516년 12월 1일에 씀

---

22 《유토피아》를 읽고 감동하여 47쪽에 이어지는 시를 짓게 되었다는 뜻. '무사이 여신들'은 헤시오도스의 《신들의 계보》 도입구에 따르면, 잊히는 모든 인간사를 기억하여 남겨두는 역할을 맡은 아홉 명의 여신들을 가리킨다.

루뱅의 공식 연설가 장 데마레즈가 유토피아 섬에 대해 쓴 시[23]

Fortes Roma dedit, dedit et laudata disertos

Graecia, frugales incluta Sparta dedit.

Massilia integros dedit, at Germania duros.

Comes ac lepidos Attica terra dedit.

Gallia clara pios quondam dedit, Africa cautos.

Munificos olim terra Britanna dedit.

Virtutum et aliis aliarum exempla petuntur

Gentibus, et quod huic desit, huic superat.

Una semel totam summam totius honesti

Insula terrigenis Utopiana dedit.

로마는 용맹한 자들을, 칭송 높은 그리스는 현명한 자들을
낳았다. 널리 유명한 스파르타는 엄격한 자들을
마실리아는 정직한 자들을, 독일은 모진 자들을

---

23 이 시는 1516년과 1517년에 실렸으며, 1518년 이후에는 실리지 않
는다.

아티카는 세련되고 재치 있는 자들을 낳았다.

맑은 갈리아는 경건한 자들을, 아프리카는 조심스런 자들을

브리타니아는 예전 성품이 너그러운 자들을 낳았다.

각 민족들은 저마다 서로 다른 탁월한 덕성의 예증을 보여주었으니, 여긴 부족하나 저긴 넘쳐난다.

오로지 하나, 유토피아만이 땅에 사는 종족들에게 모든 덕을 갖추고 있는 모습을 보여주었다.

유토피아의 알파벳[24]

a b c d e f g h i k l m n o p q r s t u x y

유토피아의 언어로 쓰인 사행시

Vtopos   ha   Boccas   peula   chama.

polta   chamaan

Bargol   he   maglomi   baccan

foma   gymnoſophaon

Agrama   gymnoſophon   labarem

bacha   bodamilomin

Voluala   barchin   heman   la

lauoluola   dramme   pagloni.

24 1516년 1판에 등장하고, 이후 생략되었다.

이를 번역한 시

Utopus me dux ex non insula fecit insulam.

Una ego terrarum omnium absque philosophia

Civitatem philosophicam expressi mortalibus.

Libenter imperito mea, non gravatim accipio meliora.

장군 유토푸스가 섬 아니었던 나를 섬으로 만들었다.

만백성 가운데 유일하게, 철학을 갖지 않은 나는

만백성들에게 철학적 도시국가를 보여주었다.

기꺼이 이를 베푸노니, 이보다 나은 것을 기꺼이 받겠다.

토머스 모어가 페터 힐레스에게 인사를 전합니다[25]

친애하는 페터 힐레스 씨, 저는 당신이 말씀하신 예리한 판단력을 가진 그분의 생각 덕분에 매우 즐겁습니다. 그분은 우리의 《유토피아》에 대하여 다음과 같은 딜레마를 찾아내셨으니 말입니다. "만약 책에 담긴 내용이 진실 그대로라면 나는 이 책에서 많은 모순을 발견하게 되며, 만약 그 내용이 모조리 가상의 창작물이라면 몇몇 부분에서 토머스 모어 씨의 정확한 생각을 요구합니다." 친애하는 페터 힐레스 씨, 저는 그분에게, 그가 누구든 아무튼 학식이 있으며 우리에게 애정을 가진 분이라고 생각하는데, 그분에게 심심한 감사의 마음을 갖고 있습니다. 이 책이 출간되고 이제까지 제가 보았던 그 어떤 생각보다 솔직담백한 의견을 표명해주었기 때문입니다. 무엇보다 그분은 저와 혹은 저의 책에 대한 애정으로 중간에서 그만두지 않고 이 책을 끝까지 읽어주었습니다. 또한 그분은 사제들이 흔히 성서를 읽

---

25 이 편지는 오직 1517년 2판에만 등장한다.

듯이 흘깃 대충 읽은 것이 아니라 찬찬히 조심스럽게 읽었으며, 하여 많은 문제들을 심사숙고했습니다. 그리고 비판적으로 검토할 문제들을 뽑고 나서 책의 내용에 전체적으로는 동의한다고 신중하게 말하고 있습니다. 마지막으로 그분이 지적하신 비판조차, 무언가를 바라고 칭찬하는 사람들보다 훨씬 더 많은 칭송을 담고 있습니다. 그런 이유에서 저는 그분이 앞의 문구 안에 실망스러운 점을 언급할 때조차, 이를 글자 그대로 받아들이지 않는다면, 저를 좋게 생각하고 있다는 것을 느낍니다. 하여 제가 많은 가운데 그래도 어리석지 않은 무언가를 담을 수 있었다는 것을 저로서는 기쁘게 생각할 정도입니다.

그분이 솔직한 생각을 표한 것처럼 저도 솔직한 마음을 이야기하자면, 유토피아의 사회제도에서 몇 가지 모순을 발견하여 비판하는 사람들을 혹은 제가 국가를 재구성하면서 충분히 실제적인 것을 생각하지 못했다고 비판하는 사람들을 왜 명민하다고, 희랍 사람들이 말하듯 날카롭다고 불러야 하는지 모르겠습니다. 도대체 이 세상 어디에 모순 없는 나라가 있습니까? 또 사회제도와 통치자, 가정에 대한 대안을 제시했던 철학자들 가운데 도대체 누가 전혀 손댈 것 없이 모든 것을 완벽하게 구성했습니까? 박학다식한 현학들을 존경하는 마음에서 그리 하지 않아서일 뿐, 저도 그들 각각의 저작에서, 명백히 모순적이라고 비난할 만한 것들을 수도 없이 찾을 수 있습니다.

그분은 이 책이 사실 그대로인지 아니면 창작된 가상인지를 물었는데, 저는 거꾸로 그분의 생각을 다시 묻습니다. 제가 국가에 관한 책을 써야겠다고 결심했다면 그리고 이런 종류의 이야기가 마음속에 떠올랐다면 저는 일부 창작을 주저하지 않았을 겁니다. 창작을 통해, 약에 달콤한 꿀을 바르듯이, 진실을 조금 더 재미있는 방식으로 독자의 마음에 심어줄 수 있을 테니 말입니다. 하지만 이런 창작을 분명코 자제했는데 이를 독서 대중이야 모르고 지나치겠으나 어느 정도 학식 있는 이라면 이런 창작을 쉽게 눈치챌 수 있을 테니 말입니다. 아무튼 제가 통치자와 하천과 도시와 섬에 이름을 그런 식으로, 즉 독자로 하여금 그 섬은 어디에도 없고 그 도시는 환상일 뿐이며 그 하천에 물이 흐르지 않고 그 통치자에게는 국민이 없다고 생각하게끔 만드는 이름을 붙였다면 이는 그리 어려운 일도 아니며 제가 붙인 것보다 더 재미있는 이름을 붙일 사람도 있겠지만, 역사학자 같은 신뢰성이 요구되지 않는다고 해서 유토피아나 안휘드룸이나 아마우로툼이나 아데무스라는 무의미하고 야만적인 이름을 선호할 만큼 제가 어리석지 않습니다.

친애하는 페터 힐레스 씨, 저는 일부 사람들이 의심스러운 마음을 버리지 못하고 우리가 순수하고 진실한 마음으로 라파엘 휘틀로다이우스 씨의 이야기를 받아 적어놓은 이 책을 믿으려 하지 않는다는 것을 잘 알고 있습니다. 역사학자라는 이름을 포함하여 저에 대한 신뢰가 사람들 사이에서 무너지지 않는 범위에서 저는 제 머리에서 탄생한 이 책에 관하여, 테렌티우스[26]의 희극에서 뮈시스가 글뤼케리움이 낳은 아이에 대하여, 그 아이가 가짜라고 생각되지 않도록 말했던 바를 말하고자 합니다. "신에게 맹세코, 저는 이 아이가 태어날 때 여염 아내들이 함께해주신 것에 감사드립니다." 마찬가지로 라파엘 휘틀로다이우스 씨의 이야기를 들은 것은 저와 당신만이 아니며, 존경받고 덕망이 높은 다른 사람들도 그러합니다. 그분이 다른 사람들에게 더 많고 더 중요한 무언가를 전해주었는지 저로서는 알 수 없으나, 적어도 분명한 것은 우리가 들은 것보다 많고 중요한 무엇을 남들도 들은 것은 아니라는 것입니다.

의심 많은 사람들이 우리의 증언을 믿지 못한다면, 그들이 라파엘 휘틀로다이우스 씨 장본인에게 직접 이야기를 들어볼 것을 권고합니다. 라파엘 휘틀로다이우스 씨는 아직 살아 있으니 말입니다. 나는 최근에 루시타니아에서 온 여행자들에게 그분에 관한 이야기를 전해 들었습니다. 지난 3월 1일에 그는 아직 건강했으며, 여전히 혈기 왕성했다고 합니다. 그러니 의심 많은 자들은 그분에게 직접 진실을 묻게 할 것이며, 풀리지 않는 의혹일랑 그분에게서 직접 풀게 할 것입니다. 저는

---

26 로마의 극작가로 기원전 195년경에서 158년까지 살았다. 그는 아프리카 카르타고 출신 해방노예였으며, 스키피오의 후원을 받던 철학자와 문학가들 가운데 하나였다. 글뤼케리움은 《안드로스의 소녀》에 등장하는 여자 주인공이며, 남자 주인공 팜필로스의 아이를 낳는다.

다만 제가 쓴 작품에 대하여 문제가 되는 것만을 대답할 수 있음을 저들이 이해해주길 원할 뿐이며, 다른 사람이 책임질 것에 대해서는 저로서는 책임질 수 없습니다. 건강하시길 빕니다, 친애하는 페터 힐레스 씨. 당신의 아리따운 아내와 영민한 어린 따님에게 그리고 가족 모두에게 제 아내가 진심 어린 인사를 보냅니다.

에라스무스 로테로다무스가 대자(代子)의
친부 요한 프로벤에게 인사를 전합니다[27]

이제까지 저의 친구 토머스 모어 씨가 행한 모든 것
들이 제게는 늘 한없는 기쁨을 줍니다만, 그럼에도 저
희들 사이의 깊은 우정으로 인해 저의 판단력이 흐려지
지는 않을까 늘 염려하고 있습니다. 그런데 학식을 가
진 분들이 이구동성으로 추천의 말을 덧붙이고, 오히려
저보다 더욱 열심히 그의 재능을 높게 평가해주는 것을
보았을 때, 특히 그것이 그를 저보다 사랑하기 때문이
아니라 그의 재능을 올바로 판단했기 때문이라는 것을
알았기에 이제 저의 판단에 확신을 가지게 되었으며 이
에 제가 생각하는 것을 공개적으로 밝히고자 합니다.
그의 재능이 이탈리아[28]에서 양육되었던들 그의 천품이
주는 놀라운 즐거움이 그 얼마나 돋보였겠습니까? 그
가 주어진 힘을 무사이 여신들에게 바쳤던들, 그리하여
그에 합당한 열매와 결실을 맺으며 성숙했던들 말입니

---

27 이 편지는 1518년 3판과 4판에 실렸다.
28 이탈리아는 당시 인문주의의 요람이었다.

다. 그는 어린 시절 격언시를 지었으며 청년기에는 그보다 많은 시를 지었습니다. 그는 국왕을 대신한 사절단의 일원으로 플랑드르를 방문한 것 말고는 영국 땅을 벗어나지 않았습니다. 결혼한 사람으로서 돌보아야 할 일과 가장으로서의 책임과 공무와 쏟아지는 법률 사건들 외에도 국가적인 여러 중요한 문제에 시달리면서도 그는 놀랍게도 책을 쓸 짬을 찾아내었습니다.

이런 이유에서 저는 그의 습작들과 《유토피아》를 당신에게 보냅니다. 당신이 그럴 만하다고 생각하여, 당신의 인쇄 출판을 통해 세상 사람들에게 그리고 후세에 전해질 수 있도록 말입니다. 당신에게 부탁하는 것은 프로벤의 출판사에서 책이 출간되었다는 것이 알려지자마자 학식 있는 사람들이 책을 사볼 만큼 당신 출판사의 명성이 높기 때문입니다. 건강하게 지내시길 빕니다. 당신의 장인어른과 당신의 아내에게, 그리고 즐거움을 주는 당신의 아이들에게도 인사를 전합니다. 우리 둘의 아들 에라스무스가, 서책들 가운데서 출생한 그가 최고의 서적들 가운데에서 키워지길 바라며.

루뱅에서 1517년 8월 25일에 씀

기욤 뷔데가 토머스 럽셋에게 인사를 전합 니다[29]

학식이 높은 럽셋 씨, 우리는 당신에게 다 갚을 수 없 는 신세를 졌습니다. 당신은 저에게 토머스 모어 씨의 책을 읽을 기회를 주셨고 그리하여 저로 하여금 무척이 나 유쾌하고 향후의 독서에 유익한 것을 접하도록 했기 때문입니다. 나에게 저 자신이 대체 기꺼이 무엇을 하 기를 원하는가를 당신이 물었는데, 제 바람은 희랍어와 라틴어에 둘 다 능통한 의사 토머스 리나크레 씨가 최 근에 번역한 《건강을 지키는 방법》을 통독하는 것이었 습니다. 그분은 갈레노스의 기념비적 저작을 라틴어로 정복했는데, 아니 그보다는 거기에 라틴어를 부여했는 데, 제 생각에는 의학에 관한 모든 것을 담고 있는 갈레 노스의 전 작품을 라틴어로 옮김으로써 그분은 의학이 라는 직업에서 희랍어가 이제는 더는 필수과목으로 요 구되지 않을 수 있도록 했습니다. 당신이 토머스 리나 크레 씨의 원고를 제가 읽을 수 있도록 빌려주신 것이

---

29 이 편지는 1517년 2판, 1518년 3판과 4판에 실렸다.

얼마나 큰 은혜인지 모르겠으니, 원고를 서둘러 읽고 나서 저는 아주 커다란 것을 얻었다고 생각합니다. 당신이 지금 이 도시의 출판업자와 함께 원고를 출판하고자 하신다니, 인쇄된 책에서 더욱더 큰 것을 얻게 될 것이라고 기대하고 있습니다. 이런 이유에서 당신에게 큰 신세를 졌다고 생각합니다. 그리고 이제 그 은혜에 추가 혹은 보충을 하려는 듯, 저에게 토머스 모어 씨의 《유토피아》를 보내주셨습니다. 토머스 모어 씨는 아주 재치가 넘치는 사람으로, 그보다 너그러울 수 없는 성정을 지녔고 인간사를 판단하는 데 필요한 풍부한 경험을 가진 사람이라 여겨집니다.

당신도 잘 아시겠지만 혹은 전해 들으셨겠지만 저는 지난 2년 동안 시골집에서 여러 일을 돌보고 있는데, 저는 《유토피아》를 손에 들고 시골로 내려가 계속해서 일하고 여러 일들을 감독하는 틈틈이, 그 책을 읽었습니다. 이 책을 읽으며 저는 유토피아의 제도를 알게 되고 이것을 심사숙고하면서 이 책에 빠져들었고, 마침내 제가 돌봐야 할 일은 거의 잊어버리거나 통째로 방기해버리게 되었습니다. 집안을 돌보며 재산을 쌓고 또 쌓는 일이 결국 무의미한 일임을 알게 되었던 것입니다.

이런 욕망은 마치 육체에 뿌리를 내리고 있는 기생충이 그러하듯 인류의 고혈을 빨아먹고 성장하고 있는데도 누구 하나 알아채지 못하고 생각조차 하지 못하고 있습니다. 하여 저는 이런 욕망이 바로 세상의 모든 법률적 기술과 훈련의 궁극적 목적이었다는 것을 고백하지 않을 수 없습니다. 즉 모든 사람들은 같은 국적이나 같은 혈통으로 묶인 이웃들을 타고나고 습득된 악의로써 대하고 있으며, 이웃의 재산을 빼내고 빼앗고 앗아내고, 이를 위해 무고를 일삼고, 이웃을 강압하고, 두들겨 패고, 도려내고, 협박하고, 때리고, 긁어대고, 찍어 누르고, 몰아세우고, 못살게 굴고, 덤벼들어 부분적으로 법률적인 도움을 이용하고, 부분적으로 스스로의 힘을 이용하여 원하는 것을 가져오고 관철시킵니다.

이런 현상은 시민법과 교회법이라는 두 가지 법률이 이중 심판을 자행하는 나라들에서 더욱 빈번히 발생하고 있습니다. 오로지 법률에 조예가 깊은, 아니 법률적 간계에 밝은 사람들만이, 오로지 법에 어두운 시민들을 옭아 넣을 줄 아는 사람들만이, 법률적 억지와 사기술의 대가들만이, 교묘하게 얽힌 계약을 맺을 줄 아는 사람들만이, 소송사건을 만들어내는 사람들만이, 그리고 전도되어버린 부당한 불의의 양육자들만이, 오로지 이들만이 정의롭고 공평한 높은 사제로 존경받는다는 생각을 그 관례와 제도로써 확인시켜주고 있습니다. 그런데도 이런 자들이 스스로 무엇이 옳고 무엇이 정의인지를 말할 수 있는 사람이라고들 단호하게 말하고 있으며, 더 나아가 이런 자들이, 개인들이 무엇을 가져야 하며, 무엇을 가져서는 안 되며 무엇을 가질 수 있고 얼마 동안 가질 수 있는지를 결정하는 유일한 권위라고 자처하는 형편입니다만, 이런 주장은 속임수로 백성을 속인 덕분에 널리 수용되고 있습니다. 그런즉 대부분의 사람들은 실명에 가까울 정도로 눈을 잃어, 법률이 요구하는 바를 충실히 이행하는 한 자신들이 정의로운 대접을 받을 것이며 법률이 자신에게 허락한 것을 얻으리라 생각하는 형편입니다.

그러나 우리가 진리의 척도와 소박한 복음의 가르침에 따라 우리의 법률을 재어본다면, 그것들이 정의와는 확연한 차이를 보이고 있음을 아무리 어리석고 둔한 자라도 파악할 수 있을 것이며, 다그쳐 물으면 그렇다고 대답할 것입니다. 교황의 칙령에 따른 것들은 더욱 멀리 떨어져 있습니다. 그것은 오늘날뿐만 아니라 이미 오래전부터 그러했습니다. 또한 시민법과 군주 칙령들 또한 진정한 평등에서 멀리 떨어져 있습니다. 우리 인간적 삶의 창시자 그리스도가 세우시고 제자들이 실천한 율법에서, 인간의 진정하고 궁극적인 행복을 크로이소스[30]와 미다스[31]의 황금에서 찾을 수 있다고 믿는 자들의 율령과 규칙은 멀리에 놓여 있습니다. 하여 만약 정의를 옛 철학자들처럼, 각자에게 각자의 몫을 나누어주는 것이라고 규정한다면, 이런 정의는 오늘날 어느 곳에서도 찾을 수 없으며, 이렇게 말하는 것을 용서하신다면, 그저 부엌데기 신세가 되었다고 하지 않을 수 없습니다. 오늘날 제왕들의 행태를 보건 혹은 시민들과

---

30 헤로도토스의 《역사》 1권 6 이하에서 뤼디아의 왕 크로이소스에 관한 이야기를 읽을 수 있다. 그는 거대한 부를 소유한 것으로 유명하다.
31 프뤼기아의 왕으로 그가 손대는 모든 것이 황금으로 변했다는 전설이 있다.

백성들의 관계를 보건 크게 다르지 않습니다.

물론 누군가는 오늘날 우리의 법률이 고대의 권위 있는 법률, 흔히 자연법이라고 부르던 것에서 유래한다고 말하며, 이 법률에 따르면 강자가 더 많은 것을 가지는 것과, 더 많이 가짐으로써 시민들에게 더욱더 많은 영향력을 행사하는 것은 당연하다고 주장합니다. 이런 논리의 결과, 시민과 국가에 하등 실제적인 도움을 주지 못하는 사람들도, 이들이 시민들을 계약관계와 복잡한 증언들로 묶어놓고 옥죌 수 있는 한, 너무도 당연히 평범한 시민들 몇천 명의 수입에 맞먹는 수입을 올릴 수 있고, 혹은 전체 시민들의 수입과 같거나 혹은 더 많은 수입을 올릴 수 있게 되었습니다. 계약이란 것이 사실 순진한 백성들이나, 은거하며 진리를 탐구하는 인문학자들이 보기에는 고르디온의 매듭[32]과 놀랄 것도 없는 허풍을 합쳐놓은 것처럼 보이는데도 말입니다. 또한 이렇게 그런 하등의 도움이 되지 않는 사람들이 부유한 자, 훌륭한 자, 위대한 탐험가 등 명성이란 명성은 독차지하고 있습니다. 이런 일은 지난 모든 세월 언제나 늘 존재했으며, 그 어떤 관습과 제도를 갖추었느냐에 상관없이 늘 그러했으며, 자신과 자신의 후손들이 쓸 개인 재산을 되도록 많이 축적한 사람이 절대적 권력을 갖는

---

32 도시의 건설자 고르디오스 왕의 이름을 따서 그 왕국의 수도를 고르디온이라고 했다. 전설에 따르면 고르디온의 매듭을 푸는 자가 아시아를 지배한다고 했으며, 기원전 333년 알렉산드로스 대왕이 칼로 쳐서 매듭을 풀었다고 전한다.

다는 원칙이 통용되는 사람들에게서라면 어디서나 그러했습니다.

모든 재화를 만드시고 다스리시는 그리스도는 그의 제자들에게 상호 호의와 공동소유의 피타고라스적 율법을 제정하셨습니다. 뿐만 아니라 그리스도는 하나니아스가 공동소유 율법을 위배했을 때 그의 죽음으로써 이를 확고히 다지셨습니다.[33] 이러한 조치를 통하여 제가 보기에 그리스도는 몇 권의 책에 이르는 오늘날의 시민법 체계와 최근의 교황 칙령 등을 적어도 제자들 사이에서는 폐기되도록 하셨던 것입니다. 그런데 아직도 이런 법률들이 지혜의 상아탑을 지배하고 있으며 우리의 운명을 좌지우지하고 있습니다.

그렇지만 유토피아 섬은, 내가 듣기로는 우데포티아[34] 섬이라고 들은 듯도 한데, 아무튼 그 섬은 놀라운 기적과 행운으로 공적인 삶에서나 사적인 삶에서도 진정 기독교적인 관습과 지혜를 실천하고 있으며, 이를 오늘날까지도 위배하고 있지 않습니다. 이는 세 가지 신성한 제도를 통해 이루어집니다. 우선 모든 좋은 일과 나쁜

---

33 〈사도신경〉 5장 1절 이하. "그러자 베드로가 말했다. '하나니아스, 왜 사탄에게 마음을 빼앗겨 성령을 속이고 땅값 일부를 떼어놓았소? 그 땅은 팔리기 전에도 그대 것이었고 또 팔린 뒤에도 그 돈은 그대 마음 대로 할 수 있었던 것이 아니오? 그런데 어쩌자고 이런 일을 하려는 생각을 마음속에 품었소? 그대는 사람을 속이는 것이 아니라 하느님을 속인 것이오.' 하나니아스는 이 말을 듣고 쓰러져 숨지고 말았다."

34 ʻoudepotiaʼ는 희랍어로 '결코 가능하지 않은 섬'이라는 뜻이다. ʻu-topiaʼ가 '존재하지 않는 섬'이라고 할 때, 이보다 강한 부정의 뜻을 품고 있다.

일을 시민들 모두가 공평하게 함이 그것입니다. 이를
달리 말한다면 모두에게 모든 점에서 충실하고 완전한
시민권이라고 할 수 있습니다. 평화와 평온에 대한 변
함없는 완강한 사랑이 두 번째입니다. 마지막으로 금은
보화에 대한 극단적 무관심이 그것입니다. 이 세 가지
원리들은 사기, 기만, 농간, 간교, 농락, 비행 등을 모두
쓸어버리는 소위 청소부라고 할 수 있습니다. 신들이
신성한 능력으로 유토피아의 삼대 정책이라는 기둥을
튼튼히 하시며, 사람들 마음에 확신으로 자리 잡게 만
드시길 바랍니다. 그리하여 곧 오만, 탐욕, 어리석은 경
쟁, 그리고 죽음의 하계로 이끄는 모든 악덕들이 스러
지고 소멸합니다. 현명하고 강건한 사람들을 평생 붙잡
아두었던 무지막지한 크기의 법전들도 갑자기 사라져
무용지물이 되며, 대신 책벌레의 밥이 되거나 가게의
포장지로 바뀝니다.[35]

　천상의 신들에게 맹세코, 도대체 어떤 신성한 존재가
유토피아 사람들을 지켜주시기에 그들의 섬만이 유일
하게 지난 몇 세기 동안 탐욕과 욕심의 은밀한 혹은 과
격한 공격에서 벗어날 수 있었는지 놀라울 뿐입니다.
무엇이 정의와 겸양을 몰염치한 뻔뻔함에서 막아내고
지켜냈단 말입니까? 전지전능하신 신께서 지극한 선의
로써 그들을 아끼셨기에 그들이 성스러운 신의 이름을
얻고 유지할 수 있었던 것이리라! 하여 명민하고 건강한

---

35 '가게의 포장지'라는 비유에 관해 호라티우스, 《서간시》 2권 1, 269행
　　이하를 볼 것.

마음을 타락시키고 훼손시키는 악덕인 탐욕이 이제 영원히 떠나 없으며, 사투르누스의 황금시대[36]가 돌아옵니다. 아라토스 등의 시인들이 말하고 있는바, 정의의 여신이 이 땅을 버렸으며[37] 하늘로 거처를 옮겼다는 말은 아마도 틀렸나 봅니다. 우리가 라파엘 휘틀로다이우스 씨의 말을 믿을 수 있다면, 정의의 여신은 유토피아 섬에 아직도 머물고 있으며 하늘로 올라가버리지 않을 것이 분명하기 때문입니다.

사실 저는 이 문제를 검토한 후에 유토피아가 우리가 알고 있는 세계의 밖에 놓여 있다는 것을 알게 되었습니다. 아마도 유토피아는 행복의 섬 가운데 하나로서 엘리시온의 들판에 근접해 있나 봅니다.[38] 토머스 모어 씨가 말씀하신 바와 같이 이 섬의 정확한 위치에 관하여 라파엘 휘틀로다이우스 씨는 말해주지 않았습니다.

---

36 헤시오도스의 《일들과 날들》 109행 이하, "…그리고 그들은 신들처럼 살았소. 마음에 아무 걱정도 없이. 노고와 곤궁에서 멀리 벗어나. 비참한 노령도 그들을 짓누르지 않았고 그들은 한결같이 팔팔한 손발로 온갖 재앙에서 벗어나 축제 속에서 즐겁게 살았소."(천병희 역). 또한 오비디우스의 《변신이야기》 1권 89행 이하, "첫 번째 시대는 황금 세대였다. … 처벌 없이도 모두 행복하게 살았다."

37 아라토스는 기원전 3세기의 시인이다. 헤시오도스의 《일들과 날들》 197행 이하, "그때에는 길이 넓은 대지로부터 올림포스로 인간들의 곁을 떠나 불사신들의 종족에게로 고운 얼굴을 하얀 옷으로 가리고 가게 될 것이오, 염치와 응보는."(천병희 역). 오비디우스의 《변신이야기》 149행 이하, "처녀 신 아스트레아마저 신들이 모두 떠난, 죽음으로 붉게 젖은 이 땅을 떠났다."

38 헤시오도스의 《일들과 날들》 171행 이하에서 언급된 곳이다. 인간의 네 번째 종족이라 할 수 있는 영웅들이 죽은 후에 거처하도록 만들어놓은 곳이다.

아무튼 유토피아는 다시 여러 작은 도시국가로 나뉘어 있지만 신성도시(神聖都市)라 불릴 만한 단일한 연방 혹은 연합국가 체제를 이루고 있습니다. 즉 그들 자신들의 관습과 영토를 가진 단일한 국가를 이루고 있습니다. 그들은 축복이다 싶을 정도로 순박하며, 천국에서의 삶을 영위하며, 하늘보다는 낮은 곳에 위치하지만 실로 이 세계의 매연과 소음에서는 멀리에 떨어져 있습니다. 인간들의 지칠 줄 모르는 탐욕, 헛되고 헛되면서도 지독하고 지독한 탐욕에 의해 이 세계는 소용돌이치는 구렁텅이에 빠져 있는데 말입니다.

유토피아에 관한 우리의 지식은 토머스 모어 씨 덕분으로, 그분은 우리에게 행복한 삶의 모범과 행복한 삶의 규칙을 알려주었습니다. 물론 토머스 모어 씨가 전하고 있는 모든 내용들의 실제적인 발견자는 라파엘 휘틀로다이우스 씨지만 말입니다. 하여 라파엘 휘틀로다이우스 씨가 《유토피아》의 설계자이며 그 안에 담긴 제도와 관습의 창시자로서 우리에게 행복한 삶의 사례를 가져다주었다고 할 때, 토머스 모어 씨는 《유토피아》를 꾸민 사람으로 유토피아와 그 신성한 제도에 문체적 우아미와 언어적 세련미를 덧붙여주었습니다. 저 신성도시가 훌륭한 통치의 모범으로 받아들여질 수 있도록 《유토피아》를 다듬고, 아름다움과 질서와 권위의 손길로 어루만져 위대한 작품을 만들어낸 것은 토머스 모어 씨입니다. 그러나 토머스 모어 씨는 자신이 한 일은 단순한 장인의 역할이었다고 말하고 있습니다. 그는 자신이 이 책에 많은 역할을 했다고 주장하길 주저하면서, 만약 라파엘 휘틀로다이우스 씨가 자신의 여행담을 직접 글로 남기고자 한다면 자신이 너무 성급하게 라파엘 휘틀로다이우스 씨에게 돌아갈 명예를 가로채는 것은 아닌지 모르겠다고 말하고 있습니다. **토머스 모어 씨는, 자신의 뜻에 따라 우데포티아 섬에서 생활하고 있는 라파엘 휘틀로다이우스 씨가 언젠가 돌아와 자신에게 항의하여 말하되, 그에게는 단지 발견자의 몫만을 부당하게 남겨놓았다고 할지도 모른다고 두려워하고 있습니다. 이것은 지혜롭고 덕망 높은 사람의 특징이라고 하겠습니다.**[39]

토머스 모어 씨의 언행은 무게가 있어 그의 말에서 신뢰가 느껴지며, 안트베르펜의 페터 힐레스 씨의 말에도 전적인 믿음을 갖게 합니다. 제가 개인적으로 페터 힐레스 씨를 알지는 못하지만, 그의 학덕과 덕성을 알게 해줄 만한 《유토피아》의 추천서[40]를 쓴 것과는 별도로 저는 그가 에라스무스 선생의 절친한 친구라는 이유에서 그에게 애정을 느낍니다. 에라스무스 선생은 종교적이든 세속적이든 모든 문학적 영역에서 무척이나 크게 기여하고 있는 명망 높은 분이기 때문입니다. 에라스무스 선생과 저는 지속적으로 서신을 교환하고 있으며, 오랜 시간 동안 가깝게 지내는 친구입니다.

---

39 이 부분은 희랍어로 기록되어 있다.
40 페터 힐레스의 '추천서'는 30쪽 이하에서 읽을 수 있다.

친애하는 럽셋 씨, 건강하게 지내시길 빕니다. 교양과 관련된 모든 분야에서 영국인이라는 이름을 선양하고 있는 리나크레 씨에게 개인적으로든 서신으로든 되도록 서둘러 저의 인사를 전해주시기 바랍니다. 이제 저는 바라옵건대 그분이 당신의 친구가 아닌 우리의 친구이길 원합니다. 그분은 제가 가능하다면 의견을 청하고자 하는 몇 안 되는 사람들 가운데 하나입니다. 그분이 여기에 계실 때, 그분은 매우 깊고 호의적인 인상을 저에게 그리고 저의 벗이자 학생인 장 뒤 뤼엘에게 남겼습니다. 그분의 높은 학식과 세심한 배려를 저는 늘 경탄해 마지않으며 닮고자 노력하고 있습니다.

또한 토머스 모어 씨에게도 인사를 전해주시기 바랍니다. 말씀드렸다시피 개인적으로나 혹은 서신으로 말입니다. 제 생각에는 그리고 제가 여러 번 말씀드렸다시피, 그분은 미네르바의 신전에서 높게 빛나고 있습니다. 저로서는 그분이 쓰신 신세계 유토피아에 감복하여 그분을 각별히 사랑하며 존경하고 있습니다. 우리 세대와 우리 뒤에 올 세대들은 그분의 이야기 가운데 우아하면서도 유용한 소위 못자리를 발견하여, 그 위에서 그들 자신들의 국가에 도입하여 활용할 만한 실제적 원리들을 배워갈 것입니다. 안녕히 계십시오.

파리에서 1517년 7월 31일에 씀

베아투스 레나누스가 막시밀리아누스 황제의 각료이시면서 뉘른베르크 시의원이신 빌리발트 피르크하이머에게[41]

…… 한편 여러 제사(題詞)들이 토머스 모어 씨의 재치와 높은 학식을 언급하며, 《유토피아》에는 실제적인 일들에 관한 그분의 예리한 판단력이 또한 잘 드러나 있습니다. 이에 관해서는 지나가면서 다만 몇 마디 제가 언급하는 것으로 족하다고 봅니다. 왜냐하면 프랑스 학계를 빛내는 독보적인 천재이시며, 높은 학식을 두루 겸비한 엄격한 학자이신 기욤 뷔데 씨가 책에 합당한바 빛나는 서문을 통해 이를 이미 충분히 언급했기 때문입니다. 토머스 모어 씨의 책은 플라톤과 아리스토텔레스와, 심지어 저 유스티니아누스 황제 시대의 《회전會典》[42]에도 나오지 않는 원리들을 담고 있습니다. 이 책은 다른 것들보다는 덜 철학적이라고 할 수 있으며, 또한 다

---

41 이 편지는 1518년 3판과 4판에 실렸다.

42 'Pandectae'의 번역어다. 《회전》은 기원후 6세기 유스티니아누스 황제 시대에 편찬된 《로마법 대전》의 한 부분이다. 《회전》을 《학설휘찬 Digesta》이라고 부르기도 한다. 'Pan-dectae'는 '모든 것을 아우르는 것'이라는 뜻이다.

른 것들보다는 더욱 기독교적이라고 할 수 있습니다. 무사이 여신들의 도움으로 재미있는 이야기를 들으시라. 제가 영향력 있는 여러 사람들이 모인 자리에 참석했다가 《유토피아》에 관한 이야기가 화제가 되었는데, 저는 이 책을 매우 높게 칭송했습니다만, 어떤 어리석은 사람이 토머스 모어 씨에게는 필경사의 일에 해당하는 감사 이상을 표해서는 안 된다고 말했습니다. 그자의 주장인즉, 토머스 모어 씨는 다만 남이 말한 것을 그대로 옮겨 적었으며, 그자의 말을 그대로 인용하면 그는 같이 참석했으되 그저 '창을 나른 사람'[43]에 지나지 않으며, 자신의 생각은 하나도 없으니 책에 담긴 모든 것은 라파엘 휘틀로다이우스 씨의 말이며 토머스 모어 씨가 한 것은 오로지 옮겨 적는 일이기 때문이라는 것입니다. 그러므로 토머스 모어 씨는 필경사라는 명칭 말고 어떤 명성도 얻을 것이 없다고 말했습니다. 그자의 의견이 매우 정확한 통찰을 담고 있다고 말하는 사람들도 없지 않았습니다. **그런데 당신은 토머스 모어 씨를 참으로 재치 넘치는 사람이라고 생각하지 않으십니까? 그는 일반 대중이 아니라 사회적으로 존경받는 사람들을, 특히 저 신학자들을 웃음거리로 조롱하고 있으니 말입니다.**[44] ……

바젤에서 1518년 2월 23일에 씀

---

43 희랍어를 조합하여 만든 단어 'doryphorema'를 번역한 말이다.
44 '그런데……말입니다'는 본래 희랍어로 쓰여진 부분이다.

유토피아 1권

영국의 유명한 도시 런던의 시민이자 부사
법장관, 고명한 토머스 모어가 기록한, 기
인 라파엘 휘틀로다이우스 씨가 이상 국가
에 관해 다룬 논의

온갖 교양을 두루 갖춘 위대한 불굴의 영국왕 헨리 8
세는 거룩한 카스티야의 왕 카를로스와 사소하지 않은
문제로 논쟁을 벌이던 차에 논쟁을 조율하고 문제를 해
결하도록, 모두가 성원하는 가운데 최근 문서관리 장관
으로 등용한 더없이 훌륭한 커스버트 턴스톨을 대사로   커스버트 턴스톨
뽑아 플랑드르로 보내매, 그를 동반하여 보좌토록 나를
교섭 책임자로 지목하여 함께 파견했다. 나는 여기서
턴스톨을 칭송하지 않겠는바, 내 말이 우정에 치우쳐
객관적이지 않을 수 있다는 우려는 둘째 치고 그의 인
품과 학식은 참으로 깊고 높아서 내가 무어라 언급할
수 없기 때문이며, 모든 사람들에게 널리 잘 알려져 있
는 고로 만약 내가 그렇게 한다면 이는 '등불로 태양을   격언
밝히는 꼴'이기 때문이다.
　카를로스 왕의 위임을 받은 사람들을 우리는 미리 약
속한 대로 브뤼헤에서 만났다. 이들은 모두 대단한 사
람들이었다. 이들의 우두머리는 브뤼헤 시장으로 대단
히 저명한 사람이 맡았으며, 이들의 입과 가슴은 카셀

수도원장 조르주 드 템세크가 맡았다. 수도원장은 갈고
닦기도 대단히 했으나 원체 타고난 말솜씨를 갖고 있었
으며, 법률적 지식 또한 상당했는데, 그는 재능과 오랜
경험을 바탕으로 외교적 사안을 능수능란하게 다루었
다. 몇 차례 만났으나 몇 가지 문제에 관해서는 만족할
만한 합의에 이르지 못한 탓에 그들은 며칠 말미를 두
고 우리와 헤어져 브뤼셀로 돌아가 카를로스 왕의 뜻을
살피게 되었다.

그사이 나는 피치 못할 사정이 있어 안트베르펜에 가
게 되었다. 그곳에서 나는 여러 사람을 만나게 되었는
데, 다른 무엇보다 반가운 일은 페터 힐레스를 만난 것
이었다. 그는 안트베르펜 태생으로 고향에서 크게 신망
을 얻어 유력한 관직에 오른 사람이었는데, 장래에 최
고 관직에 이를 만한 유망주라 하겠는바, 그는 누구보
다 배움이 많고 인품이 뛰어난 젊은이였기 때문이다.
그는 선량하고 학식이 높았으며, 게다가 모든 사람에게
성실했다. 특히 친구들에게 열린 마음을 갖고 사랑과
신의와 성심을 보였기로 우정에 속하는 모든 일에서 그
와 견줄 사람을 찾는 것은 도저히 불가능할 듯싶다. 그
는 누구보다 겸손했으며, 가식과는 거리가 멀었으며,
지혜로움에 소박함을 겸비했다. 더불어 그의 화술은 유
쾌하고 악의 없는 익살로 넘쳐났으니, 조국과 집과 아
내와 자식들에 대한 간절함 이상의 그리움을 (벌써 그
때 넉 달 동안이나 집에 돌아가지 못하고 있었다) 그와
나눈 매우 달가운 교분과 매우 달콤한 대화 덕분에 꽤

페터 힐레스

나 완화시킬 수 있었다.

어느 날 나는 안트베르펜에서 가장 아름답고 유명한 성모마리아 대성당에서 미사를 마치고 숙소로 돌아가려던 참에 우연히 페터 힐레스가 어떤 사내와 이야기를 나누고 있는 것을 발견했다. 사내는 노년의 문턱을 넘어선 나이에 빛에 검게 그을린 얼굴을 하고 있었으며, 턱수염을 길게 기르고 어깨에는 외투를 아무렇게나 늘어뜨려 걸치고 있었다. 얼굴과 옷매무새로 미루어보건대 선원임을 짐작할 수 있었다. 페터 힐레스가 나를 발견하고는, 다가와 인사를 건넸다. 인사에 막 답하려는 순간 나를 이끌며 말했다.

"저분이 보이십니까?" 그렇게 그는 이야기를 나누던 사람을 가리켰다. "저분을 모시고 방금 당신께 가려던 참이었습니다."

"당신과 함께 오신다면 누구든 환영입니다." 나는 대답했다.

"실로 저분이 어떤 사람인지 아신다면, 저분 때문에 환영하실 것입니다. 왜냐하면 저분을 제외한다면, 오늘날 살아 있는 사람들 중에 미지의 나라와 거기 사는 인민에 관한 이야기를 저분만큼 자세히 들려줄 수 있는 사람은 없기 때문입니다. 당신도 저분의 이야기를 듣고 싶어 하시리라 믿습니다." 그가 말했다.

"그렇다면 제 추측이 과히 틀리지 않은 듯합니다. 첫눈에 저는 저분이 선원이리라 생각했습니다." 나는 말했다.

"그렇게 생각하셨다면 무척 잘못 짚으셨습니다." 그는 말했다. "저분은 바다 여행을 하셨으되, 유명한 선원 팔리누루스[1]로서가 아니라, 모험가 오뒷세우스처럼 하셨으니까요. 아니 오히려 플라톤과 같은 분이라고 하겠습니다. 왠고 하니 저분은 라파엘 휘틀로다이우스 씨라고 하는데, 라틴어를 모르지 않으며, 희랍어에 조예가 상당히 깊으신 분이기 때문입니다. 저분은 철학에 관심이 많은 까닭에 라틴어보다는 희랍어를 더 깊게 공부하셨답니다. 저분은 철학 분야에서 세네카나 키케로를 제외한다면 그리 중요하다 여길 만한 글이 라틴어로 쓰인 예는 드물다고 생각하셨답니다. 고향은 루시타니아[2]입니다만, 형제들에게 물려받은 유산을 맡겨두고, 세상을 구경하고 싶은 욕심에 아메리고 베스푸치 일행에 합류했답니다. 널리 읽히고 있는 바와 같이[3] 베스푸치가 감행한 네 번에 걸친 항해 가운데 세 번의 항해에서 내내 베스푸치와 동행했으며, 다만 마지막 항해에서는 베스푸치를 따라 귀환하지 않았다고 합니다. 대신 아메리고 베스푸치를 설득하고 종용하여, 마지막 항해에서 도달한 마지막 지점에 세운 요새에 다른 선원 스물세 명과

---

1 베르길리우스의 《아이네이스》에 등장하는 인물로, 아이네아스의 항해사였다.
2 오늘날의 포르투갈 영토다.
3 아메리고 베스푸치의 항해에 대한 기록으로 1504년에 책이 두 권 출간되었는데, 그중 하나는 《신세계 Mundus Novus》이고, 다른 하나는 《아메리고 베스푸치의 네 번에 걸친 항해 Quattuor Americi Vespucci Navigationes》다.

함께 남게 되었다고 합니다. 그렇게 뒤에 남은 것은 여행에 더 큰 관심을 갖고 있던 마음을 좇은 결과였으니, 어디에 묻힐지는 관심이 없었다고 합니다. 저분은 무덤에 묻히지 못한 사람은 하늘이 덮어준다거나 종국에 하늘에 이르는 길은 어디서나 매한가지라는 격언들을 즐겨 입에 올립니다. 아무튼 하느님께서 도와주시지 않았다면, 저분의 그런 결심은 커다란 값을 치르고 말았을 겁니다. 베스푸치가 떠나자, 다섯 명의 동료와 함께 많은 지역을 여행했으며, 마침내 운 좋게 타프로바네 섬[4]에 닿았고 거기서 다시 칼리퀴트[5]에 도착했답니다. 때마침 루시타니아에서 온 선박을 만나, 불가능한 일이라며 희망을 접었던 조국으로 마침내 돌아왔다고 합니다."

격언

페터 힐레스가 이렇게 말을 마쳤을 때, 나에게 호의를 베풀어, 함께 이야기를 나눈다면 커다란 즐거움을 가져다줄 법한 인물과 대화를 나누도록 배려해준 그에게 감사를 표하고 나서, 나는 라파엘 휘틀로다이우스 씨에게 몸을 돌렸다. 우리는 서로 인사를 교환하며, 첫 번째 만남에서 사람들이 흔히 하는 인사말을 나누고, 함께 내 숙소로 출발했다. 우리는 숙소 안마당, 떼를 입힌 지붕으로 장식된 의자에 함께 앉아 이야기를 나누었다.

라파엘 휘틀로다이우스 씨는 우리에게 아메리고 베

---

4 오늘날 스리랑카가 위치한 실론 섬을 가리키며, 희랍어에서 유래한다.
5 인도 서부 해안에 위치한 항구도시를 가리킨다.

스푸치가 떠난 후, 그와 그의 동료들이 요새에 남아 어떻게 지역 주민들과 서로 친절한 말을 주고받으며 사귀고 어울리기 시작했는지를 말해주었다. 머지않아 그들은 아무런 걱정 없이, 더 나아가 우정 어린 마음을 갖고 지역민들과 함께 살게 되었다. 지역민들의 우두머리는—그의 이름과 그가 다스리던 지역 이름을 나는 잊어버렸는데—그들에게 친절하고 자혜롭게 처신했다. 너그러운 처분에 힘입어 그와 그의 다섯 동료들은 길양식을 넉넉하게 얻었으며, 길을 가는 데 필요한 장비, 물을 건널 때 쓰이는 배와 육로를 지날 때 쓰이는 수레를 얻어 쓸 수 있었다. 또한 믿을 만한 안내자를 내주었는데, 안내인은 자신의 우두머리가 전하는 간곡한 인사말과 함께 그들이 방문하려는 다른 지역 우두머리들에게 그들을 데려다 주곤 했다. 여러 날 길을 간 끝에 그들은 마을과 도시들을 발견하곤 했으며, 또한 많은 시민들을 거느리고 잘 다스려지는 여러 나라들을 보곤 했다.

그는 이어 말했다. 분명 적도선 바로 아래와 양옆 지역, 태양의 궤도가 지나가는 넓은 지역에는 버려진 땅들이 계속되는 불볕더위로 타오르고 있었다. 사방이 불결했고, 사물들의 모습은 우울해 보였으며, 모든 것은 흉측해 정갈하지 않았고, 야수들과 뱀들이 살고 있었고, 혹은 맹수와 다름없이 야만적이고 위험한 인간들이 살고 있었다. 여기서 조금 더 나아가니, 점차 모든 것들이 나아졌다. 하늘의 맹렬함은 누그러들었고, 대지는 푸르러 나긋해졌고, 목숨 달린 것들은 한결 유순해졌다. 마침내 우리는 사람들과 도시들과 마을들을 볼 수 있었다. 그곳에서는 가까이 사는 이웃들과 서로 물건을 사고파는 일이 벌어지고 있었으며, 심지어 멀리 떨어져 사는 사람들도 무역을 위해 바다와 땅으로 찾아오고 있었다. 여기서 그와 그의 동료들은 오며가며 여기저기 많은 지역을 방문할 수 있었던바, 어디든 그들이 가기로 결정만 하면 그곳으로 가는 배는 그들을 태워주길 마다하지 않았다.

그는 이어 말했다. 첫 번째 지역에서 그들이 본 배들은 밑창을 평평하게 깔아놓은 배들이었다. 갈대나 혹은 버들가지를 엮어 만든, 아니면 가죽을 꿰매어 만든 돛을 달고 있었다. 하지만 나중에는 바닥은 뾰족하고, 천으로 만든 돛을 단 배들도 볼 수 있었는데 모든 점에서 우리네 배와 매우 흡사했다. 그곳 선원들은 바다를 잘 알고 있었으며, 하늘을 보고 일기와 방위를 가늠할 수 있었다. 하지만 선원들은 나침반에 관해서는 전혀 알고 있지 못했으며, 그가 나침반 사용법을 전수해주자 굉장히 기뻐했다. 그런 이유에서 예전에 선원들은 바닷길에 두려움이 있어 여름이 아니고서는 여간해서는 바다에 나서지 않았으나, 이제 나침반에 기대어 겨울을 가볍게 여기게 되었으며, 바닷길이 안전해지다 보니 이제는 사소한 주의도 기울이지 않게 되었다. 하여 그들의 장래에 유용한 물건이 되리라 생각했던 것이 어리석음으로 인해 커다란 위험의 원인이 되지나 않을까 걱정하기에 이르렀다.

그는 여러 고장을 돌며 자신이 보았던 것을 이야기해 주었으나, 이것을 여기서 다 설명하자니 말이 길어지려니와 책의 목적도 그것이 아닌바, 나는 이에 관해서는 다음 기회로 미루고자 한다. 그때는 특히 알아두면 쓸모 있는 것들을 중심으로 이야기하되, 그가 매우 문명화된 지역에서 관찰했던 바르고 지혜로운 제도들을 이야기하겠다. 이런 것들에 관해 우리는 매우 열심히 물었으며 그는 매우 기꺼이 대답해주었다. 괴물에 관해서는 전혀 새로울 것도 없다는 생각에 물어보지도 않았다. 이렇게만 그에게 물은 이유는 스퀼라, 게걸스러운 켈라이노, 사람을 잡아 먹는 라이스트뤼고네스 족 등과 같은 유의 무시무시한 괴물들[6]은 오늘날 흔하게 발견할 수 있는 반면, 지혜롭고 현명하게 다스려지는 나라는 오늘날 어디서도 전혀 찾아볼 수 없기 때문이었다. 또한 그는 새로 발견한 인민들에게서 찾은 잘못된 관습들도 언급하는 한편, 우리네 도시와 나라와 인민과 왕들이 저지르는 잘못을 시정하는 데 유용한 관습을 일러주었으나, 앞서 말한 대로 이것들은 다음에 다루도록 하겠다. 지금은 오로지 유토피아 인민들의 관습과 제도에 관해서만 들은 바를 전하고 한다. 먼저 그가 그런 나라

---

6 스퀼라는 《오뒷세이아》 12권 73행 이하에 등장하는 하체에 여섯 개의 머리를 가진 여자 괴물이다. 켈라이노는 《아이네이스》 3권 209행 이하에 등장하는 괴물로 하르퓌이아 가운데 하나다. 하르퓌이아는 여자 얼굴을 한 새다. 라이스트뤼고네스 족은 《오뒷세이아》 10권 76행 이하에 등장하는 식인족이다.

에 대하여 이야기하게 된 과정을 되새겨보겠다. 라파엘 휘틀로다이우스 씨는 아주 세심하게 여기서는 이런, 저 기서는 저런 하는 식으로 기실 양쪽에 상당히 널려 있 는 불합리를 비판하는 가운데, 여기 우리네와 저기 그 네들에게 합리적인 점들을 지적했다. 그는 방문했던 고 장에 대하여 매우 정통하여 마치 평생을 거기서 살았던 사람처럼 보였다. 페터 힐레스가 이 점에서 그에게 경 탄하며 말했다. "라파엘 휘틀로다이우스 선생, 저는 당 신이 어찌하여 어떤 왕에게도 봉사하지 않으시는지 모 르겠습니다. 믿거니와 당신이 그렇게만 한다면 당신에 게 고마워하지 않을 왕은 없을 것입니다. 왜냐하면 당 신의 학식과 세상과 세상 사람들에 대한 견문이야말로 왕을 즐겁게 하는 데 그치지 않고, 실증의 예로써 그를 일깨우며, 조언으로써 그를 돕는 데 더할 나위 없이 탁 월하기 때문입니다. 그렇게만 되면, 당신은 커다란 부 를 얻을 수 있을 것이며, 당신의 친구들 모두에게 상당 한 유익함과 편리를 제공할 수 있을 텐데 말입니다."

라파엘 휘틀로다이우스 씨는 말했다. "친지들에 관하 여 저는 그다지 마음 쓰지 않습니다. 저는 친지들에게 제가 할 본분을 어느 정도 마쳤다고 생각합니다. 다른 사람들은 늙고 쇠약한 나이가 되어서야, 그것도 매우 어렵게 더는 갖고 있을 수 없을 나이가 되어서야 재산 을 내놓는다고 하지만, 저로 말하자면 파릇파릇하고 젊 을 때 이미 친지들과 친구들에게 재산을 나누어 주었습 니다. 그들이 저의 이런 호의에 만족하고 더는 바라지 않을 것이라 생각한 것입니다. 그들은 자신들을 위해 제가 종복으로 어느 왕 아래 일할 것을 주장하거나 기대하지 않을 것입니다."

페터 힐레스가 말했다. "아무렴 지당한 말씀입니다. 왕들에게 종복으로 일하시라는 뜻이 아니라, 다만 그저 봉사하시라는 뜻입니다."

라파엘 휘틀로다이우스 씨가 말했다. "그것은 그저 글자 한 자 다를 뿐입니다."

페터 힐레스가 말했다. "그것을 당신이 어떻게 부르시든 간에 저는 단지 당신이 다른 사람들을 공적으로나 사적으로 유익하게 하며 또한 당신 자신의 처지를 조금 더 유복하게 할 수 있는 그런 길을 말씀드렸을 뿐입니다."

라파엘 휘틀로다이우스 씨가 말했다. "제 마음에 꺼려지는 길을 통해 과연 제가 더욱 유복하게 될 수 있을까요? 저는 지금 이렇게 제 마음이 이끄는 대로 살아가고 있습니다. 고관대작들 가운데 누구도 이런 삶을 살아간다고 말할 수 없으리라 확신합니다. 권력자들의 우정을 얻으려 애걸하는 사람들이야 많기도 많거니와, 저나 혹 저와 같은 몇 사람이 거기에 끼지 않더라도 그것이 커다란 손해가 되지는 않을 것입니다."

나는 말했다. "라파엘 씨, 제가 보기에 당신은 재산이나 권력을 탐하는 사람이 아님이 분명합니다. 저는 당신과 같은 유의 정신을 소유한 사람들을 매우 존경합니다. 커다란 부와 권력을 주무르는 그 어떤 사람들보다 말입니다. 허나 당신은 당신의 그토록 고귀한 마음과 진정 철학적인 정신에 어울리는 일을 하시는 것이 좋을 듯합니다. 개인적으로 약간의 불편을 감수하시더라도 재능과 힘을 다하여 공익을 도모하시는 것 말입니다. 당신이 위대한 왕을 위해 각료회의에 참여하시어 왕에게 정당하고 옳은 것을 조언하신다면 그 무엇으로도 얻을 수 없을 만큼 커다란 열매를 얻을 것입니다. 당신은 분명 이렇게 할 수 있으리라 생각합니다. 왜냐하면 마치 강물이 마르지 않는 샘물에서 비롯되는 것처럼, 인민들에게 닥쳐오는 행복과 불행은 모두 왕에게서 비롯되기 때문입니다. 그렇게 많은 것을 경험하신 분은 비록 학식이 없을지라도 그러하거늘, 하물며 당신처럼 학식이 높고 덧붙여 세상사 많은 것을 경험하신 분이야말로 어느 왕에게나 특별한 각료가 될 것입니다."

라파엘 휘틀로다이우스 씨가 말했다. "친애하는 모어 씨! 당신은 두 가지를 잘못 생각하고 있습니다. 우선은 저에 대한 것이고, 다음은 사태에 대한 것입니다. 저로 말씀드리자면 당신께서 생각하시는 만큼 그런 능력을 갖고 있지 못합니다. 설령 그런 재능을 갖고 있다손 치더라도 저는 저의 한가로운 생활을 분주한 일과 맞바꾸지 않을 것입니다. 대부분의 왕들은 하나같이 군사적인 욕망에 사로잡혀, 평화를 위한 기술을 돌보지 않으며, 어떻게 하면 수단 방법을 가리지 않고 새로운 영토를 얻을 것인가에 몰두할 뿐 지금 가지고 있는 나라를 어떻게 잘 다스릴 것인가에는 관심이 없습니다. 저는 이런 일에는 문외한이며 저로서는 이런 일을 배우고자 하지 않습니다. 게다가 왕의 각료로 참여한 사람들은 누구나 이미 충분히 현명하거나, 혹은 적어도 스스로 그렇다고 생각하여 다른 사람들의 조언을 귀담아듣지 않으며, 다만 그들이 듣는 것이라고는, 그들이 아무리 어리석은 소리를 해도, 이에 아부하고 동의하는 소리뿐입니다. 왕의 호의를 가장 많이 입는 그들에게 혜택을 바라고 지껄이는 소리겠지요. 하기야 제 생각이 옳다고 여기고 이에 따르는 것은 어쩌면 자연스러운 것입니다. 그래서 까마귀는 제 새끼를 사랑하고, 원숭이는 제 새끼를 아끼는 법입니다.

각료라는 자들은 다른 사람을 질투하거나 제 생각을 내세우는 사람들로 구성되어 있어, 어떤 사람이 책에서 읽은 옛것이나 다른 곳에서 본 새로운 것을 이야기하면, 이를 듣고 지혜롭다는 자신들의 명성이 훼손되고 이후 자신들이 바보 취급당할 것을 두려워하며, 이 사람의 의견을 헐뜯고 흠잡기 일쑤입니다. 하지만 온갖 헐뜯기에도 일이 여의치 않으면, 이렇게 말하며 빠져나갑니다. '그런 일이라면, 그 현명함을 우리가 배워야 할 우리네 조상들이 하던 대로 따르는 것이 옳습니다.' 이렇게 말하고는 결말을 지은 듯 자리에 앉습니다. 조상들보다 더 현명한 것을 제안하면 큰일이라도 나는 양 말입니다. 실제 조상들의 기가 막히도록 현명한 제안조차 아무런 생각 없이 내버려두면서 말입니다. 행여 조상들의 것보다 현명한 제안이 발의되면 이를 악착같이 물고 늘어져 헐뜯게 됩니다. 나는 이런 오만하고 어리석고 우스꽝스러운 경우를 종종 보았으며, 다른 곳에서 그렇지만 영국에서도 한 번 마주쳤습니다."

나는 말했다. "그렇다면 당신은 우리 나라를 방문하신 적이 있으신가 봅니다."

라파엘 휘틀로다이우스 씨는 말했다. "예, 있습니다. 몇 개월 동안 머물렀습니다. 영국 서부 지방 사람들이 왕에 대항하여 반란을 일으켰으나 가련하게도 무참히 도륙당한 사건[7]이 발생한 바로 뒤였습니다. 머무는 동안 나는 켄터베리 대주교이자 영국 대법관이신 존 모턴[8] 추기경에게 많은 신세를 졌습니다. 페터 씨, 모어 씨는 이미 아시겠지만, 그분은 대단한 위엄을 갖추셨으며, 그에 못지않은 지혜와 덕을 갖춘 분이었습니다. 그분은 중간 정도 키에 연세가 높으신데도 몸을 꼿꼿이 가누고 계셨습니다. 표정은 근엄하면서 온화했습니다. 사람들과 기꺼이 어울렸으나, 늘 진지하고 신중하셨습니다. 청원자들을 만나면 사심 없이 날카로운 질문을 던져 어떤 인물이며, 어떤 마음을 가진 자인지를 살피길 좋아하셨습니다. 청원자가 덕성을 갖추고 있으며, 어리석은 태도가 없음이 드러나면 일을 하기에 적당하다고 생각하셨던 것입니다. 그분의 말씀씨는 세련되고 뜻이 분명했으며, 법률에 관한 지식은 매우 높았으며, 누구도 따

---

7 1497년 헨리 8세의 가혹한 세금 징수로 인해 콘월 지방에서 발생한 사건.
8 John Morton(1420~1500).

를 수 없는 재능을 갖춘 데다 기억력은 놀라울 정도로 뛰어났습니다. 원래 타고난 재주를 학습과 훈련으로 단련하셨던 것입니다. 왕은 그분의 조언을 매우 신뢰했으며, 그에 따라 국가가 빛을 발하는 것을 머무는 동안 목격했습니다. 아직 앳된 청년의 모습으로 학교를 졸업하고 바로 궁정에 합류하여, 수많은 세월 아주 중요한 일들을 수행하셨으며, 수많은 운명의 변전에 치열히 맞서 크고 많은 위험을 이겨내며 세상을 보는 지혜를 얻으셨습니다. 이렇게 얻은 지혜는 쉽사리 사라지지 않는 법입니다.

어느 날 우연히 저는 그분과 같은 식탁에 앉게 되었습니다. 그 자리에는 당신네 법률에 조예가 깊은 어떤 사람이 함께했습니다. 이야기가 어떻게 거기에 이르게 되었는지는 알 수 없으나, 그 사람은 당시 절도범에게 시행되던 엄정한 법 집행을 극구 칭찬했습니다. 그의 말에 따르면 당시 나라 여기저기에서 절도범 스무 명을 하루에 같은 십자가에 걸어 처형하는 일이 있다고 하면서 처형을 피할 수 없고 가혹한 운명을 당해야 하는데도 수많은 도둑들이 사방에서 계속 생겨나는 것은 놀라울 뿐이라고 말했습니다. 그때 저는 추기경 앞에서 감히 생각한 대로 말했습니다. '놀라운 것도 아닙니다. 절도범에 대한 이런 식의 처벌은 오히려 정의에 위배될 뿐 공익에 기여하지 않기 때문입니다. 절도에 대한 처벌로 이것은 지나치게 가혹할 뿐 절도를 막는 데 효과가 없습니다. 단순한 절도는 목숨을 빼앗을 만큼 커다란 범죄가 아닙니다. 다른 먹고살 방법을 익히지 못한 사람들로 하여금 절도를 멀리하도록 만드는 데는 제아무리 가혹한 처벌일지라도 무의미할 뿐입니다. 하지만 이런 문제에서 당신들이나 세상의 상당수는 학생을 가르치기보다 두들겨 패는 어리석은 선생을 흉내 내려는 듯 보입니다. 절도범에게 가혹하고 무거운 처벌 조항만을 추가하려 드니 말입니다. 오히려 이들에게 먹고살 방도를 찾아줄 것을 궁리하며, 이들이 도적질을 택하여 마침내 생명을 잃는 엄한 운명에 처하지 않도록 도모할 일입니다.'

어떻게 하면 많은 도적이 생기지 않을 수 있을까.

그러자 그 사람은 '그런 것들이라면 이미 충분히 마련되어 있습니다. 제 스스로 악한이 되고자 하지 않는다면 장인의 기술을 익히거나 농사일을 배워서 먹고살 수 있을 겁니다'라고 주장했습니다.

저는 말했습니다. '아닙니다. 전혀 그렇지 않습니다. 우리는 먼저 외국과의 전쟁이나 혹 내전으로 인해 불구의 몸으로 고향으로 돌아오는 사람들을 잊고 있는 것 같습니다. 예를 들어 최근 영국에서 발생한 콘월[9] 반란 사건과 얼마 전 영불전쟁에서 국가 혹은 왕을 위해 팔다리를 상실한 사람들이 있습니다. 이들은 신체적 불편 때문에 더는 옛 직업을 유지할 수 없었으며, 나이가 많아 새로운 기술을 익히기가 어려운 처지였습니다. 전쟁이란 드문드문 일어나는 사건이니 이들을 잊을 수 있다

---

9 앞서 영국의 '서부 지방'이라고 언급되었던 지역.

87

고 합시다. 그럼 하루도 빠짐없이 일어나는 일을 생각해봅시다. 마치 수벌처럼 다른 사람들, 예를 들어 자기네 농장에서 일하는 농부들을 부려 한가하게 여유를 즐기는 귀족들이 많이 있습니다. 이들은 간신히 살아 있을 정도만 농부들에게 남겨놓고 소작료로 거두어갑니다. 그나마 남겨놓는 것은 귀족들이 알고 있는 유일한 검약 때문이라고 하겠는데, 그들은 여타 일에서는 이렇게 남겨두는 법이 없이 탕진하는 사람들입니다. 그뿐만이 아니라 한가하기 짝이 없는 신하들 한 떼를 데리고 다니지만, 이들도 생계를 꾸릴 여타 기술을 배운 경험이 있는 자들은 아닙니다. 이들은 주인이 사망하거나 혹 자기네가 병들어 약해지면 곧 집 밖으로 쫓겨나는데, 주인은 먹고 노는 신하를 거둘망정 병들어 누운 수하는 돌보지 않는 법이기 때문입니다. 혹은 사망한 주인의 상속자가 물려받은 식솔들을 계속해서 건사할 여유가 없기 때문입니다. 곧 이들은 굶주리게 될 겁니다. 도둑질을 하지 않는다면 말입니다. 쫓겨난 신하들이 과연 무엇을 할 수 있을까요? 떠돌아다니던 그들의 옷이 낡고 건강이 나빠져 병으로 몸은 쇠약해지고 걸친 것이라고는 기운 옷뿐이라면 돈 많은 귀족들 가운데 누구도 그들을 받아주지 않을 테니 말입니다. 또한 시골 농부도 그들을 받을 엄두를 내지 못할 겁니다. 왜냐하면 여유와 사치 속에 유약하게 자랐으며, 곧잘 칼과 방패를 들고 설쳐대며, 이웃 사람들을 어두운 표정으로 대하고 엇비슷하다 싶으면 깔보던 그들은, 적은 품삯과 저급한 음식을 먹으며 결코 삽과 괭이를 들고 열심히 일을 하기 어려울 사람들임을 시골 농부도 익히 알고 있기 때문입니다.'

저의 말에 그는 이렇게 대꾸했습니다. '우리는 특히 이런 자들을 양성해야 합니다. 우리가 전쟁을 치르기라도 한다면 장인들 혹은 농부들보다는 크고 원대한 기상을 가진 이런 사람들이 필요할 것이며, 군대는 이들의 힘과 용기로써 세워질 겁니다.'

저는 말했습니다. '그렇게 주장하신다면 우리는 전쟁을 위해 절도범들을 양성해야 한다고 말씀하시는 꼴입니다. 그런 식으로 군인들을 양성한다면 결국 절도범들은 끊이지 않을 테니 말입니다. 결국 도적은 훌륭한 군인을 만들고, 군인은 탁월한 도적을 만드는 셈이니, 양자의 직업은 서로 잘 합치되는 것 같습니다. 당신네 나라에서 자주 등장하는 이런 문제는 그렇다고 당신네 나라에만 국한된 것은 아닙니다. 거의 모든 나라에 공통된 문제입니다. 특히 프랑스는 이런 역병을 현재 극심하게 겪고 있습니다. 지금을 평화시라고 말할 수 있다면, 평화시에조차 프랑스는 월급을 받아먹는 용병들로 가득 차 있으니 말입니다. 당신네들이 게으른 하인들을 먹여살려야 한다는 것과 동일한 논리에 따라서 그렇게 하고 있습니다. 이것 모두는, 윤똑똑이들[10]이 생각

상비군을 지속적으로 유지하는 것에서 발생하는 폐단

---

10 'morosophi'라는 말의 번역으로, moro-sophi로 분석할 수 있는데 moros는 '멍청이'라는 희랍어이며, sophos는 '지혜로운 사람'이라는 희랍어다. 따라서 '멍청한 현인'으로 직역할 수 있다.

하기에, 국가의 안녕이 항시 완전히 준비된 강한 군대를 갖추는 데, 특히 노련한 군대를 마련해두는 데 달렸다 믿기 때문인데, 경험이 부족한 자들은 신뢰할 수 없다 하여 간혹 병사들에게 경험을 쌓아줄 양으로 전쟁 구실을 찾으니, 그들은 살루스티우스가 신랄하게 풍자했던바, 놀고 지내다 수족과 영혼이 무뎌지지 않도록 배려합니다.[11] 물론 프랑스는 이런 짐승 같은 종속들을 먹이는 것이 얼마나 위험한 일인지를 알고 있습니다. 로마제국과 카르타고와 시리아와 여러 다른 민족들의 예를 통해 분명히 알려준바, 마련해둔 저들의 군대가 저들의 정부와 토지와 도시를 이러저러한 기회에 파괴해버렸으니 말입니다. 사실 이렇게 군대를 마련해두는 것은 도무지 불필요한 일이며, 제가 여기 계신 분들에게 듣기 좋으라고 하는 소리는 아닙니다만, 태어나면서부터 전쟁을 훈련한 프랑스 병사들이 당신네처럼 소집된 병사들보다 뛰어나다고 내세울 만한 근거도 요즘 같아서는 전혀 없습니다. 당신네 도시 수공업자들이나 혹은 시골 농부들은 육체적으로 폭력과 몰염치를 견뎌낼 만큼 강인하고, 정신적으로 식구들을 양육하는 데 충분할 만큼 강력하여, 제후들의 게으른 병사들을 전혀 두려워하지 않는 듯합니다. 한때 건장하고 기운찬 육신을 가졌으나, 그랬으니까 제후들이 그들을 선발했을 것입니다만, 마침내 몸을 망친 병사들, 무위도식에 게을러

---

11 살루스티우스, 《카틸리나 전쟁기》 16장 3을 보라.

지고 마치 여자들처럼 물렁해진 병사들이 만일 수공 기술을 익혀 먹을 것을 얻고 힘써 일해 생계를 꾸렸다면 결코 유약해지지 않을 텐데 말입니다. 사태가 이러한 즉, 제가 보기에 전쟁 등의 비상시를 위해, 당신들이 원한다면 전쟁을 피할 수도 있고 전쟁보다는 평화를 더욱 많이 고려할 수 있는데도, 엄청난 수의 병사들을 먹여살리는 것은 오히려 평화에 저해가 될 뿐 국가에 전혀 무익합니다. 물론 이것이 사람들을 도둑질로 내모는 유일한 이유는 아닙니다. 다른 이유 하나를 생각하고 있는데, 이것은 특히 영국의 경우에 해당하는 것 같습니다.'

이러자 추기경이 말했습니다. '그것은 어떤 것입니까?'

저는 말했습니다. '그것은 바로 양들입니다. 양들은 흔히 온순하고 많이 먹지도 않습니다. 그런데 오늘날 제가 듣기로 양들이 사나워지고 게걸스러워지기 시작하여 마침내 인간들마저 집어삼킬 정도라고 합니다. 토지며 가옥이며 도시를 황폐화시켜 사람들을 몰아내고 있습니다. 부드럽다는 이유로 값비싼 양털이 생산되는 곳이라면 어디서나 귀족들과 부유한 시민들까지, 심지어 성직자로 봉직하는 상당수 수도원장들도 이제는 매년 토지로 얻는 소득과 수입에 선조들이나 선임자들처럼 만족하지 못하고, 공익에 해를 끼칠 뿐 전혀 기여하지 않은 채 여유롭고 화려하게 살더니, 농사지을 토지를 깡그리 없애고 방목을 위한 울타리를 둘러놓고, 주택을 헐어 없애고 마을을 철거했습니다. 그래도 교회는 남겨두었는데 그것도 실은 겨울 추위를 피할 외양간으로 쓰기 위해서입니다. 야생동물들의 은신처와 서식지가 부족하기라도 한 것처럼 저 대단하신 분들은 인간 살림살이들을 모조리 야생 상태로 돌려놓고 있습니다. 이는 욕망에 굶주린 대식가 한 명이 땅 몇천 평을 울타리 하나로 둘러치고 농부들을 몰아낸 형국으로 혹독한 국가적 역병이라 불러야 마땅하겠습니다. 농부들 가운데 일부는 속임수나 혹은 강압에 의해 그들 소유의 토지에서 쫓겨났으며, 일부는 괴롭힘을 견디다 못해 땅을 팔고 떠났습니다. 이러저러한 이유로 사내들과 여인들, 지아비들과 지어미들, 고아들과 과부들, 부모들과 어린 자식들은 가련하게도 고향을 떠나야 했습니다. 잘살았기 때문이라기보다는 농사일에는 일손이 많이 필요한 탓에 식구가 많았습니다. 정들고 낯익은 고향땅을 버리고 그들을 받아줄 땅을 찾지 못한 채 떠나갔던 것입니다. 어지간히 쓸 만한 살림마저 적당한 임자를 기다리지 못하고, 등 떠밀려 어쩔 수 없이 형편없는 값에 팔아치워야 했습니다. 정처 없이 떠돌다가 손에 쥔 돈마저 모두 써버리게 되면 도대체 그들이 무엇을 할 수 있겠습니까? 그들은 물건을 훔쳐, 정당하다고 할 수 있을지 모르겠으나 교수형을 당합니다. 아니면 돌아다니며 동냥질로 연명할 수밖에 없습니다. 일자리가 없어 그렇게 돌아다니다가 또 부랑자라는 이유로 감옥에 들어가게 됩니다. 그들이 아무리 열심히 일자리를 얻으려고 해도 누구 하나 그들에게 일을 주지 않는데도 말입니다. 씨를 뿌릴 땅이 남아나질 않았으니 농사일에 익숙한 그들이 필요할 턱이 없으며, 더군다나 씨를 뿌려 곡식을 일구는 데 수많은 일손이 소요될 넓은 땅에서도 양치기 한 명이나 목동만 있으면 충분히 양들을 돌볼 수 있으니 말입니다.

이와 같이 울타리를 쳐 방목장을 만드는 통에 많은 고장에서 곡물 가격이 크게 폭등했습니다. 게다가 방목장을 만들면서 이제껏 양털로 옷을 입던 농부들은 일터에서 밀려나 놀 수밖에 없었기에, 이후 더는 비싸지는 양털 구입 비용을 감당할 수 없었습니다. 양 목장이 만들어진 후에 전염병이 생겨 엄청난 양들이 죽었기 때문인데, 목장주들의 탐욕을 벌하려고 신이 양들에게 역병을 보낸 듯싶습니다. 양들 대신 목장주들에게 역병을 보내셨으면 좋았을 텐데 말입니다. 하기야 양들의 숫자가 아무리 늘어난들 양털 가격이 내려갈 리는 만무합니다. 그것을 독점 상태라고 부를 수는 없는데, 한 사람이 양털을 모두 장악하는 것이 아니기 때문입니다. 그렇게 부를 수 있다면 소수 부자들 손에 양털이 거래되는 상황이니 과점 상태는 분명합니다. 그들이 원하지 않는데도 팔게 할 강제 장치가 전혀 없으니, 그들은 원하는 가격을 받고서야 양털을 팔고 있습니다.

더불어 다른 가축들도 같은 이유에서 가격이 오르고 극심하게 폭등했는데, 이는 농가가 줄어들고 농업이 쇠락하면서 가축을 먹이는 사람들이 남아나지 않은 까닭입니다. 부자들은 소를 먹이는 일에는 관심이 없으며,

양들 키우기에만 매달려 다른 지역에서 마른 양들을 저렴하게 구입하여 목초지에서 살찌워 비싸게 내다 파는 데만 혈안이 되어 있습니다. 이런 방식의 목축이 가져올 폐해는 아직까지 널리 알려지지 않은 듯싶습니다. 무슨 말이냐 하면 아직까지는 부자들이 비싸게 양을 팔고 있는 지역에서만 그들은 가격을 올려놓았습니다만, 머지않아 양들이 태어나는 것보다 빨리 부자들이 전국적으로 양들을 사들이고, 사들일 수 있는 양들의 수가 줄어들면 끝내 극심한 품귀 현상이 일어날 것은 필연적입니다. 그렇게 되면 아직은 형편이 매우 다행스러운 영국에서도 곧 소수의 탐욕으로 극심한 물자난이 닥칠 것입니다. 그래서 생필품 가격이 오르면 사람들은 식솔들을 되도록이면 많이 해고할 텐데, 이들이 과연 구걸 말고 무엇을 하겠으며, 개중 배포가 큰 자들은 손쉽게 도둑질에 가담하지 않지 않겠습니까?

이런 물자난과 생필품 품귀를 더욱 부추기는 것은 무분별한 사치 생활입니다. 귀족들의 하인들과 고용인들뿐만 아니라 심지어 농부들까지 거의 모든 사회 계급에 호사스러운 옷과 사치스러운 음식이 만연하고 있습니다. 술집이며 유곽이 즐비하고 매음굴과 그에 버금가는 포도주 가게와 맥주집들이 널렸으며 그곳에서는 부적절한 도박이 벌어지는데 주사위, 딱지, 주사위 통, 공, 구슬, 원반 등을 가지고 갖가지 노름이 펼쳐지니, 이로써 가진 돈을 모조리 탕진한 노름의 사제들은 결국 도둑질로 접어들지 않겠습니까? 이런 치명적인 역병을 몰아내시라! 농가와 농촌 마을을 황폐화시킨 사람들이 이를 복구하게 하시라! 아니면 적어도 이를 재건하고 다시 일으키려는 자들에게 양도하게 하시라! 부자들이 이렇듯 사들이고 흡사 독점적 지위를 얻지 못하게 단속하시라! 한가하게 먹고 노는 사람의 수가 줄어들기를! 농업이 다시 살아나기를! 양모 가공업이 다시 살아나 일이 없어 놀고 있는 대중에게, 그들이 가난에 못 이겨 도적이 되었건 혹은 유랑하는 자들이건 혹은 지금은 게으른 하인이로되 장래 도적이 될 가능성을 가진 자들이건 상관없이 모두에게 유익한 기업이 되길!

앞서 언급한 역병을 몰아내지 못한다면 여러분이 아무리 법률로 도적을 처벌한들 아무 소용이 없을 것입니다. 그런 방법은 정의롭고 효과적인 듯싶지만 실제로는 겉보기에만 그렇게 보일 뿐입니다. 말은 어릴 적부터 사치스러운 삶에 익숙해지도록 가르친다지만 실제로는 타락시켜놓고, 성인이 되어 어릴 적부터 계속해서 보고 배운 그대로 행한 결과 범죄를 저지른 이들을 처벌한다면, 제가 묻거니와, 이는 결국 여러분이 도둑을 길러내고 도둑질했다고 처벌하는 것과 무엇이 다르겠습니까?'

제가 이렇게 말했을 때 그사이 변호사는 답변을 준비한바, 그는 자기 생각을 주장하는 방식보다, 기억력에 큰 보람을 얻으려는 듯 상대방 주장을 열심히 조목조목 따지는 흔한 논쟁 방식을 택했습니다. 그는 말했습니다. '참으로 훌륭한 말씀이십니다. 사태를 정확하게 있는 그대로 파악하기보다는 다른 사람들에게 정보를 전해 들을 수밖에 없는 외국인이신데도 말입니다. 말씀하신 것을 제가 더 간결하게 정리해보겠습니다. 먼저 말씀하신 것을 되짚어보고 나서 다음으로 우리 나라 사정에 관해서 잘못 알고 계신 것을 밝혀 선생의 잘못을 지적하며 마지막으로 선생의 주장을 반박하고 논파하고자 합니다. 말씀드린 대로 우선 선생은 네 가지를 주장하셨습니다.'

추기경이 어떤 사람이 심하게 수나를 떨 경우 이를 막는 나름대로의 방법을 보여준다.

추기경이 끼어들었습니다. '그만두십시오. 말머리를 꺼내는 것을 보아하니, 말이 길어질까 두렵습니다. 지금 당장 답변을 하시느라 수고하지 마시고, 우리가 다음에 다시 만날 때까지 숙제로 미루었으면 합니다. 당신이나 여기 계신 라파엘 씨에게 방해가 되지 않는다면 내일 다시 뵈었으면 합니다. 대신 라파엘 씨, 당신에게서 조금 더 듣고 싶습니다. 어찌하여 도둑질을 극형으로 다스려서는 안 된다고 생각하시는지, 어떤 다른 처벌을 마련해야 공익에 기여할 것이라고 생각하시는지 말입니다. 설마 도둑질을 처벌하지 말자고 생각하시는 것은 아닐 테니 말입니다. 죽음의 두려움마저 도둑질을 막지 못하는 오늘날의 형편에 만약 도둑에게 목숨을 보장한다면 어떤 강제력과 어떤 공포가 있어 도둑질을 막을 수 있겠습니까? 처벌을 약화한다면 그것은 결국 범죄를 방조하는 꼴이거나 심지어 포상하는 모양이 될 것입니다.'

제가 말했습니다. '친애하는 추기경님, 제가 보기에는 돈을 훔쳤다고 목숨을 유린하는 것 또한 마찬가지로 불의한 일입니다. 얼마의 금전적 재산이 되었든 그것과 인간 생명을 맞바꿀 수는 없다고 생각합니다. 단순히 돈이 아니라 정의가 침해되었으며, 법률에 저촉되었기에 그런 처벌이 내려진다고 말한다면, 그렇게 극단적인 정의는 극단적인 불의라고 말하겠습니다.[12] 예를 들어 엄부 만리우스가 사소한 잘못에도 칼을 휘두르는 경우는 정의로운 것이라 할 수 없습니다.[13] 또 스토아 학파의 가르침에서 모든 범죄는 다 마찬가지며, 사람을 죽이건 돈을 훔치건 아무 차이가 없다고 하지만, 공평함이 살아 있다면 양자를 하나로 취급하거나 비슷하게도 취급해서는 안 됩니다. 하느님께서 살인을 금지하셨는데, 약간의 돈을 훔쳤다고 우리가 살인을 저지를 수 있을까요? 또한 만약 누군가 살인 금지 계명을 해석하되, 인간이 만든 법률이 허용할 때는 가능하다고 해석한다면 다른 계명에 있어 강간, 간음과 거짓 증언을 이와 마찬가지로 해석하는 것을 어떻게 막을 수 있겠습니까? 하느님은 실로 다른 사람의 생명은 물론 자기 자신의 생명을 거둘 권리를 용인하지 않으셨는데, 인간들이 서로 합의하여 법률로 살해를 용인하고 이에 따라 형 집행인을 하느님의 계명에서 면제시켜 그로 하여금 하느님이 결코 허락하시지 않을 일을 인간의 법률로 정하여 사형

리비우스가 전하는 만리우스의 조치

---

12 "summum ius, summa iniuria"는 키케로의 《의무론》 1권 10, 33에 언급된 격언이다.

13 리비우스의 《로마사》 8권 vii, 1~22에 따르면 Manlius는 자신의 계율을 어긴 아들을 가차 없이 처형했다고 한다.

선고를 받은 자를 죽이도록 만든다면, 결국 하느님의 십계명은 인간의 법률이 허락하는 한에서만 효력을 갖는 꼴이 되고 말 것 아닙니까? 더 나아가 모든 일에서 사람들이 하느님 계율을 이와 동일한 방식으로 실천하게 될 것은 불을 보듯 명백합니다. 마지막으로 모세의 율법[14]도 무도한 노예들에게 매우 엄격하고 가혹한 편이지만 그럼에도 도둑질을 목숨이 아니라 돈으로 처벌토록 정하고 있습니다. 또한 하느님의 새로운 율법은 아비가 자식을 다스릴 때처럼 사랑을 강조하셨으며, 모세의 율법에서보다 더욱 가혹한 처벌을 허락하지는 않으셨습니다.

이상이 제가 그런 형벌이 잘못되었다고 생각하는 이유입니다. 도둑질과 살인을 동일하게 처벌하는 것은 어처구니없는 잘못이며 오히려 국가에 해를 끼친다는 것을 모르는 사람은 없으리라 생각합니다. 도둑질과 살인이 동일한 형벌로 처벌받는다는 것을 알게 된다면 단순히 물건을 빼앗고 말 도둑마저 사람을 해치게 될 것입니다. 왜냐하면 도둑질로 잡혀도 처벌이 다를 것이 없다면, 사람을 죽여 절도의 증인을 없애버리는 것이 더욱 안전하다고 생각할 것이기 때문입니다. 따라서 절도를 너무나 가혹하게 극형으로 처벌하는 일은 결국 죄 없는 피해자를 죽이도록 촉구하는 꼴입니다.

과연 어떤 처벌이 조금 더 효과적일 수 있을지 물으

---

14 《구약성경》〈탈출기〉 22장 이하를 보라. *

셨던바, 더 비효과적인 것은 무엇일까라는 질문보다는 쉽게 답변할 수 있을 것으로 생각합니다. 훌륭한 국법 체계를 이룩한 로마인들이 상당 기간 만족스럽게 사용한 방법이 그런 범죄를 다스리는 일에서도 효과적이라는 것은 물어 무엇하겠습니까? 로마인들은 무거운 죄를 범한 죄인들에게 평생 사슬에 묶여 채석장이나 광산에서 일할 것을 명령했습니다. 하지만 이런 일과 관련하여 어떤 다른 민족들이 사용하는 방법보다 훌륭한 것을 저는 페르시아를 여행하는 동안 보았습니다. 그것은 폴뤼레리테스[15]라고 알려진 사람들에게서 제가 보았던 처벌 방법입니다. 이들의 나라는 작지 않았으며, 훌륭하게 다스려지고 있었으며, 매년 페르시아 왕에게 조공을 바치는 것을 제외하면 독립적이었으며, 독자적인 법률을 세워 자치 정부를 수립하고 있었습니다. 한편 바다에서 멀리 내륙 깊은 곳에 자리 잡고 있어 사방이 온통 고산준령에 막혀 있었습니다. 나쁘지 않은 땅에서 얻은 소출에 만족하며 살고 있어 그들은 다른 민족들을 찾지도 않았고 반대로 다른 민족들이 그들을 찾아오지도 않았습니다. 그들은 고래의 전통을 본받아 굳이 영토를 넓히고자 하지 않았으며 산악 지형이 그들을 불의한 침입에서 막아주고 있었으며 매년 그들이 가져다 바치는 조공이 그들을 지켜주었습니다. 그리하여 그들은 전쟁을 면할 수 있었으며, 남들에게 내세울 것은 없지

페르시아 근처에 있는 폴뤼레리테스라는 국가

---

15 희랍어 어원에 따라 번역하면 '많은 어리석음의 민족'이라고 할 수 있다.

만 편안하게, 이름을 얻거나 남들에게 알려지지는 않았으나 행복하게 살아가고 있었습니다. 이들은 사실 이웃한 나라에나 조금 알려졌을 뿐 다른 사람들에게는 전혀 알려지지 않았습니다.

그들의 법률에 따르면 도둑질을 한 사람들은 훔친 물건을 원래 주인에게 돌려주어야 합니다. 대부분 다른 나라에서는 군주에게 돌려주도록 한 것과는 다르다고 하겠습니다.[16] 즉 그들은 군주 또한 절도범처럼 훔친 물건에 대하여 권리를 갖지 않는다고 생각한 것입니다. 만일 훔친 물건이 없어졌다면 도둑질한 사람들은 자기 재산의 일부를 떼어 주인에게 배상해야 합니다. 절도범은 나머지 재산을 아내와 아이들에게 남겨두고 자신은 노역의 형벌을 받게 됩니다.

하지만 극악무도하게 감행된 절도범이 아닌 경우, 수감되거나 족쇄를 차지 않으며 사슬에 묶이지 않은 채로 노역에 참여합니다. 그가 노역을 기피하거나 부지런히 수행하지 않는다고 해서 사슬에 매이지는 않으며, 다만 태형을 받게 됩니다. 하지만 근면하게 노역에 참가하면 모욕을 당하는 일이 없이 지내며, 밤이면 점호를 받고 감방으로 돌아갑니다. 노역을 통해 공공근로를 수행하는 자로 인식되어 그가 먹는 것은, 지역별로 조금씩 차이가 있지만 기본적으로 공동체가 부담합니다. 어떤 지역에서는 그 비용을 자선기금을 통해 벌충합니다. 이런

---

16 이는 에라스무스가 비판하듯이 당시 유럽에서 흔히 유행하던 일이다.

방법은 안정적인 방법은 아니지만, 폴뤼레리테스 사람들은 동정심이 깊어 이 방법으로도 충분히 비용이 충당됩니다. 그 비용으로 공공 예산을 할애하는 지역이 있는가 하면, 각 개인에게 특별세를 거두어 비용을 충당하는 곳도 있습니다. 어떤 지역에서는 죄인을 공공근로에 투입하지 않고 인력시장에 내놓아, 일손이 필요한 개인이 일반 노동자보다 조금 낮은 품삯으로 그를 고용하도록 합니다. 게을리 일할 경우 고용인이 태형을 가할 수 있도록 법이 정해져 있습니다. 이런 방식으로 죄인이 노동하여 투옥에 드는 비용을 스스로 벌게 하며, 쓰고 남은 나머지 수익금으로 매일 조금씩이나마 공동체 예산에 보태도록 합니다.

범죄자들은 모두 하나같이 동일한 색깔의 옷을 입으며, 머리카락을 완전히 밀어버리지 않고 그저 귀를 덮지 않을 만큼 짧게 깎도록 하며, 한쪽 귓바퀴 끝을 약간 잘라냅니다. 친구들이 그에게 음식을 가져다주거나 음료수를 들여보낼 수 있으며, 정해진 색깔의 옷이면 이 또한 차입할 수 있습니다. 반면 현금을 건네면 받은 쪽이나 준 쪽 모두 동일하게 사형으로 다스립니다. 거꾸로 어떤 이유에서든 자유민이 범죄자에게 금전을 수수할 경우 이 또한 사형으로 처벌되며, 노예들(범죄자를 그렇게 부릅니다)이 무기를 손에 쥘 경우도 그러합니다. 지역별로 특별한 표식이 있어 노예들에게 이를 붙여두는데 이를 함부로 떼면 사형에 처해질 뿐만 아니라 해당 지역을 벗어나 도주하거나 다른 지역 노예들과 이

오늘날 귀족들의 하인들은 그런 머리 모양을 매우 아름다운 것으로 여긴다.

야기를 나누는 경우에도 그러합니다. 도주를 계획하는 것도 도주와 동일하게 처벌됩니다. 다른 이의 도주 계획을 공모하는 경우에 노예는 사형에 처해지며 자유민은 노예가 됩니다. 반대로 도주 계획을 고발한 경우에는 상을 받게 되는데, 자유민은 돈을 받고 노예는 자유를 얻게 되며, 양쪽 모두 공모 부분에 대해서는 사면이 주어집니다. 일찌감치 탈주 계획을 포기하는 것은 이를 고수하는 것보다 안전하다고 하겠습니다.

이상 제가 말씀드린 것이 절도 문제와 관련된 그들의 법률이며 그들의 제도입니다. 이것이 얼마나 인간적이며 편리한 제도인지는 분명한바, 그들은 죄를 처벌하되 사람은 구하며, 그가 선한 사람이 될 수밖에 없도록 만들어, 죄로써 입힌 피해를 평생 되갚을 수 있도록 하기 때문입니다. 그리하여 노예들이 예전의 못된 습관으로 되돌아갈 걱정이 없는지라, 여행자들도 다른 사람들에게 길 안내를 맡기기보다 오히려 이들 노예들을 길잡이로 고용하여 해당 지역 경계에서 노예들을 바꾸어가며 여행하는 것이 안전하다고 생각할 정도입니다. 노예들은 범죄를 감행할 기회를 갖지 못합니다. 왜냐하면 그들은 무기를 소지하지 못하며, 한 푼의 돈이라도 범죄의 증거로 여겨져 발각되면 처벌을 받게 되며, 도망치려 해도 도망갈 곳이 아무 데도 없어 잡히고 말기 때문입니다. 일반인들과 전혀 다른 색깔의 옷을 입는 자가 홀딱 벗지 않는 다음에야 어떻게 남의 눈을 피하고 속이겠습니까? 귓바퀴가 잘려 있으니 도망자라는 것이 금세 탄로 나지 않겠습니까? 노예들이 국가 전복을 기도할 수 있지 않을까 싶지만, 많은 다른 지역 노예들을 선동하고 그들과 손잡을 수 없는 형편이니 이런 기도는 무위로 끝나지 않겠습니까? 반역의 기회가 전혀 없는 것이, 그들은 회합을 갖거나 서로 이야기나 인사를 나누는 것조차 허용되지 않습니다. 또한 반역 음모를 들었을 경우 고발하는 것은 이롭고 입 다물고 있는 것은 위태롭다는 것이 널리 알려진 마당에 어떻게 반역 음모를 주변 사람들에게 믿거니 말할 수 있겠습니까? 다른 한편 복종하고 인내하며, 앞으로는 올바르게 처신할 것이라는 기대를 남들에게 불러일으킨다면 언젠가는 자유를 얻게 되리라는 희망을 가지고 있습니다. 그도 그럴 것이 인내하고 복종함으로써 매년 일부 사람들이 자유를 얻고 있기 때문입니다.'

내가 이런 것들을 말하고 나서, 이런 제도가 영국에서도 수용되지 않을 이유가 없을 것이며 법률에 밝은 양반이 극구 침이 마르도록 칭찬한 소위 정의보다 훨씬 더 큰 실효를 거두리라고 덧붙이자, 그 변호사는 이에 대답했습니다. '그런 제도는 영국에서 결코 성공할 수 없을 것이며 기필코 국익에 커다란 손해를 입히고 말 것입니다.' 이렇게 말하고 그는 머리채를 흔들며 얼굴을 삐죽이더니 끝내 입을 굳게 다물었습니다. 동석한 모든 사람들도 달음질치듯 그의 의견에 동조했습니다.

이때 추기경이 말했습니다. '그런 제도가 과연 성공할 수 있을지, 전혀 위험은 없는지는 아직 시도를 해보지 않았으니 무어라 말할 수 없습니다. 만약 사형선고를 받은 사람들에 대하여 국왕께서 집행을 연기하도록 명하며 교회의 면죄 특권[17]을 잠시 정지시키시고 그 제도를 실험해본다면, 이것이 어떻게 작동하는지를 알 수 있을 것이며, 만약 유익한 결과를 가져온다면 법률로 제도화할 수 있을 것입니다. 만일 그렇지 않다면 사형선고를 받은 자들의 형을 집행할 수 있을 것입니다. 이렇게 하여 사형수들이 처형되어 어떤 위험도 발생하지 않는다면 이는 국가로서도 손해는 아니며 죄인들에게도 불의한 일이 아닐 것입니다. 사실 내가 보기에 부랑자들에 대하여 그런 방식의 제도를 도입하여 다스리는 일도 나쁘지 않을 것 같습니다. 우리가 여태까지 부랑자들에 관한 수많은 법률을 만들어냈지만 전혀 효과적이지 못했기 때문입니다.'

추기경이 이렇게 말하자, 내가 말할 때는 조롱하던 모두가 이번에는 열렬히 칭찬하고 수긍했습니다. 부랑자들에 대해 그 제도를 적용시켜보자고 한 것에 대하여 특히 그러했는데, 추기경이 이를 덧붙였기 때문이었습니다.

이어지는 이야기들을 마저 들려드려야 할지 잘 모르겠는 것이, 그것들은 참으로 어처구니없는 헛소리들이었기 때문입니다. 하지만 말씀드리겠습니다. 지금 나누고 있는 주제와 관련이 있기 때문입니다. 그 자리에는

수사와 바보의 재미있는 대화

---

17 교회는 법률이 적용되지 않는 성역으로 여겨졌으며, 죄인이 교회로 도망쳐 들어오면 그들을 교회가 보호해주는 교회 특권을 의미한다. 토머스 모어 당시에 이런 특권에 관한 이견이 상당히 주장되었다.

식객이 한 명 끼여 있었는데, 그는 마치 스스로 멍청이로 보이길 원하는 것 같았습니다. 아니 참으로 멍청이가 아닐까 싶을 정도였는데 어찌나 썰렁한 말로 웃음을 끌어내려고 애쓰는지 그가 뱉은 말이 아니라 대개 그의 그런 모습이 오히려 웃음을 자극했습니다. 그래도 가끔은 뜻이 닿는 소리를 내뱉기도 했는데, 이로써 자주 던지다 보면 언젠가는 베누스를 맞히리라 하던 옛말이 그르지 않음을 확인할 수 있었습니다. 좌중 가운데 어떤 사람이 내가 도둑에 대해 좋은 방도를 마련했고 추기경이 방랑자들에 대해서도 염려했으니, 이제 남은 것은 질병 혹은 노년에 지쳐 밥벌이할 일자리를 구하지 못하는 가난한 자들을 돌보는 것만이 남았다고 말했습니다.

조금 전에 언급한 식객이 말했습니다. '나에게 맡겨 주십시오. 나는 어떻게 하면 좋은지를 알고 있습니다. 이런 부류의 사람들을 어떻게든 눈에 안 보이도록 만들기를 원했습니다. 이자들은 애걸복걸 애원하며 돈을 요구하여 자주 나를 상당히 당황하게 만듭니다. 하지만 이자들이 아무리 간절하더라도 나는 결코 고린전 한 푼 이들에게 주지 않았습니다. 늘 경우마다 다른데, 어떤 때는 주고 싶지 않았고, 어떤 때는 주고 싶었으되 줄 것이 없었기 때문입니다. 그래서 이제는 이자들이 꾀를 내기 시작했습니다. 이자들은 이제 시간을 낭비하지 않

속담. 구걸하는 거지들을 험하게 비난함.[18]

---

18 '속담'이라는 난외주는 본문과 잘 부합하지 않는다. '속담'은 바로 앞 문단 "자주 던지다 보면 언젠가는 베누스를 맞히리라" 옆에 위치시켜야 한다.

으며 나를 보고도 본 체 만 체 아무 말도 하지 않습니다. 이자들은 내가 마치 탁발 수도승인 양 나에게 아무것도 구걸하지 않았습니다. 나는 이들 거지들을 모두 베네딕트 수도원에 나누어 분산 배치하는 법률을 제정하고자 합니다. 그리하여 남자들은 소위 평수사가 되도록 하고 여자들은 평수녀가 되도록 만들었으면 합니다.'

추기경은 웃으며 이를 그저 농담으로 여겼습니다. 하지만 나머지 사람들은 이를 진지하게 받아들이고 있었습니다. 이때 수도승 한 사람이 수도승과 수도원에 대한 말을 듣고는 자신도 농을 건네기 시작했습니다. 그는 평소 엄격하다 싶을 정도로 진중한 사람이었는데 말입니다. '우리 탁발 수도승 형제들을 위한 대책을 만들지 않는다면 당신은 걸인 없는 세상을 만들지는 못할 것입니다'라고 수도승이 말했습니다.

그러자 식객이 대답했습니다. '탁발 수도승 여러분에 대한 대책은 이미 만들어졌습니다. 추기경께서는 부랑자를 감옥에 가두어 노동을 시키자고 말씀하셨으니 이것이 바로 탁발 수도승에게도 적용될 수 있습니다. 그들이야말로 참다운 부랑자들이니 말입니다.'

식객이 이렇게 말하자 모두들 추기경을 향해 눈을 돌려 그의 안색을 살피되, 이를 농담으로 생각하는 듯한 기색을 보였기로, 모두들 기꺼이 맞장구치며 웃었습니다. 하지만 수도승만은 예외였던바, 놀랄 것도 없지만,

호라티우스의 시구 '이탈리아 식초에 젖어'를 연상시킨다.[19]

---

19 호라티우스의 《풍자시》 1권 vii, 32행에 나오는 시구. 신랄한 농담으로 인해 매우 기분이 언짢은 모습을 나타낸다.

그는 식초에 젖어 화를 내며 분노를 터뜨렸습니다. 해서 식탁의 좌중 가운데 누구도 그를 진정시킬 수 없었고 수도승은 식객을 허풍선이, 욕쟁이, 밀고자, 배교자의 아들이라고 부르며, 《성경》에 등장하는 단어들을 끔찍한 위협의 용도로 인용했습니다. 수다스러운 식객은 더욱 심각하게 농을 던지기 시작했는데, 그리하여 한판 벌일 자리가 마련된 듯 보였습니다.

식객이 말했습니다. '선량한 사제여, 화내지 마십시오. 《성경》에 이르길, 「너희는 인내로써 생명을 얻어라」라고 합니다.[20]'

수도승이 말했습니다. 제가 그의 말을 그대로 옮기면 이렇습니다. '무뢰한 이여, 나는 화를 내지 않았다. 설령 그렇더라도 죄를 짓지 않았다. 〈시편〉에 이르길, 「너희는 화를 내어라, 죄짓지 마라」[21]라고 하느니.'

대화 가운데 어떻게 품위를 유지하는가.

그러자 추기경이 수도승을 좋게 타일러 화를 자제하라 했으되, 수도승은 이렇게 대꾸했습니다. '추기경이여, 나는 오로지 선량한 열정에서 말하고 있으며, 이는 성자들이 보여주신 선량한 열정을 내가 본받고자 하는 것뿐입니다. 「당신 집에 대한 열정이 저를 불태우고」라

수사가 'zelus(열정)'를 'scelus(범죄)'와 같은 중성 명사로 잘못 알고 있다.[22]

---

20 〈루카복음서〉 21장 19절.

21 〈시편〉 4장 5절. "너희는 무서워 떨어라, 죄짓지 마라." 여기서 "너희는 화를 내어라"는 히브리어를 불가타 번역에서 "irascimini"로 옮김으로써 생겨난 것이다. 가톨릭 《새번역 성경》(2005)과 《공동 번역 성서》(1977)는 이 부분에서 불가타 번역을 따르지 않는다.

22 문법적으로 정확하게 말했다면 'zelum'을 써야 하는데, 수사는 'zelus'라고 말하고 있다.

고 〈시편〉에 이르며, 「엘리사가 주님의 집에 오를 때 그를 조롱한 자들은 대머리의 열정을 체험할 수 있었다」[23]라고 노래하고 있으니 말입니다. 조롱한 자들이 그렇게 된 것처럼, 여기 본데없이 버릇이 못된 익살꾼도 열정을 느껴야 합니다.[24]'

추기경이 말했습니다. '당신이 선한 열정으로 그리한 것이리라 믿습니다. 당신은 좀 더 깊은 신앙은 몰라도 좀 더 현명하게 처신해야 할 것 같습니다. 어리석고 가소로운 사람과 우스꽝스러운 논쟁을 벌이지 않도록 처신해야 할 것으로 보입니다.'

수도승이 말했습니다. '추기경이여, 이보다 더 현명하게 처신할 수는 없을 것 같습니다. 누구보다 현명한 솔로몬이 이르길, 「우둔한 자에게 그 어리석음에 맞추어 대답하여라」[25]고 했으니, 그리하여 나는 말씀대로 하는 것입니다. 해서 나는 그에게 겸손치 않으면 빠지게

---

23 〈열왕기〉 하권 2장 23절 이하. "엘리사는 그곳을 떠나 베텔로 올라갔다. 그가 베텔로 가는 도중에 어린아이들이 성읍에서 나와, '대머리야, 올라가라! 대머리야, 올라가라!' 하며 그를 놀려댔다. 엘리사는 돌아서서 그들을 보며 주님의 이름으로 저주했다. 그러자 암곰 두 마리가 숲에서 나와, 그 아이들 가운데 마흔두 명을 찢어 죽였다."

24 수도승은 정확하지 않은 라틴어 혹은 고전에서 벗어난 라틴어를 구사하고 있다. 이로써 우리는 수도승의 수준을 짐작할 수 있다.

25 〈잠언〉 26장 5절. "우둔한 자에게 그 어리석음에 맞추어 대답하여라. 그러지 않으면 자기가 지혜로운 줄 안다." 물론 26장 4절에는 "우둔한 자에게 그 어리석음에 맞추어 대답하지 마라. 너도 그와 비슷해진다"라고 하여 앞서 추기경의 말을 지지하고 있다.

26 〈시편〉 7장 15절 이하. "보라, 죄악을 잉태한 자가 재앙을 임신하여 거짓을 낳는구나. 함정을 깊숙이 파놓고서는 제가 만든 구렁에 빠진

될 구렁을 보여주고 있는 것입니다.[26] 대머리 엘리사를 조롱하던 많은 자들이 대머리 한 사람의 열정을 체험한 것이 그 꼴이니, 많은 수도승을 조롱하는 단 한 명의 조롱꾼은 그 많은 대머리들에게 어떤 꼴을 당하겠습니까? 더군다나 우리 수도승을 희롱하는 자들은 파문한다는 교황 성하의 칙서를 갖고 있습니다.'

추기경은 수도승의 말이 끝이 없을 것 같자 예의 식객에게 눈치를 주어 자리를 뜨게 한 후에 화제를 바꾸는 척하다가 이내 식탁에서 일어섰으며, 청원자들과 면담을 나누려고 떠나갔습니다.

모어 씨, 저는 너무나도 긴 이야기로 당신을 힘들게 했습니다. 간곡히 청하셨고, 그리고 제 이야기를 진지하게 들으시며 무엇 하나라도 놓치지 않으시려고 하니 염치를 무릅쓰고 그렇게 자세하게 말씀드리게 되었습니다. 하지만 정작 제가 그것들을 말씀드린 것은, 제가 말할 때는 조롱하더니 추기경이 똑같은 것을 말하며 저의 이야기에 찬성을 표하자 갑자기 태도를 바꾼 사람들 때문입니다. 사람들은 그와 같이 권력자가 농으로 받아들이거나 업신여기지 않는다는 이유로, 심지어 식객이 지껄인 농담마저 진지하고 심각하게 받아들이는 형편이니, 저와 저의 생각이 궁정에서 어떤 대접을 받을지는 너무도 분명한 것입니다."

나는 말했다. "라파엘 씨, 당신의 말은 아주 재미있었

다. 제가 꾸민 재앙이 제 머리 위로 되돌아오고 제가 휘두른 폭행이 제 정수리로 떨어진다."

습니다. 당신이 말씀하신 모든 것은 지혜가 가득하고 재치가 넘쳤습니다. 게다가 말씀하시는 동안에 저는 저의 조국으로 돌아가 어린 시절을 유쾌한 마음으로 떠올려볼 수 있었습니다. 저는 어린 시절 말씀하신 추기경에게서 공부했습니다. 그분을 추억할 수 있게 해주시니 감사할 따름이며, 라파엘 씨, 더욱이 그분을 좋게 말씀해주시니 얼마나 감사하는 마음이 생겨나는지 믿지 못하실 것입니다. 아무튼 저는 종전의 제 생각을 바꿀 수 없습니다. 솔직히 말씀드리면 왕궁을 멀리하시려는 당신의 생각을 제가 바꾸고, 당신이 지혜로써 국가에 커다란 유익함으로 봉사하게끔 만들 수 있었으면 합니다. 다른 무엇보다 바로 이것이 훌륭한 사람으로서 당신의 의무입니다. 철학자가 국가를 다스리지 않거나 혹은 지배자들이 철학자이지 않으면 결코 국가는 끝끝내 유복하게 다스려질 수 없다고 플라톤이 말했으니[27], 당신 같은 철학자들이 왕들에게 조언을 하지 않거나 당신의 지혜를 관철시키지 않는다면 우리에게 유복함은 요원한 일이지 않겠습니까?"

라파엘 휘틀로다이우스 씨는 말했다. "철학자들은 그 일을 못하겠다고 마다한 적이 없습니다. 사실 그들은 이미 많은 책을 세상에 내놓았으니 말입니다. 나라를 다스리는 사람들이 조금만 주의 깊게 거기에 나타난 지혜들을 받아들이면 될 일입니다. 그러나 플라톤이 분명

---

27 플라톤의 《국가》 5권 473 c ~d를 보라.

아주 잘 예견했던 것처럼 왕들 자신이 철학자가 되지 않는 바에야, 제아무리 위대한 철학자라도 거짓된 의견에 어린 시절부터 젖어 있어 깊게 감염된 왕들이 철학자들의 지혜를 듣도록 만들 수 없습니다. 플라톤이 디오니시오스에게서 몸소 겪었던 일이 이를 보여줍니다.[28] 만약 제가 어떤 왕에게 건강한 생각을 제안하고 그에게서 병든 생각과 잘못된 견해를 들어내려고 시도한다면, 어찌 생각하십니까? 쫓겨나거나 웃음거리가 되지 않겠습니까?

제가 프랑스 왕궁에 머물며 프랑스 왕의 각료를 맡았다고 상상해보십시오. 왕이 직접 주관하는 비밀회의에 아주 유식한 사람들과 둘러앉아, 자꾸 손에서 놓치는 밀라노와 나폴리를[29] 수중에 넣을 음모와 술책이 가득 찬 굉장한 계획을 의논한다고 해보십시오.[30] 이어 베네치아와 이탈리아를 복속시키는 문제로 돌아서며, 이어 플랑드르 지방과 브라반트 지방을, 마지막으로 부르고뉴 지방을 영토에 편입시킬 방법을 찾는다고 해보십시

은근히 그는 프랑스 사람들로 하여금 이탈리아 점령을 말린다.

---

28 전하는 바에 따르면 플라톤은 세 번에 걸쳐 시킬리아의 시라쿠사를 방문했으며, 시라쿠사의 참주 디오니시오스 1세 혹은 디오니시오스 2세에게 조언했다고 한다. 플라톤의 《편지들》(강철웅, 김주일, 이정호 역, 2009) 참조.

29 프랑스는 밀라노를 1499년 획득했다가, 1512년에 빼앗겼으며, 1515년 가을에 다시 얻었다. 나폴리를 1495년에 획득했으나, 1496년에 잃었고, 1501년 다시 얻었다가 또 1504년에 빼앗겼다.

30 실제 《유토피아》가 쓰여질 당시의 프랑스 외교 정책과, 《유토피아》에서 설정하고 있는 극적 시점에서의 프랑스 외교 정책을 반영한다. 프랑스는 계속해서 이탈리아의 복잡한 정치 상황에 개입하고 있었다.

오. 이미 침략하기로 마음먹은 다른 지역은 놓아두고라
도 말입니다. 이때 어떤 사람은, 프랑스에 유익하다면
적어도 그동안은 베네치아와 동맹을 맺고 그들과 계획
을 도모하여 그들에게 일정량의 전리품을 허용하되, 뜻
대로 모든 일이 완수되고 나면 그것을 도로 빼앗자고 말
합니다. 어떤 사람은 독일 용병을 고용할 것을 제안하

헬베티아의 용병   고, 어떤 사람은 그렇다면 헬베티아 사람들[31]은 돈으로
들   무마하여 끼어들지 못하게 만들자고 제안합니다. 어떤
사람은 신성로마제국의 황제에게 마치 신에게 제물을
바치듯 황금을 바치자고 주장합니다.[32] 또 어떤 사람은
아라곤의 왕과 화친을 맺어두는 것이 유리할 것 같다고
말하고, 현재 다른 나라가 차지하고 있는 나바라 공국
을 화친의 선물로 내어줄 것을 주장합니다. 그때 또 어
떤 사람은 카스티야 공국의 왕자를 결혼을 미끼로 붙잡
아두어야 하며, 수당을 약속하여 공국의 유력자들을 프
랑스 편으로 만들어야 한다는 의견을 내놓습니다.[33]
　무엇보다 중요한 매듭은 그사이 영국 문제를 어떻게
처리해둘 것인가 하는 문제입니다. 평화 협정을 맺을
것과 가뜩이나 약한 동맹 관계를 좀 더 굳건히 해야 할
것이라고 말합니다. 언제 적으로 돌변할지 모르지만 그
래도 동맹자라고 선포하자고 말합니다. 하지만 스코틀

---

31 오늘날의 스위스 사람들을 가리키며, 독일 용병을 능가하는 전투력을
가지고 있었다고 한다.
32 신성로마제국의 황제 막시밀리아누스는 돈을 밝히기로 유명하다.
33 유럽에서 당시 널리 유행하던 외교 수단 가운데 하나가 뇌물을 주고
대가를 받아내는 것이었다고 한다.

랜드 사람들을 마치 주둔군처럼 만반의 준비를 시켜놓
았다가, 만약 영국 사람들이 조금이라도 이상한 기색을
보이면 곧 쳐들어가게 하자고 말합니다.[34] 덧붙여 망명
중인 영국 귀족을 몰래 부추겨, 영국과의 동맹이 있으
니 이를 드러내놓고 할 수 없는 일이니만큼 영국 왕권
을 요구하게 만들자고 합니다. 그렇게 되면 미심쩍은
영국 왕을 제압할 구실을 갖게 되는 것이라 말합니다.[35]

　온갖 일들을 다루고 있는 이때, 다양한 사람들이 전
쟁 계략을 서로 다투는 회의 자리에서 별 볼 일 없는 제
가 일어나 배를 반대 방향으로 돌리자고 이야기한다면,
왕에게 이탈리아는 잊고, 프랑스 영토는 이미 한 사람
이 제대로 통치하기에도 어려울 만큼 상당히 크고 넘치
니 다른 영토를 보탤 생각은 버리시되 다만 프랑스에 머
물라고 이야기한다면 어떻게 될까요? 아무튼 제가 그들
에게 유토피아 섬 남동쪽에 사는 아코로스 사람들[36]에
대하여 이야기한다면 어떻게 될까요? 그들은 언젠가
과거 결혼에 의해 영토 상속권을 갖는다고 주장하는 왕
에 이끌려 그 영토를 빼앗으려고 전쟁을 벌이게 되었습
니다. 하여 땅을 얻었으나, 땅을 얻으려고 치러야 했던
고통에 못지않은 노고를 이번에는 지키는 데 쏟아 부어
야 한다는 것을 알게 되었습니다. 실로 분쟁의 씨앗을

주목해야 할 예증

---

34 스코틀랜드는 잉글랜드의 숙적이었으며, 프랑스와는 동맹자였다.

35 실제 프랑스는 여러 명의 왕권 주장자들을 선동했다.

36 희랍어 choros에 접두사 a-를 붙여 만든 단어이며, '나라가 없는 사
　람들'이라고 번역할 수 있다.

뿌린 듯이 새로 복속된 지역에서 내부 반란이 일어나는가 하면 외부 침입자들의 공격을 받아야 했습니다. 복속민들을 위해 혹은 복속민들과 끊임없이 싸우게 되었으며 군대 소집을 해제할 여유를 갖지 못했습니다. 그 사이 사람들에게 내야 할 세금은 쌓이고 돈은 해외로 빠져나갔으며 남의 명예를 위해 자신들의 피를 뿌리고 평화시에도 도무지 안심할 수 없게 되어버렸습니다. 세상인심은 전쟁으로 흉악해지고 사람들에게는 도둑질할 마음밖에는 남지 않았으며 무법한 행동에 살인이 겹쳐 극악무도한 일이 벌어졌습니다. 법률은 벌써 기강을 상실했으니, 왕이 두 나라를 동시에 다스리다 보니 하나인들 제대로 돌볼 수 없어서였습니다.

하여 백성들은 수많은 악행이 쌓이는 것을 지켜보다가 중의를 모아 왕에게 정중히 조언하되, 두 영토 가운데 다스리기를 원하는 어느 한쪽을 선택해달라고 했습니다. 그들의 주장인즉, 둘 다를 다스리는 것은 불가능하며, 반쪽짜리 왕이 다스리기에는 너무나 인민대중의 수가 많으며, 이는 아무도 기꺼이 마부를 둘로 나누어 다른 사람과 함께 부리고자 하지 않는 이치와 같다고 할 것입니다. 그러므로 선한 왕은 자신의 옛 영토에 만족하여, 새로 얻은 영토는 벗 가운데 한 명에게 넘겨주었다고 합니다. 물론 그 벗은 곧 쫓겨나고 말았습니다.

여기에 덧붙여 제가 만약 프랑스 왕에게 말하여, 그가 꾸미는 온갖 전쟁 계획은 기필코 수많은 나라들을 혼란에 빠뜨리고 국고를 고갈시키고 백성을 못살게 하며 우연치 않은 기회에 결국 모든 일이 좌절되고 말 것이라는 것[37]을 입증한다면, 또 조상 대대로의 왕국을 가꾸며 가능한 한 이를 아름답게 꾸미며 가능한 한 융성하게 이를 이끌어야 하며, 제 백성들을 사랑하며 백성에게 사랑받으며 백성들과 함께 살아가며 이들을 선의로 다스리며, 지금 다스리는 땅도 이미 차고 넘치니 다른 나라는 마음에 두지 않는 것이 좋겠다고 조언을 한다면, 모어 씨, 어떻게 생각하십니까? 프랑스 왕이 나의 이런 말들에 귀를 기울일 것이라 보십니까?"

나는 말했다. "사실 뭐 그리 열심히 듣지는 않을 겁니다."

라파엘 휘틀로다이우스 씨는 말했다. "그럼 좀 더 이야기를 해보겠습니다. 이번에는 프랑스 왕과 그의 각료들이 어떤 재간으로 국가 재정을 벌충할 것인가를 고민하고 의논한다고 해봅시다. 어떤 사람은 왕에게 말하여, 돈을 갚을 일이 생기면 화폐가치를 높게 매기고, 돈을 받을 일이 있으면 화폐가치를 낮게 매기도록 조언합니다. 그렇게 되면 적은 돈으로 빚을 갚을 수 있고, 적은 빚으로 많은 돈을 받아들일 수 있다고 말합니다.[38] 또 어떤 사람은 전쟁을 한다는 구실로 돈을 거두어들이고, 돈이 모이면 평화를 선언하되, 백성을 사랑하는 왕

---

37 실제로 프랑스 왕은 1520년 밀라노를 잃었다가 다시 얻기 위해 회복할 수 없는 희생을 치른 후 결국 신성로마제국 황제 카를로스 5세에게 패하고 만다.

38 실제로 이런 정책이 영국을 포함하여 유럽 여러 지역에서 실행되었다.

이 피 흘리는 백성들의 죽음을 가엾게 생각하여 전쟁을 포기했다는 인상을 백성들에게 남길 수 있도록 신성한 의례를 곁들이자고 제안합니다.[39] 어떤 사람은 낡고 케케묵은 법 조항을 찾아내어, 오랫동안 적용하지 않아 누구도 그런 법률이 통과되었는지조차 알지 못하고, 따라서 모두가 이 법률 조항에 저촉된 일을 하고 있으니, 이들에게 이에 대한 벌금을 매길 것을 의논합니다. 덧붙여 이보다 더 풍성한 재원은 없을 것이며, 합법의 가면을 쓰고 있으므로 이보다 정당한 방법을 없을 것이라 합니다.[40] 또 어떤 사람은 왕은 많은 일들을 금지시키며 이를 어기면 상당한 벌금을 매기고 특히 대중의 의사와는 상반되는 것들을 주로 금지시키자고 합니다. 그리고 금지됨으로써 손해를 보는 사람들은 돈을 내고 허가를 받게끔 하자고 합니다. 그렇게 하면 대중에게는 호의를 얻게 될 것이며, 다른 한편 법을 어긴 자들에게는 벌금을 거두어들이고, 허가를 원하는 자들에게는 면허세를 거두어 이중 수입을 얻게 된다고 말합니다. 더욱이 공익을 지키기 위해 면허를 내어주길 꺼린다는 인상을 풍기며 면허세를 엄청나게 매기니, 면허세가 높으면 높을수록 왕은 더욱 훌륭하다는 말을 듣게 된다고 합니다.

또 다른 사람은 왕이 재판관들을 주물러 무슨 일이든지 왕이 벌금을 거두기에 유리하게 판결하도록 만들자

---

39 이와 유사한 일이 있었다. 1492년 헨리 7세는 프랑스와의 전쟁을 명목으로 세금을 거두었으며, 샤를 8세에게 돈을 받고 전쟁을 포기했다.
40 헨리 7세 때에 이런 일이 실제로 벌어졌다.

고 합니다. 즉 재판관들을 수시로 왕궁으로 소집하고 왕이 관련된 사건을 왕 앞에서 논의하게 한다면, 어떤 사건도 명백히 왕에게 불리하게 판결되는 일은 사라질 것이니, 재판관들은 서로 다른 재판관들의 주장을 트집 잡으려는 마음에서나 혹은 다른 재판관들과 같은 주장을 반복하기 부끄러워서 혹은 왕의 호의를 얻으려고 억지주장이 비집고 들어갈 틈을 찾아낼 것이며, 그리하면 결국 재판관들의 의견은 분분해지고 제아무리 분명한 사건일지라도 모호해지고 진리마저도 의심스럽게 될 것이며, 이로써 왕은 법률을 유리한 대로 아무렇게나 해석할 수 있고 다른 사람들은 창피해서든 두려워서든 그 해석을 받아들이고 마침내 그 해석에 따라 재판이 이루어질 것이라 말합니다. 이렇게 왕에게 유리하게 판결하는 데 쓰일 여러 가지 구실이 만들어질 것이며, 결국 형평성마저도 왕에게 유리한 쪽으로 기울며, 법률 조항도 그러하며, 심지어 문건 해석이 왜곡되어도 그러하며, 올바른 재판관들에게 모든 법률 조항이 압력을 행사하여, 왕의 특권은 의심의 여지가 없는 것이 될 것이라 말합니다.

그리하여 모든 각료들이 크라수스의 말에 동의합니다. 즉 왕은 군대를 유지해야 하기 때문에 아무리 많은 황금을 가지고 있더라도 늘 부족할 것이라는 말 말입니다.[41] 게다가 왕은 그가 비록 불의를 저지르고 싶어도 저지를 수 없다는 말에도 동의합니다. 이유인즉, 모든 국가의 부가 그의 소유이기 때문이며, 백성들도 그의 소유이기

거부 크라수스의 말

117

때문입니다. 하여 백성들이 소유할 수 있는 것은 오로지 왕이 호의를 베풀어 그들에게서 취하지 않는 것뿐입니다. 백성들에게는 되도록 적게 주고 되도록 많이 빼앗는 것이 왕의 일인데, 백성들을 자유와 재산으로 까불지 못하게 해야 왕의 안위가 보장된다고 말합니다. 왜냐하면 자유롭고 부유한 백성들은 힘겹고 부당한 명령을 참고 견디며 수행하지 않을 것인 반면, 가난과 억압은 백성들의 마음을 굳건하게 하며 견뎌내게 만들며 억압되더라도 반역의 마음을 불러일으키지 않기 때문이라고 말합니다.

이 문제에 관하여 제가 다시 한 번 일어서서 말하여, 이런 모든 조언들은 왕에게 어울리지 않으며 심지어 매우 위험하기까지 하다고 말한다면 어떻게 되겠습니까? 또한 왕의 명예와 안전은 나아가 백성들의 부유함에 달렸지, 왕의 부유함과는 아무런 관련이 없다고 말한다면 어떻게 되겠습니까? 또한 백성들은 자신들의 이해 때문에 왕을 선택하지, 왕의 이해 때문에 선택하는 것이 아니며, 결국 왕의 노고와 인내를 통해 자신들이 유복하고 안전하게 살아가기를 바란다고 말한다면 말입니다. 덧붙여 자신의 행복보다는 백성들의 행복을 돌보는 것이 왕의 의무이며, 이는 목자가 스스로를 먹이

---

41 키케로의 《의무론》에 나오는 말을 가리킨다. "예를 들어 얼마 전에 마르쿠스 크라수스가 공화국에서 일인자가 되려고 노리는 사람이 자기 재산의 이자 소득으로 군대 하나 부양할 수 없다면, 그는 충분한 부를 소유하고 있다고 말할 수 없다고 했다." (허승일 역 참조)

기보다 양 떼를 먹이고자 고민하는 이치와 같다고 말한다면 말입니다.

이어 백성의 가난이 왕의 안위에 절대적이라고 생각한다면 이것은 경험에서 배운 것과는 천지 차이입니다. 가난한 자들 말고 어떤 자들에게서 반역의 기운이 거세겠습니까? 현재의 삶을 반복할 수밖에 없는 사람들 말고 누가 더 현실을 바꾸어놓으려고 애쓰겠습니까? 혼란이 일어나도 잃을 것이 없고 다만 이득이 생길지도 모른다는 생각을 품은 자들 말고 누가 더 모든 것을 엉망으로 만들려고 하겠습니까? 만약 어떤 왕이 자기 백성들에게 미움받고 조롱당하여, 백성들을 협박과 수탈과 몰수로써 억압하지 않고는 다스릴 수 없는 지경에 이르러 백성들을 가난뱅이로 몰아갈 수밖에 없다면, 차라리 왕은 허울뿐인 왕국을 유지하되 위엄을 실추시키는 수단으로 왕위를 유지하지 말 것이며, 차라리 자리에서 물러나야 합니다. 거지들에게 행사되는 것은 왕의 위엄이라 할 수 없으며, 오로지 부유하고 행복한 사람들에게 행사될 때 참된 위엄이라 하겠습니다. 이것은 참으로 위대하고 숭고한 영혼을 가졌던 파브리키우스[42]가 생각했던 것으로, 이것은 그가 스스로 부자가 되기보다는 부유한 시민들을 다스리기를 원한다고 대답했을 적에 표명하고 싶었던 것입니다. 사실 모든 사람들이 사방에서 신음하고 울면서 살아갈 적에 자기 자신은

---

42 가이우스 파브리키우스 루스키누스는 에페이로스의 왕 퓌로스와의 전쟁에 참여했던 사람이다.

쾌락과 향락으로 환호성을 지르는 사람이 있다면 그는 왕이라기보다는 차라리 간수라고 할 수 있습니다. 못난 의사가 질병을 치료한답시고 또 다른 질병을 안겨주듯이 생명을 이어갈 것들을 빼앗는 것 말고는 백성을 살릴 다른 길을 알지 못하는 못난 왕은 자신이 자유민을 다스릴 능력이 없음을 고백해야 합니다.

왕은 무능과 오만을 바로잡아야 합니다. 이것들이야 말로 백성들이 왕을 경멸하고 증오하게 만드는 악덕입니다. 왕은 자신의 재산으로 정당하게 살며 수입 범위 내로 지출을 제한해야 합니다. 또 왕은 악행을 억압하되, 죄를 짓게 버려두었다가 처벌하기보다 정당한 제도를 수립하여 백성들이 죄짓지 못하게 해야 합니다. 왕은 관례적으로 허용되고 있는 것을, 망각되어 없어진 법률을 되살려 제재하지 말아야 합니다. 또 왕은 재판관으로 하여금 일반 백성을 사악하고 거짓말하는 범죄자로 몰아가도록 만들어 백성에게서 벌금을 거두어들이지 말아야 합니다.

마카리오스의 놀라운 법률

이때 제가 왕과 그의 각료들에게 유토피아에서 멀리 떨어지지 않은 마카리오스[43]라는 나라의 법률을 들려줍니다. 이 나라의 왕은 취임하는 첫날 신에게 제사를 지내며, 자신은 결코 국고에 백 냥 이상의 금 혹은 그에 상응하는 은을 적립해두지 않을 것이라고 맹세해야만 했습니다.[44] 이것은 어느 위대했던 왕이 세운 법률인데,

---

43 '마카리오스'는 희랍어이며, '유복한 사람'을 의미한다.

그 왕은 자신의 재산보다는 국민들이 부유해지도록 애쓰면서 자신의 백성들이 가난해질 정도로 재산을 쌓아두지 않았으며, 왕에게 반기를 드는 역도들이나, 왕국을 침범하는 적들의 공격을 막아내기 위해 다만 앞서 말한 정도면 충분하다고 생각했습니다. 한편으로는 그보다 많아서는 안 된다고 생각했는데 많아질 경우 남을 침범하려는 욕심이 생겨날 것이라 여겼으니, 이것이 그런 법률을 제정한 진정한 이유였습니다. 마지막으로 시민들의 일상생활에 필요한 화폐가 모자라지 않도록 만들고자 함이었으니, 그렇게 함으로써 합법적으로 국고에 적립되는 초과분을 백성에게 돌려줄 경우 불법적으로 축적하지 못할 것이라 판단했던 것입니다. 왕이 이와 같다면 사악한 자들은 두려워할 것이며, 선한 자들에게는 사랑받을 것입니다. 이와 같이 제가 저와는 전혀 다른 생각을 갖고 있는 자들 앞에서 이런 생각을 말한다면, 어떻겠습니까? 귀머거리에게 말을 건네는 꼴 속담
입니다."

내가 말했다. "그들만한 귀머거리도 없을 겁니다. 하늘에 맹세코 이는 결코 놀라운 일도 아닙니다. 진실을 말씀드리자면, 받아들여지지 않을 것이라고 믿고 계신 그런 말씀이나 그런 조언을 말씀하셔서는 안 된다고 생각합니다. 그래 봤자 무슨 소용이 있겠습니까? 혹은 당신과 정반대 생각이 마음을 선점하여 가슴 깊이 뿌리내

---

44 영국 왕 헨리 7세는 자신의 금고에 막대한 양의 은을 적립해두었다고 한다.

린 사람들을 어떻게 그런 받아들여지지 않는 말로 설득할 수 있겠습니까? 그것은 긴밀한 대화를 나누곤 하는 가까운 친구들하고나 재미있게 논의할 수 있는 철학적 이론입니다. 하지만 대단한 비중을 갖는 대단한 것들이 논의되는 왕의 의회에서는 전혀 이를 논의할 여지가 없는 법입니다."

라파엘 휘틀로다이우스 씨는 말했다. "그것이 바로 제가 말하고자 하는 바입니다. 왕들에게는 철학의 여지가 없습니다."

스콜라 철학

내가 말했다. "참으로 그렇습니다. 처한 상황을 막론하고 언제나 옳은 것을 논하는 철학은 그럴 것입니다. 하지만 처한 무대를 파악하고 거기에 맞추어, 진행되는 이야기에서 자신의 역할을 조화롭고 아름답게 수행할 수 있는 철학이라면 좀 더 국민들에게 유익함을 줄 것입니다.[45] 당신은 이런 철학을 하시리라 믿습니다. 만약

놀라운 비유

그렇지 않다면, 플라우투스[46]의 희극에서 본 바와 같이 노예들이 쓸데없는 헛소리를 서로 주고받을 때, 당신이 철학자의 모습으로 무대 앞으로 나와, 세네카가 네로 황제와 토론하는 《옥타비아》[47]의 장면을 상기시킨다면,

침묵하는 배역

이것은 아무 대사 없이 침묵하는 배역보다 무엇이 나을 것이며, 자칫 뚱딴지같은 소리를 되뇌다가 결국 희극을 희비극으로 만들어놓지 않겠습니까? 전혀 동이 닿지

---

45 르네상스 인문주의자들이 표방하는 철학적 이념을 보여준다.
46 기원전 254년 이전부터 184년경까지 활동한 로마의 희극시인. 21편의 희극 작품이 우리에게 전해진다.

않는 소리를 섞어 넣음으로써, 당신은 비록 그것이 다른 무엇보다 훌륭한 것이라고 공언할지라도, 결국 희극을 망치고 엉망으로 만들게 될 것입니다. 그러니 당신은 최선을 다하여 무대에 오른 극에 자신을 맞추어야 할 것이며, 더욱 고상할 것 같은 어떤 이야기가 생각났다고 해서 연극을 통째로 들었다 놓을 생각은 하지 말아야 할 것입니다.

국가에 관한 일도 꼭 이와 같으며, 왕의 각료회의에서 일어나는 일도 이와 똑같습니다. 잘못된 생각을 뿌리 뽑지 못하고 관례적으로 용인되던 악행을 당신의 생각대로 모조리 치료하지 못한다고 해서, 인민은 나 몰라라 국가를 방기해서는 안 됩니다. 폭풍에 처해 바람을 막아낼 수 없을지라도 배를 포기하지 않는 이치입니다. 그렇다면 당신은 전혀 다른 생각과 신념을 가지고 있는 사람들 앞에서, 당신이 옳다고 믿되 저들이 신뢰하지 않고 받아들이지 않는 말일랑은 접어야 할 것입니다. 대신 당신은 우회적인 방식으로 노력하고 분투하여 모든 것이 당신의 생각대로 진행되도록 꾸며야 할 것이며, 당신이 선한 것을 편들 수 없을 때 적어도 악을 최소화할 수 있을 것입니다. 모든 사람이 선하지 않은 한, 모

---

47 세네카가 지었다고 전해지는 비극 작품으로, 옥타비아는 황제 클라우디우스의 딸이며, 네로의 아내를 가리킨다. 네로 황제가 죽은 기원후 68년경에 최초로 공연되었을 것이다. 극중에서 네로 황제는 클라우디우스 황제의 딸 옥타비아를 내쫓고 임신한 애인 포파이아를 새로운 아내로 맞아들이려고 하였다. 이에 세네카는 네로 황제를 말렸으나 끝내 네로는 그의 조언을 물리치고 옥타비아를 추방하였고 이후 살해했다.

든 것을 선하게 할 수 없으며, 적어도 짧은 세월에 그렇게 할 수 없을 테니 말입니다."

라파엘 휘틀로다이우스 씨는 말했습니다. "하지만 제가 그렇게 다른 사람들의 광기를 고쳐보려다가 결국은 제 자신이 그들처럼 돌아버릴 수도 있습니다. 왜냐하면 제가 진실을 말하고자 한다면 저는 제가 지금 하는 방식으로 이야기할 수밖에 없기 때문입니다. 저는 아직까지 거짓말을 하는 것이 철학자의 일이라고 믿지 않습니다. 제가 하는 말이 비록 듣는 그들에게는 받아들일 수 없고 거추장스럽겠지만, 저는 제 말이 불합리하고 어리

석다고까지는 생각하지 않습니다. 제가 플라톤의《국가》에 나오는 것들이나, 유토피아에서 시행되고 있는 것들을 이야기한다면, 물론 그것들이 결단코 더욱 훌륭한 것인데도 사람들은 이를 낯설게 여길 수 있습니다. 왜냐하면 여기서는 사유재산이 법이지만, 저기서는 재산 공유가 법이기 때문입니다.

머리를 처박고 달려가는 사람들을 불러 세워 그 길은 위험천만하다고 말하는 사람은 결코 그들에게 달갑지 않겠지만, 그렇다고 제가 어찌 언제 어디서나 백번 옳은 것 외에 무엇을 말하겠습니까? 만약 사람들의 타락한 습속으로 인해 이제 낯설어 보이는 것을 모두 우습고 어리석은 것이라 여기고 버려야 한다면, 우리 기독교인들은 예수께서 가르치신 대부분을 버려야 할 것이며, 예수께서 버리지 말라 가르치시며, 귀에 몰래 들려준 이야기를 지붕 위에 올라가 세상에 선포하라[48] 제자

들에게 명하셨거늘, 그런 말씀을 저버려야 할 것입니다. 예수님 말씀의 대부분은 참으로 세상의 습속과는 상당히 거리가 있어, 제가 좀 전에 꺼낸 말보다 더 멀다고 하겠습니다. 하여 영리한 설교자들은 세상 사람들이 제 습속을 예수님의 척도에 맞추어 바로잡기에 힘들어 할 것을 알아채고는, 예수님의 가르침을 마치 납으로 만든 자처럼 세상 습속에 맞추어 굽혀놓음으로써 예수님의 가르침을 조금이나마 세상에 실현시켰다고 믿을 것입니다. 하지만 제가 생각하기에, 이것으로 다만 세상 사람들은 악행을 일삼으면서도 근심을 줄일 수 있게 되었을 뿐입니다.

　제가 왕의 각료회의에 들어간다면 할 수 있는 말은 다만 이런 것들입니다. 의견을 전혀 말하지 않거나 혹시 낸다 해도 그들과는 오로지 정반대 의견을 낼 것입니다. 똑같은 생각을 피력한다면, 그것으로 저는 마치 테렌티우스의 주인공 미티오처럼[49] 미치광이들의 조력자가 될 것이기 때문입니다. 당신이 말씀하신 '우회적인 방식'이 무엇을 의미하는지 저로서는 도무지 알 수

---

48 〈마태오복음서〉 10장 27절. "내가 너희에게 어두운 데에서 말하는 것을 너희는 밝은 데에서 말하여라. 너희가 귓속말로 들은 것을 지붕 위에서 선포하여라." 〈루카복음서〉 12장 3절. "그러므로 너희가 어두운 데에서 한 말을 사람들이 모두 밝은 데에서 들을 것이다. 너희가 골방에서 귀에 대고 속삭인 말은 지붕 위에서 선포될 것이다."
49 테렌티우스는 로마 시대의 희극 작가이며, 미티오는 그 작품 《아델포이》에 등장하는 주인공이다. 여기서 '미티오(Mitio)'는 '미키오(Micio)'의 잘못이다.

없습니다. 모두를 선하게 만들 수 없는 한, 되도록이면 최소한도로 악을 줄일 수 있도록 제가 영리하게 처신할 수 있다고 생각하시나 봅니다. 하지만 왕의 각료회의에서 생각을 숨기거나 의견을 달리할 여지가 전혀 없으니, 아무리 나쁜 의견일지라도 찬동해야 하며, 아무리 끔찍한 정책일지라도 통과시킬 수밖에 없습니다. 불편한 마음으로 부당한 정책을 마지못해 칭찬한다면 첩자로 의심받거나 나아가 배신자로 낙인찍힐 수도 있습니다. 하여 좋은 사람을 타락시킬 줄만 알지 스스로를 바로잡지 못하는 각료들이 모인 곳에 끌려들어간다면 당신은 결코 유익한 일은 전혀 할 수 없을 것입니다. 각료들은 타락한 습속으로 당신을 타락시킬 것이며, 그래도 당신이 계속해서 성실과 정직을 유지한다면 그들은 당신을 자신들의 악행과 어리석음을 가려줄 가림막으로 이용할 것입니다. 결국 말씀하신 우회적인 방식은 어떤 것도 선하게 바꿀 수 없습니다.

여기에 플라톤이 아주 아름다운 비유를 들어 어찌하여 현자들은 정치에 간여하지 말고 멀리해야 하는지를 논한 이유가 있습니다. 현자는 세상 사람들이 길거리를 나다니며 비에 젖는 것을 보았지만, 아무리 설득해도 그들은 비를 피해 처마 아래로 피신하지 않았습니다. 밖으로 나가 설득해보았자, 그들처럼 비에 젖을 뿐 아무것도 성취할 수 없을 줄을 잘 알고 있는 현자는 스스로를 처마 아래 숨깁니다. 사람들의 어리석음을 치료할 수 없으니, 자기만이라도 피한 것에 만족할 수밖에 없다고 생각했던 것입니다.

친애하는 모어 씨, 사실 제가 가진 생각을 있는 그대로 말씀드리자면, 사유재산제도가 시행되고 돈이 모든 것의 척도가 되는 곳에서는 어디서고 국가가 정의롭게 다스려지거나 번창할 수 없다고 생각합니다. 설마 선생께서는 온갖 훌륭한 것들을 사악한 사람들이 차지하는 곳에서 정의가 실현된다거나 혹은 모든 것을 소수의 사람들이 독차지하는 곳에서 행복이 실현된다고 생각하지 않으실 겁니다. 그런 곳에서 그들 소수의 사람들은 늘 불안할 테고, 대다수의 사람들은 늘 극단적으로 가난할 테니 말입니다.

그리하여 저는 마음속에 지극히 현명하며 지혜로운 유토피아의 국가 제도를 떠올려봅니다. 유토피아 사람들은 최소한의 법률로써 국가의 모든 일이 최선에 이르도록 유익하게 다스리되, 만사가 형평성을 잃지 않으니 모든 이들이 풍성하게 살아갑니다.[50] 이들의 방식을 제가 수많은 나라들과 비교해보았지만, 다른 나라들은 새로운 법률을 계속 만들어낼 뿐, 그들 가운데 흡족할 만큼 제대로 다스리는 나라를 찾지 못했습니다. 다른 나라에서는 사람마다 제 수중에 들어온 것을 제 사유재산이라 부르지만, 매일매일 축적되는 수많은 법 조항도 개인 재산을 보장하거나 보호하지 못하며 개인 재산을 그 소유자별로 명확히 구별하기에 충분하지 못한 형편

---

50 이에 관해서는 《유토피아》 2권을 보라.

입니다. 끝도 없이 이어지는 소송 분쟁을 조정할 법률들이 계속해서 만들어지는 상황이 이를 보여줍니다. 이런 점들을 심사숙고하면서 저는 점점 플라톤의 생각에 가까워졌으며, 모든 재화를 모두에게 공히 평등하게 나누자는 법률을 거부한 사람들에게는 어떤 법률도 만들어줄 필요가 없다고 말한 플라톤의 주장에 차츰 수긍하게 되었습니다. 만인 중에 현명한 플라톤은 국가의 안

---

51 공산주의 이념은 또한 에라스무스의《격언집》에도 등장한다. [Adagia I i 1, Amicorum communia omnia (친구들은 모든 것을 공유한다). 이 격언만큼 유명하며 환영받는 말도 없을 것이다. 이런 이유에서 나는 이 격언을 격언집의 머리로 삼기로 결정했으며, 이 격언이 상서로운 징조가 되었으면 한다. 세상 사람들이 이 격언을 사용하는 만큼이나 진실한 마음으로 이 격언을 가슴에 품고 산다면, 우리의 삶은 실로 고통의 일부나마 덜 수 있을지도 모른다. 이 격언을 사용하여 소크라테스는 다음과 같은 생각을 이끌어냈다. "선한 인간은 마치 신들이 그러한 것처럼 모든 것을 소유한다." 소크라테스의 추론에 따르면, 신들은 모든 것을 소유한다. 선한 인간은 신들의 친구다. 친구들은 모든 것을 공유한다. 따라서 선한 인간은 모든 것을 소유한다. 이 격언은 에우리피데스의《오레스테스》에도 등장한다. "왜냐하면 친구들의 물건은 공동재산이다." 그리고《포이니키아의 여인들》에서 "친구들은 고통을 또한 서로 나눈다." 그리고《안드로마케》에는 다음과 같은 말이 나온다. "왜냐하면 친구 사이에 숨길 것이 무엇인가? 그들이 진실로 친구라면 모든 재산도 공유하거늘." 테렌티우스는《아델포이》에서 말한다. "옛말에 이르기를 친구들 사이에서는 모든 것이 공유재산이다." 메난드로스도 동일한 제목의 희극에서 이 말을 사용했다고 전한다. 키케로는《의무론》1권에서 말한다. "그리스 속담에 이르기를 친구의 재산은 공유재산이다." 아리스토텔레스의《윤리학》8권과 플라톤의《법률》5권에서 인용된 것이리라. 여기서 플라톤은, 국가의 행복과 번영에 기초가 되는 것은 재산 공유라는 것을 증명하고자 했다. "가장 완벽한 정치제도와 가장 훌륭한 법률을 가진 최선의 국가에서는, 친구들 사이에서 재산은 진실로 서로 공동의 것이라는 옛말이 실제로 구현된다." 플라톤은 또한, 나의 것과 너의 것

녕을 위한 유일무이한 방법은 재화의 공평한 분배에 있
다는 것을 손쉽게 내다보았습니다.[51] 공평한 분배가 과
연 각자가 사유재산을 유지하는 곳에서 이루어질 수 있
을지 저는 매우 회의적인 생각을 가지고 있습니다. 사
람들이 온갖 이유를 들어 가져갈 수 있는 한 긁어모으

이라는 단어를 들을 수 없는 공동체에서는 실로 행복과 만족이 지배
하게 될 것이라고 말한다. 기독교인들이 플라톤적 공산국가를 지지하
지 않는다는 사실, 플라톤의 공산주의를 신랄하게 비판한다는 사실이
나로서는 놀라울 뿐이다. 이교도 철학자들 가운데 플라톤만큼 예수
그리스도의 정신에 부합하는 사상가가 또 있을까? 아리스토텔레스는
《정치학》 2권에서 플라톤의 이런 주장을 다소 순화하여 개인들에게
사적 소유를 인정하고 있다. 즉 윤리적 의무와 시민적 도덕을 완수하
는 것이 여하간 사유재산을—속담에 이르는바—공동체의 재산으로
만들 것이라 주장한다. 마르티알리스는 그의 책 2권에서 칸디두스라
는 사람을 조롱하는데, 이자는 늘 이 격언을 입에 달고 다니면서도 실
상은 친구들에게 자신의 재물을 내어준 적이 없었다고 한다. "친구
사이 내남 둘 것 없다. 칸디두스여, 전부 네 것이라 당신은 늘 밤으로
낮으로 이를 강조하는구나." 마르티알리스는 이 격언시를 다음과 같
은 말로 마무리한다. "무엇도 주지 않고, 칸디두스여 공유라 하는구
나." 플루타르코스가 전하는바, 테오프라스토스는 그의 작은 책 《형
제애에 관하여》에서 우아하게 말하고 있다. "친구들이 모든 것을 공
유할 경우, 무엇보다 서로의 친구를 공유해야 한다." 키케로는 그의
책 《법률》 1권에서 이 격언이 피타고라스에게서 유래한다고 적고 있
다. "그러므로 피타고라스의 말마따나, 친구들의 재산은 공동재산이
며, 우정이란 동일성이다."(Cic. leg. I, 33) 디오게네스 라에르티오스가
전하는바, 티마이오스 또한 이 격언이 본래 피타고라스에서 유래한다고
주장했다. 아울루스 겔리우스는 그의 책 《아티카의 밤》 1권 9장에서 말
했다. "피타고라스는 이 격언을 만들어냈을 뿐만 아니라 실제 그러한
생활/재산 공동체를 이끌었다." 예수 그리스도는 이런 공동체가 기독
교인들 사이에 마련되기를 바라셨던바, 예수의 제자 된 사람은 누구나
자신의 재산을 공동체에 내놓았던 것이다. 공동체의 삶(Coenobium)이
라는 말의 진정한 의미는 생활/재산 공동체를 의미한다.)(졸역 《에라
스무스 격언집》, 40쪽 이하, 아모르문디, 2009)

게 놓아둔다면, 재화가 아무리 많다 한들, 소수의 사람들은 그 모든 재화를 차지하고 나머지 사람들은 궁핍하게 쪼들릴 것이니 말입니다. 결국 사람들은 둘로 나뉘어 각자 자신에게 부합하지 않는 것을 얻게 될 것인즉, 사납고 포악하여 아무짝에 쓸모없는 사람들은 부를 얻을 것이며, 점잖고 순박하고 매일의 부지런함으로 자신보다는 공익에 유익함을 가져오는 사람들은 가난을 면치 못하게 됩니다.

고로 저는 확신하거니와, 사유재산제도가 완전히 철폐되지 않고는 어떤 경우도 재화가 공평하고 정의롭게 배분되고 죽을 운명의 인간들이 만사에 행복을 얻을 수 없습니다. 사유재산제도가 유지되는 한, 언제고 늘 대다수 선량한 사람들은 가난과 궁핍으로 인한 근심과 부담을 피할 수 없을 겁니다. 물론 어떻게든 부담을 약간 줄일 수는 있겠지만 그렇다고 그것이 깨끗하게 제거되지는 않을 겁니다. 그러니까 개인이 일정 크기 이상의 토지를 소유할 수 없다거나, 일정량 이상의 돈을 소유할 수 없다는 금지 조항을 만들 수도 있습니다. 혹은 법률로 정하여 지배자들이 지나치게 막강해지고 백성들이 지나치게 오만해지지 않도록 조심시킬 수도 있습니다. 혹은 관직을 청탁으로 얻거나 돈으로 사거나 관직에 취임하여 돈을 쓰는 일이 없도록 할 수도 있습니다. 이를 그냥 놓아둘 경우 관리들은 속임수나 협박으로 자신들이 쓴 돈을 벌충하려고 할 것이며, 결국 부유한 자들만이 현명한 자들에게 돌아가야 마땅한 자리를 차지할 것이니, 여하튼 이런 것들을 법률로써 금지한다면, 마치 정성 들인 찜질 덕분에 심각한 건강 훼손으로 병든 육신이 어느 정도 힘을 얻는 것처럼, 사회적인 악습이 잠시 동안은 누그러들고 잦아들 것입니다. 그러나 각자에게 사유재산이 허용되는 한, 국가가 병을 털고 일어나 완전히 건강해질 가망이 없습니다. 하여 어느 한구석의 질병을 치료하는가 싶으면, 다른 부분에서 상처가 크게 도지니, 한 부분이 완치되면 다른 부분의 질병이 번갈아가며 생겨납니다. 한 사람에게서 빼앗지 않고는 다른 사람에게 나누어줄 수 없는 지경입니다."

나는 말했다. "그러나 저는 그렇게 보지 않습니다. 모든 것을 공유하는 곳에서는 분명 유복하게 살 수 없을 것 같습니다. 자기 수익을 기대할 수 없어 노동의 동기가 없으며, 다른 사람들에 기대어 자신은 게으르게 보내려는 곳에서 사람들은 일에서 손을 떼니 어떻게 재화가 풍성할 수 있겠습니까? 결핍을 메우려고 각자가 무언가를 얻으려 애쓰되 이를 개인 재산으로 보장받을 수 없다면, 살육과 전쟁이 계속되는 것을 피할 수 없지 않겠습니까? 특히 정부와 관리의 권위가 존재하지 않는다면 말입니다. 사람들 사이에 아무런 차별도 존재하지 않는 사회에 그런 권위가 존재할 자리가 있을지 모르겠으며, 저로서는 존재하리라 상상할 수 없습니다."[52]

---

52 공산주의 사회에 대한 비판은 아리스토텔레스의 《정치학》 2권을 보라.

라파엘 휘틀로다이우스 씨는 말했다. "맞습니다. 그렇게 생각하실 수도 있다고 봅니다. 당신은 공산주의 사회를 전혀 모르거나, 아니면 그에 대한 잘못된 생각을 가지고 계신 것 같습니다. 하지만 만약 당신이 저와 함께 유토피아에 가서, 저처럼 몸소 유토피아 사람들의 습속과 제도를 보셨다면 좋았을 겁니다. 저는 그곳에서 5년 이상 머물러 있었으며, 이런 신세계를 세상 사람들에게 알리기 위해서가 아니라면 결코 떠나지 않을 터이니, 결단코 말씀드리거니와 당신도 유토피아처럼 잘 조직된 나라를 다른 어디에서도 보지 못했다고 말하실 겁니다."

페터 힐레스가 말했다. "그런데 신세계 백성들이 우리가 알고 있는 세계보다 훨씬 더 잘 조직되었다는 말씀은 믿어지지 않습니다. 우리들의 재능은 그들 못지않으며, 우리 세계의 국가들은 그들보다 유구한 역사를 갖고 있으며, 오랜 역사에서 삶을 편리하게 하는 수많은 도구들을 만들어 사용하고 있습니다. 물론 우리의 재능을 전혀 사용하지 않고 우연히 발견된 이기(利器)는 제외하고 말입니다."

라파엘 휘틀로다이우스 씨는 말했다. "유구한 역사에 관해서 말씀드리자면, 제가 신세계의 역사를 말씀드리면 당신은 정확한 판단을 내릴 수 있을 겁니다. 그들의 역사에 따르면 우리네 사람들이 이 땅에 살기 이전에 그네들은 그곳에 도시를 세우고 있었다고 합니다. 그러니 재능에 의해서건 혹은 우연에 의해서건 무언가가 만들어진다면, 그것이 여기에만 존재할 리는 만무합니다. 행여 재능에 있어 우리가 그들보다 앞설지는 모르지만, 부지런함이나 열정에 있어 그들이 우리보다 상당히 앞선 것은 분명합니다.

그들의 연대기에 따르면 우리가 그곳에 도착하기 이전에 그들은 우리에 관해서 전혀 들어본 적이 없다고 합니다. 그들은 우리를 '적도 너머 사람들'이라고 불렀습니다. 오직 한 번, 약 1,200년 전에 폭풍에 휩쓸려 배가 난파되어 유토피아에 떠밀려온 적이 있습니다. 그때 해안에서 로마인들과 이집트인들을 본 것이 전부입니다. 그들은 구사일생으로 목숨을 건져 이후 죽을 때까지 유토피아에 살았다고 합니다.

그들이 그 한 번의 기회를 타고난 부지런함으로 얼마나 유익하게 활용했는지를 말씀드리고자 합니다. 그들은 로마 제국에서 사용된 유용한 기술들을 난파한 손님들에게 모조리 배웠으며, 혹은 기술 개발의 단초를 발견하여 이내 기술을 완성했습니다. 그곳에 도착한 사람들을 통해 오직 한 번 우리네 세계와 접촉했지만, 이를 십분 활용했습니다. 만약 이와 유사하게 어떤 사람이 우연히 그들 세계에서 우리네 세계에 도착한다면, 그 사람은 곧 잊힐 텐데 말입니다. 하기야 제가 그들 세계를 방문하고 돌아왔다는 것조차 우리 후손들은 기억하지 못할 겁니다. 그들은 그 한 번의 기회를 활용해 우리 세계가 발견한 기술들을 순식간에 제 것으로 만들었던 데 반해, 우리는 우리보다 월등한 저들의 제도를 도입

하는 데 과연 얼마나 오랜 세월을 허송해야 할지 아득
하기만 합니다. 제 생각에는 열심히 배우려는 그들의
자세야말로 그들이 우리보다 훨씬 현명한 정부를 가지
고 있으며 훨씬 유복한 삶을 살아가는 이유인 것 같습
니다. 사실 우리가 그들에 비해 재능이나 자원이 뒤떨
어지는 것은 아니기 때문입니다."

나는 말했다. "친애하는 라파엘 씨, 당신께 부탁드리
건대, 그렇다면 우리에게 그 섬의 모습을 설명해 주시
겠습니까? 부디 소략하게만 하지 마시고, 영토며, 하천
들이며, 도시들이며, 사람들이며, 습속이며, 제도와 법
률 들이며, 그 외에 우리가 알았으면 하는 모든 것을 조
리 있게 하나하나 말씀해주시기 바랍니다. 우리는 우리
가 알지 못하는 것은 무엇이든 배우고자 한다고 생각하
셔도 좋습니다."

라파엘 휘틀로다이우스 씨는 말했다. "기꺼이 말씀드
리도록 하겠습니다. 실로 저도 그럴 마음이었습니다.
하지만 조금 쉬었으면 합니다."

나는 말했다. "그렇다면 안으로 들어가 점심을 합시
다. 그 후에는 우리가 원하는 대로 시간을 보내도록 합
시다."

라파엘 휘틀로다이우스 씨는 말했다. "좋습니다." 우
리는 안으로 들어가 점심을 먹었다. 점심을 마치고 같
은 곳으로 다시 돌아와 똑같은 의자에 도로 앉았다. 시
종들에게 말하여 아무도 우리를 방해하지 않도록 했다.
나와 페터 힐레스는 라파엘 휘틀로다이우스 씨를 부추

겨 그가 약속한 것을 이행토록 했다. 하여 듣기를 원하
고 듣고자 안달하는 우리를 보고는, 잠시 말없이 생각
하며 앉았다가, 이내 다음과 같이 말머리를 시작했다.

여기서 1권이 끝나고 2권이 이어진다.

유토피아 2권

런던의 시민이자 부사법장관 토머스 모어가 기록한, 라파엘 휘틀로다이우스 씨가 이상 국가에 관해 다룬 논의

유토피아 사람들이 살고 있는 섬은 중앙부가 가장 폭이 넓은데, 그 길이는 200마일 정도이며, 섬의 대부분은 그 정도의 폭을 유지하는데 다만 양쪽 끝부분에서는 조금씩 끝자락으로 갈수록 줄어듭니다. 섬의 끝자락은 안으로 휘어 있어 흡사 둥근 원환 모양을 이루고 있으며, 섬 전체의 둘레는 500마일에 이릅니다. 하여 섬은 전체적으로 초승달처럼 생겼다고 할 수 있습니다.[1] 양쪽 끝자락은 빙 둘러 11마일 내외 간격을 두고 거의 맞닿아 있습니다. 그 해협을 지나 바다가 들어와 안쪽으로 폭 싸인 넓은 만을 형성하며, 둘러싼 땅은 안쪽을 풍랑에서 안전하게 지켜주기 때문에 안쪽 바다는 마치 넓은 호수처럼 대체로 요동치지 않고 잔잔합니다. 안쪽 바다의 거의 모든 해안은 항구로 이용되며, 안쪽 바다를 이용해 사방으로 이동할 수 있어 사람들에게 매우 편리합니다. 바깥 바다로 나가는 길목에는 얕은 여울목과 암

신천지 유토피아의 위치와 모양

---

1 섬 전체의 크기는 오늘날 영국과 유사하다.

초가 버티고 있어 매우 위험합니다.[2] 해협 한가운데 커다란 바위는 물 밖으로 솟아 있어 항해를 위협하지 않는데, 사람들은 그 위에 망루를 세우고 감시병을 배치했습니다. 하지만 다른 바위들은 물속에 모습을 감추고 암초를 이루고 있어 매우 위험했습니다. 안쪽 바다로 들어오는 수로는 오로지 현지인들만이 알고 있어, 유토피아 사람들의 안내를 받지 않으면 외부인이 해협을 통과하여 만의 안쪽으로 들어오는 일은 불가능했습니다. 하지만 길을 지시하는 표식이 없다면 현지인들조차 접근할 수 없을 정도로 수로는 위험했습니다. 이 표식의 위치를 바꾸어놓음으로써 아무리 커다란 적의 함대일지라도 손쉽게 암초로 유인할 수 있었습니다.

섬의 다른 쪽 해안에도 적지 않게 항구가 있습니다. 하지만 대부분이 바위 절벽으로 둘러싸여 있어 자연적 요새를 이루고 있기 때문에 거대한 군대를 소수의 병사들로 방어하기에 알맞은 지형입니다. 전하는 말에 따르면 지형 자체가 이미 확인시켜주듯이 이 섬은 예전에는 바다로 둘러싸인 섬이 아니었다고 합니다. 이 지역은 예전에는 아브락사[3]라고 불렸는데 이 땅을 점령한 유토

천혜의 요새. 단 하나의 망루로 충분히 내해로 들어오는 입구를 방어할 수 있다.

표식을 바꾸어놓는 전략

정복자 유토푸스의 이름을 따라 유토피아라고 불린다.

---

2 아리스토텔레스의 《정치학》 7권에도 외부인이 접근하기 어렵고 거주민들은 쉽게 접근할 수 있는 지형을 이상적 국가가 갖고 있다는 언급이 보인다.

3 그리스의 영지주의자 바실리데스는 365개의 하늘을 상정했으며, 그 가장 높은 하늘에 '아브락사스(abraxas)'라는 이름을 붙였다. 아브락사스를 이루는 7개의 알파벳은 각각 어떤 숫자를 대표하며, 그 7개의 숫자를 더하면 365가 된다고 한다.

푸스라는 사람의 이름을 이름에 따라 유토피아라고 부르게 되었습니다. 그는 거친 야만의 거주민들을 다른 어느 나라 시민들보다 탁월한 문화와 문명으로 이끌며, 지형을 바꾸었다고 합니다. 그는 첫 공격으로 승리를 쟁취하고 나서는 15마일 길이의 운하를 조성하여 대륙과 맞닿은 협로를 끊어버리고 바닷물이 사방을 둘러싸게 해서 이 땅을 섬으로 만들었다고 합니다. 그는 이런 부역에 원주민들을 동원했을 뿐만 아니라, 원주민들이 부역을 창피스러운 노역이라고 생각하지 못하도록 자신의 병사들도 모두 부역에 투입했습니다. 수많은 사람들에게 적절히 부역을 분배함으로써 믿을 수 없을 만큼 빠른 속도로 운하 작업을 완성했으며, 처음에는 이런 헛수고를 비웃던 사람들도 마침내 그 성공적 완수에 놀라 충격을 받았다고 합니다.[4]

이 작업은 이스트무스를 관통하는 일보다 더 큰 일이었다.

모두가 힘을 보태어 일을 쉽게 마치다.

---

4 에라스무스의 《격언집》에는 "이스트무스를 관통하다(Adagia IV iv 26, Isthmum perfodere)"는 격언이 전한다. 〔"이스트무스를 관통하다"라는 격언은 어떤 일에서 성과 없이 굉장히 큰 노력을 쏟는 사람을 가리킨다. 이 격언은 코린토스의 이스트무스에서 유래한다. 이스트무스 협로가 가로막고 있어 배는 이곳을 통과할 수 없기 때문에 군이 배를 타고 가려면 길고 위험하기 짝이 없는 우회 항로를 돌아가야만 펠로폰네소스 반도 반대쪽에 다다를 수 있었다. 그래서 많은 사람들이 이 협로의 폭이 가장 좁은 곳을 골라서 관통하려고 시도했었다. 데메트리우스 왕, 독재관 카이사르, 가이우스 황제, 도미티우스 네로 황제 등이 이런 사업을 시도했으나, 그 결말이 증명하듯이, 성공하지는 못했다. 플리니우스는 그의 책 4권 4장에서 이렇게 적고 있다. 전하는 바에 따르면 수에토니우스는 칼리굴라가 플리니우스의 이 저작을 비판했다고 한다. 필로스트라토스는 《아폴로니우스의 삶》에서, 네로가 그 사업을 포기한 까닭은 결코 그것이 어려워서가 아니라, 완성되고 나서 바닷물이 넘쳐나게 되어 그것이 나쁜 징조가

| 유토피아의 도시 국가들 | 섬에는 54개의 넓고 웅장한 도시국가들이 있습니다.[5] |

유토피아의 도시 국가들

유사성은 화합을 도모한다.

도시국가들 간의 거리

토지의 분배

섬에는 54개의 넓고 웅장한 도시국가들이 있습니다.[5] 모든 도시국가들은 언어와 습속과 제도와 법률이 동일합니다. 각 도시국가들은 사정이 허락하는 한 동일한 도시계획에 따라 조성되었으며, 동일한 모습을 가지고 있습니다. 도시국가들은 서로 가깝게는 24마일 정도 떨어져 있었으며, 아무리 멀어도 사람이 걸어서 하루에 도달할 수 없을 만큼 떨어지지는 않았습니다.

매년 각 도시국가는 사리에 밝은 세 명의 장로들을 아마우로툼[6]에 위치한 의회로 파견하며 이들은 섬 전체의 공적 문제를 처리합니다. 이 도시국가는 섬의 배꼽 부분에 위치하여 섬의 어디서건 사신이 쉽게 접근할 수 있는 수도로서 기능합니다. 토지는 각 도시국가에 공평

되는 것, 즉 아이기나가 바다에 잠긴다거나 더 나아가 로마제국이 몰락하게 되지는 않을까 하는 두려움 때문이었다고 한다. 이런 것들을 이집트의 예언자가 예언한 것이다. 노장 헤로도토스는 자신의 역사책 1권에서 다음과 같이 전한다. 크니도스 시에 살고 있던 사람들은 자신들의 땅에서 대륙으로 이어지는 약 5스타디온 정도의 좁은 협로를 가로질러 운하를 파서, 대륙과 분리시켜 자신의 도시가 있는 고장을 마치 하나의 독립된 섬처럼 만들려고 했다. 그런데 운하 공사 중에 인부들 앞에 돌들이 위로 튀어오르는 일이 발생했다고 한다. 델포이의 아폴론 신전에 이에 관해 물어보자 다음과 같은 세겹음 운율의 신탁이 내렸다. "너희들은 이스트무스에 아직 성벽도 운하도 두르지 말아야 한다. 제우스가 원하는 때가 되면 신께서 그것을 섬으로 만들 것이다." 니카노르 셀레우코스도 흑해와 카스피해 사이에 가로놓인 협로 가운데 가장 좁은 곳을 택해 운하를 만들 계획을 세웠으나 끝내 시행하지는 못했다. 프톨레마이오스 카라노스에 죽음을 당했기 때문이다.] (졸역, 《에라스무스 격언집》, 아모르문디, 2009, 256쪽)

5 유토피아의 도시들이 그리스의 도시국가를 닮아 있다는 점에 착안하여 'civitas'를 '도시국가'로 번역했다.

하게 분배되어 있으며, 각 도시국가는 사방 최소 12마
일 정도의 경작지를 가지고 있고, 도시국가들이 서로
좀 더 멀리 떨어져 있는 경우, 경작지는 그만큼 커지기
도 합니다. 어떤 도시국가도 영토를 늘려야겠다는 욕심
을 갖고 있지 않습니다. 그들은 토지를 재산으로 생각
하지 않으며, 다만 경작지로 여기기 때문입니다. 전 영
토에 걸쳐 그들은 적당한 간격을 두고 농가를 건설했으
며, 농가에는 농사 기구가 잘 갖추어져 있습니다. 농가
에는 번갈아가며 농촌으로 내려오는 시민들이 거주합
니다. 각 농가는 적어도 남녀 사십 명과 상주하는 노예
두 명으로 구성되며, 각 농가를 신중하고 나이 많은 가
장과 안주인이 책임집니다. 그리고 농가 30가구를 묶어
촌장 퓔아르쿠스[7]가 책임집니다. 매년 농가 단위별로
이십 명이 도시로 돌아가는데, 이들은 2년 동안의 농촌
복무를 완수한 사람들입니다. 이들을 대신하여 똑같은
수의 사람들이 도시에서 농촌으로 이주합니다. 이들은
이들보다 일 년 먼저 농촌에 내려와 있어 농사일에 익
숙한 사람들에게 농사 기술을 전수받으며, 이들은 다시
다음 해에 내려오는 사람들을 가르치게 됩니다. 이렇게
해서 농사일을 처음 접하여 농사 기술을 알지 못하는
농부들끼리 농사를 지을 경우 있을지 모를 농사 피해를
예방하도록 합니다. 농사일을 힘겹게 여기는 사람들을

하지만 이는 오늘
날 많은 국가들이
안고 있는 문제다.

농업이 최우선 과
제다.

---

6 희랍어 'amaurotos'에서 유래하며, '어둡게 하다'라는 뜻.
7 희랍어 'phylarchos'에서 유래하며, '부족을 다스리는 사람'이라는
  뜻.

억지로 땅에 붙들어두지 않기 위해 매년 농촌 일손의 순환이 시행되지만, 천성적으로 농사일에 즐거움을 갖는 사람들은 이보다 오랫동안 농촌에 머무는 것이 허용됩니다.

농부들의 과제　그들은 농부로서 땅을 일구고, 가축을 먹이며, 땔나무를 마련하고, 편리한 대로 육로나 해로를 이용하여 생산물을 도시로 실어 나릅니다. 그들은 매우 놀라운

놀라운 양계 사업　기술을 동원하여 대규모 양계 사업을 펼칩니다. 암탉 대신 농부들이 많은 알을 일정한 온도로 따뜻하게 관리하여 한꺼번에 부화시킵니다. 알에서 나온 병아리들은 어미닭을 대신하여 사람을 어미로 알고 따라다닙니다.

말의 사육　그들은 말을 거의 기르지 않지만, 젊은이들에게 승마 기술을 가르칠 목적으로, 성질이 드센 극소수의 말을 기릅니다. 왜냐하면 그들은 밭을 갈고 수레를 끄는 데

소의 사육　대개 소를 이용하기 때문입니다. 그들도 인정하듯이 소는 순발력에서는 말에 뒤떨어지는 반면 지구력이 탁월하고 질병에는 강하여 유리하다고 생각됩니다. 또 적은 비용과 수고로 소를 기를 수 있으며, 소가 늙어서 일을 못하게 되면 고기를 얻을 수 있습니다.

식료와 음료　그들은 곡물을 오로지 빵을 만드는 데 사용합니다.[8] 그들은 주로 포도, 사과, 배로 만든 술을 마시며, 때로는 단순히 냉수를 마시거나 때로는 이곳에서는 흔한 꿀 또는 감초즙을 냉수에 섞어 마십니다. 매년 도시와 도시

---

8 영국인들은 곡물을 맥주를 만드는 데도 사용한다.

주변 지역에서 얼마의 식량이 소비되는지를 충분히 조사하여 정확히 알고 있으며, 매년 필요량 이상의 곡물을 생산하고 필요량 이상의 가축을 길러냅니다. 하여 초과분은 이웃 도시국가로 보냅니다. 농촌에 없는 어떤 물건이 필요할 경우 도시 행정관에게 요구하며, 아무런 대가를 지불하지 않더라도 도시 행정관에게서 손쉽게 그 물건을 받을 수 있습니다. 그들은 대개 한 달에 한 번 도시로 들어가 축제를 벌입니다. 추수의 계절이 다가오면, 촌장 퓔아르쿠스들이 도시 행정관들에게 얼마만큼 일손이 필요한지를 통보합니다. 그러면 추수를 돕기 위한 일손들이 꼭 알맞은 시간에 맞추어 농촌에 내려옵니다. 날씨가 좋은 날이면 하루 만에 추수를 마치게 됩니다.

농업 생산량

집단 노동의 유익함

도시, 특히 아마우로툼에 관하여

도시 하나를 제대로 알면 전부를 알 수 있을 만큼 도시국가들은 자연 지형이 허락하는 범위에서 완전히 동일한 도시계획을 갖고 있습니다. 아무거나 하나 잡아 설명해보겠습니다. 어떤 것을 들더라도 마찬가지라면 아마우로툼이 좋지 않겠습니까? 이 도시국가는 다른 어느 도시보다 탁월한데, 장로들이 이곳으로 모이기 때문이며, 개인적으로 제가 그곳에서 5년 동안 살아서 다른 어느 곳보다 잘 알고 있기 때문이기도 합니다.

아마우로툼은 완만한 산자락에 자리 잡았습니다. 시

아마우로툼의 묘사. 유토피아 제1의 도시국가.

가지는 전체적으로 장방형 꼴입니다. 산 정상 바로 아래에서 시작된 시가지는 2마일 정도 내려와 안휘드룸[9] 강에 닿으며, 이보다 길게 강을 따라 위아래로 뻗어 있습니다. 안휘드룸 강은 아마우로툼 시가지에서 8마일 떨어진 상류의 작은 샘에서 시작되며, 몇몇 지류가 이 강으로 합류하는데 지류 가운데 두 개는 매우 큰 하천이기에 아마우로툼을 지날 무렵에는 강의 너비가 반 마일 정도가 됩니다. 강폭은 이후 점점 더 넓어지는데, 60마일을 흘러 내려가 마침내 넓은 바다에 이릅니다. 바다와 시가지 사이에서, 아니 시가지에서 몇 마일 상류까지 강물이 물때에 맞추어 여섯 시간마다 급하게 밀려 들어오고 밀려 나갑니다. 밀물 때가 되면 안휘드룸 강은 하구에서 30마일 떨어진 곳까지 바닷물이 들어와 민물을 밀어냅니다. 하여 그 위로 몇 마일 상류까지 물에 소금기가 섞여듭니다. 물론 그 위쪽 상류에서는 점차 소금기가 빠져 시가지를 통과하는 지점에서는 맑은 물을 유지합니다. 썰물 때가 되면 강은 다시 맑은 물로 가득하여 바다로 나가는 하구까지 거의 민물이 됩니다.

아마우로툼 시가지는 강 건너편과 다리로 연결되어 있습니다. 교각과 말뚝을 나무로 마련하지 않고 돌을 준비해서 크게 쌓은 무지개다리로서 도시의 한쪽 끝, 바다에서 멀리 떨어진 지점에 설치되어 있습니다. 하여 배들은 아무 지장 없이 시가지에 맞닿은 강둑 어디고

안휘드룸 강의 묘사

영국 템스 강과 마찬가지

아마우로툼은 런던과 이 점에서 흡사하다.

---

9 희랍어 'anhydros'에서 유래하여, '물이 없는'을 뜻한다.

정박할 수 있습니다. 또한 시가지가 면한 산자락에서 시작하여 완만한 경사를 따라 시내를 가로질러 흘러 안 휘드룸 강으로 합류하는 지천이 있는데 그다지 크지 않 으면서 맑고 잔잔합니다. 그 지천의 발원지는 시가지 밖 멀지 않은 곳에 있는데, 그들은 발원지의 샘 주변에 보루와 성벽을 쌓았으며, 성벽을 시가지까지 길게 연결 해놓아 유사시 적들이 지천을 막아버리거나, 지천의 물 길을 돌려놓거나 물에 독약을 풀지 못하도록 지천을 보 호하고 있습니다. 그리고 구워서 만든 수도관을 이용해 샘물을 산 아래 지역에 위치한 도심 여러 지역으로 보 냅니다. 지형 때문에 이것이 불가능한 경우에는 빗물을 저수조에 모아두었다가 이용합니다.

시가지는 높고 단단한 성벽으로 둘러싸여 있으며, 중 간에 다수의 망루와 보루를 두었습니다. 성벽 가운데 삼면에는 마른 해자를 둘러놓았는데, 꽤나 깊고 넓었으 며 가시덤불이 가득 덮여 있습니다. 나머지 한쪽 면은 강 자체가 해자 노릇을 합니다. 길은 통행에 편리하게 조성되어 있으며, 바람을 효과적으로 막아냅니다. 누추 하지 않은 건물들은 골목길을 따라 길게 마주 보며 연 이어 붙어 하나의 구역을 이루는데, 20보 너비의 대로 가 중간에 놓여 건물들을 각 구역별로 구획하고 있습니 다.[10] 건물 뒤편에는 커다란 정원이 구역의 길이만큼 조 성되어 있으며 옆 골목길 건물 뒤편의 정원과 마주 보고

(여백 주석)
식수 조달

도시의 방어 성벽

거리의 모습

건물들

건물에 붙은 정원 들

---
10 로마가도의 평균 너비에 해당한다.

147

있어, 결국 정원은 건물로 에워싸여 있습니다.

하여 각 살림집은 길로 나가는 앞문과 정원으로 향한 뒷문을 하나씩 갖고 있습니다. 문은 쌍여닫이로서 쉽게 밀어 열 수 있으며 손을 놓으면 자동으로 닫히도록 되어 있습니다. 지나가던 사람들이 아무나 밀고 들어올 수 있도록 되어 있어 사생활이란 존재하지 않습니다.[11]

그들은 10년마다 추첨을 통해 살림집을 맞바꾸도록 되어 있습니다. 그들은 정원을 매우 아껴, 포도나무와 과수, 향초와 화초를 정원에서 열심히 가꾸고 돌봅니다. 제 평생 그렇게 아름답고 풍요로운 정원은 보지 못했습니다. 그들의 이런 열정은 그것이 주는 즐거움에 있지만, 또 하나 구역들로 나뉘어 정원 가꾸기 경쟁을 벌이기 때문이기도 합니다. 도시를 통틀어 다른 어떤 것도 실용적인 측면에서나 즐거움의 측면에서나 이보다 탁월한 것을 찾을 수 없습니다. 유토피아를 건설한 사람이 다른 무엇보다 정원을 가꾸는 일에 커다란 관심을 가졌음을 이런 사실들에서 엿볼 수 있습니다.

전하는 바에 따르면 유토푸스가 처음부터 도시계획을 마련했다고 합니다. 하지만 도시를 꾸미고 장식하는 일은 한 사람이 평생에 걸쳐 아무리 추구하여도 다하지 못할 것을 알고 후세에 이를 남겼다고 합니다. 그들의

플라톤의 이상 국가를 닮았다.

베르길리우스 또한 정원의 유용성을 칭송하였다.[12]

---

11 플라톤의 《국가》 3권 416d에 이와 유사한 것이 보인다. 토머스 모어가 몇 년 동안 머물렀던 카르투지오 수도회에서도 정기적으로 거처를 바꾸었다고 한다.

12 베르길리우스, 《농경시》 4권 116~148행을 보라.

연대기는 1,760년, 유토푸스가 섬을 정복한 해부터 역사를 차근차근 기록했으며, 기록물들을 소중하게 보관했습니다.[13] 기록에 따르면 처음 세워진 건물들은 허름하여 마치 초가집이나 움막 비슷했답니다. 손에 잡히는 목재들로 대강 세웠으며 벽은 흙으로 발랐고, 중앙부를 높게 세운 지붕은 지푸라기로 엮었답니다. 오늘날 그들의 건물은 삼층집으로 훌륭하게 지어져, 건물 외벽에 자연석, 가공 석재, 혹은 구운 벽돌을 이용하되 그 틈새는 자갈 섞인 회반죽으로 채웠습니다. 지붕은 평평한 일종의 석고판으로 마무리되어 있는데 그것은 그다지 비싸지 않으며 불에 견딜 수 있도록 만들어졌고 악천후에도 견딜 수 있어 납 지붕을 능가합니다. 그들에게는 유리가 풍부하여 창을 유리로 만들었는데 이로써 비바람을 막아내며 혹은 기름이나 나무 진액[14]을 먹인 두꺼운 천을 유리 대신 사용하기도 합니다. 이것은 빛 투과율이 높으며, 바람도 훨씬 잘 막아냅니다.

유리나 천으로 된 창문

행정 관리에 관하여

일 년에 한 번 30가구가 모여 한 명의 관리를 뽑습니다. 이 관리는 옛말로 촌장 쉬포그란투스라고 불렸는데, 최근에 촌장 필아르쿠스라고 불립니다. 다시 10명

---

13 1516년 《유토피아》 초판이 발행된 해를 기점으로 삼는다.
14 글자 그대로 번역하면 '호박'인데, 여기서는 문맥상 '나무 진액'이라고 번역하는 것이 옳다.

트라니보루스라
는 유토피아 말은
책임 행정관을 의
미한다.

의 촌장 쉬포그란투스를 군수 트라니보루스가, 최근에
는 군수 프로토필아르쿠스라고 불리는 관리가 이끕니
다. 한 도시국가의 촌장 쉬포그란투스 200명 전체가 모
여 한 명의 총독을 선출하는데,[15] 이들은 자신들이 생각
하기에 가장 훌륭한 사람을 총독으로 뽑기로 맹세하고
투표에 임하며, 투표는 비밀투표로 진행됩니다. 도시국

건강한 국가는 독
재를 기피한다.

가를 네 지역으로 나누어 각 지역에서 한 명을 주민의
추천으로 총독 후보자로 뽑아놓습니다. 총독은 독재 혐
의가 보이지 않는 한 종신직입니다.[16] 군수 트라니보루
스들은 매년 선출되지만, 별다른 이유가 없는 한 연임
할 수 있습니다. 나머지 모든 관직은 일 년 임기 단임제
로 운영됩니다.

군수 트라니보루스들은 이틀에 한 번 총독이 참여한
가운데 국무회의를 개최하지만, 필요하다면 더 자주 회

문제를 끝없이 확
대시킬 만한 분쟁
은 신속히 판결한
다.

의를 개최하기도 합니다. 국무회의는 국사 전반을 토의
하며 개인들의 분쟁을 가능한 한 서둘러 조정합니다.
물론 이런 분쟁이 일어나는 일은 거의 없습니다. 군수

즉흥적 결정은 없
다.

트라니보루스는 매번 촌장 쉬포그란투스 두 명씩을 돌
아가며 국무회의에 초대합니다. 모든 의제는 국무회의
에서 날을 바꾸어가며 3차에 걸친 토론을 거친 경우에
만 의결되도록 규정되어 있습니다. 또 국무회의나 원로

---

15 이로 미루어보건대, 각 도시국가는 6,000가구로 구성되어 있다고 하
겠다.

16 각 도시국가는 한 명의 총독을 선출하며 유토피아 전체를 다스릴 상
위 행정관은 존재하지 않는다.

원 외에 다른 장소에서 국사를 논의하는 경우, 이를 사형으로 다스립니다. 그들에 따르면 이런 규정이 정해진 것은 총독과 군수 트라니보루스들이 공모하여 정부 형태를 바꾸어 인민대중을 노예로 만들지 못하도록 하기 위해서라고 합니다. 그리하여 중요하다고 판단되는 모든 문제는 먼저 촌장 쉬포그란투스 회의에서 논의되는데, 또 촌장 쉬포그란투스 각각은 자신이 대표하는 가구들과 의논하고 중의를 모읍니다. 이후 국무회의에 그들의 논의 결과가 건의되며, 때로 일부 문제는 전체 국민 토론에 붙여 국민회의로 결정합니다.

또한 국무회의에서는 제기된 문제를 동일한 날에 거듭해서 토의에 붙이지 않는다는 규정이 있습니다. 따라서 일단 의제로 채택된 사항은 다음 회의에서 계속 논의됩니다. 이는 어떤 사람이 당일 그의 머리에 떠오른 의견을 제시하고 이를 공익에 비추어 숙고하지 않은 채 헛된 힘을 써가며 자기 주장을 내세우는 걸 막기 위함이라고 합니다. 이는 자신의 소견이 짧았음을 인정하지 않으려는 왜곡되고 비정상적인 수치심을 가진 사람이 있기 때문인데, 그들은 이런 사람이 빨리 의견을 내기보다 신중하게 의견을 낼 수 있도록 처음부터 충분히 숙고해야 한다고 생각했던 것입니다.

이런 규정이 오늘날 우리네 국무회의에도 생겨났으면 좋겠다.

이를 두고 옛 속담에 '한 밤 재우고 결정하다'라고 한다.

생업에 관하여

남녀를 불문하고 누구나 농업을 생업 삼아 종사합니

다. 유토피아 사람들 가운데 농사 기술을 모르는 사람은 없었습니다. 어린 시절부터 모든 사람이 농사 기술을 배우는데, 학교에서 농사법을 전수받는가 하면 또한 시가지에서 가까운 농촌을 방문하여 마치 놀이하듯 실습 교육을 받습니다. 하여 눈으로 농사일을 익히는 한편, 몸소 힘을 쓸 기회를 통해 일을 배웁니다.

농업이 만인의 생업인데, 우리는 요즘 농업을 천하다고 여긴다.

이렇듯 모든 사람들이 누구나 행하는 농업 외에도 사람들은 각자 자기에게 알맞은 기술을 하나씩 익힙니다. 그들은 양모 생산, 아마포 생산, 혹은 돌을 다루는 기술, 혹은 나무 내지 쇠를 다루는 기술을 배우는데, 사실 이런 직업 말고, 많은 사람들이 종사하기에 알맞은 다른 직업은 없습니다. 그들의 옷은 남녀 성별과 결혼 여부에 따른 약간의 차이를 제외하고 섬 전체가 동일하며, 일평생에 걸쳐 동일합니다. 하지만 그들의 옷은 보기에 사납지 않으며, 몸을 움직여 일하기에 번거롭지 않으며, 추위와 더위에 따라 조절하기에 편리합니다. 덧붙여 말씀드리자면 각 식솔들은 각자 옷을 만들어 입습니다.

사치가 아닌 필요를 충족시키기 위해 직업 기술을 익힌다.

동일한 복장

각자가 앞서 말씀드린 기술 가운데 하나를 배우는데, 남녀 구분을 두지 않습니다만, 보통 연약한 여성들은 양털이나 아마포를 다루는 좀 수월한 기술을 배웁니다. 한편 남자들은 힘을 쓰는 직업을 배웁니다. 대부분의 사람들은 조상들의 직업을 이어받는데, 대개 자연스럽게 조상들의 직업에 친근감을 갖기 때문입니다. 하지만 다른 직업에 끌리는 사람은 이를 생업으로 삼고 있는

누구나 한 가지 직업은 갖는다.

각자 자기 성격에 부합하는 직업을 갖는다.

집안에 입양되며 그곳에서 교육을 받는데, 그의 아버지
뿐만 아니라 관리들은 입양하는 집안의 어른이 진중하
고 근면한 사람인지를 세심하게 살핍니다. 마찬가지로
하나의 직업에 대한 교육을 완전히 이수하고 다른 직업
교육을 원하는 경우도 허용됩니다. 이 경우 그는 둘 중
에 자신이 원하는 직업을 선택할 수 있지만, 도시국가
가 따로 하나의 직업을 지정해주지 않는 한에서 그러합
니다.[17]

촌장 쉬포그란투스들의 주요 업무, 아니 유일한 업무
는 누구도 빈둥대며 무의도식하지 않도록 관리하고, 모
두가 자신의 생업에 열심히 종사하되, 꼭두새벽부터 한
밤중까지 쉬지 않고 소처럼 일하다가 초주검이 되지 않
도록 배려하는 것입니다. 노예노동보다 끔찍한 이런 일
은 어디를 막론하고 세계적으로 만연되어 있으나, 유토
피아만은 예외라고 하겠습니다.[18] 그들은 하루 밤낮을
이십사 시간으로 나누고 이 가운데 여섯 시간을 노동에
투입합니다. 오전에 세 시간 동안 일하고, 이후 점심을
먹으며 두 시간 동안 쉬고 나서, 다시 오후 세 시간을 일
하고 저녁을 먹습니다. 정오 이후를 다시 1시로 세어, 8
시에 잠자리에 들어 여덟 시간 동안 잠을 잡니다.

노동, 식사, 수면 시간을 제외한 나머지 시간은 각자

일하지 않는 자는
국가에서 추방된
다.

노동시간은 과도
하지 않게

---

17 따라서 유토피아 사람들은 농업과 생업에 종사하게 되는데, 플라톤
이 《국가》 2권에서 언급하는, 이상 국가에서는 각자가 오직 하나의
직업을 갖는다는 생각과는 뚜렷이 구분된다.

18 예를 들어 16세기 영국에서는 새벽부터 밤늦게까지 일하도록 노동
시간을 정하고 있었다.

의 재량에 따라 활용합니다. 그들은 주색잡기를 즐기거나 게으름을 피우며 시간을 낭비하지 않고, 생업을 벗어난 자유 시간을 어떤 영혼의 활동을 하며 보냅니다. 그들 대부분은 이런 여유 시간을 책을 읽는 데 할애합니다. 그들의 관례에 따르면, 흔히 해가 뜨기 전 아침에는 매일 공개 강연이 개최되는데,[19] 여기에는 학업에 종사하도록 지명된 사람들이 참석하도록 되어 있지만, 어떤 일을 하든 관계없이 남녀 불문하고 누구나 청강할 수 있으며 많은 청중들이 강연을 듣기 위해 참석합니다.[20] 물론 이외에도 사람들은 여가 시간을 활용하여 자신들이 원하는 다른 일을 할 수 있습니다. 만약 여가 시간을 자신의 생업에 투여하기를 원하는 경우 이것도 허락됩니다. 대개 배우는 데 그다지 재미를 느끼지 못하는 사람들이 이를 원합니다. 실제로 이들은 국가에 유익한 일을 한다는 칭송을 받습니다.

배움의 열정

저녁 식사 후에 그들은 한 시간 동안 오락 시간을 갖습니다. 이는 여름 동안에는 정원에서, 겨울 동안에는 저녁 식사를 하는 큰 방에서 이루어집니다. 그들은 그곳에 모여 음악을 듣거나 때로는 즐거운 대화를 나누며 시간을 보냅니다. 그들은 주사위 노름처럼 어리석고 위험한 놀음은 전혀 알지 못하며, 장기 놀이 비슷한 두 가

저녁 식사 후의 오락

주사위 노름은 우리네 귀족들의 주된 오락거리다.

---

19 실제 토머스 모어 당시의 대학들은 오전 5시에서 7시 사이에 강의를 시작했다.
20 에라스무스 등 르네상스 인문주의자들은 여성 교육 문제를 중요한 사안으로 다룬다.

지 놀이를 즐깁니다. 하나는 한 숫자로 다른 숫자를 잡는 숫자 놀이며, 다른 하나는 나쁜 편과 착한 편이 나뉘어 싸움을 벌이는 놀이입니다. 이 놀이는 악덕들이 어떻게 서로 충돌하는지, 어떻게 힘을 합쳐 선에 대항하는지를 보여줄 수 있도록 짜여 있으며, 어떤 악덕이 어떤 선과 대립하며, 악덕이 선을 어떻게 공개적으로 혹은 속임수를 써서 뒤로 공격하며, 선은 어떻게 악덕의 공격을 막아내고 어떤 방법으로 악덕의 음모를 밝혀내는지, 마침내 어느 한편이 상대편을 어떤 수단을 써서 어떤 방식으로 제압하는지를 보여줍니다.

그들의 놀이는 유익함 또한 갖고 있다.

여기서 우리가 뒤로 돌아가 앞서 언급한 것을 주의 깊게 다시 한번 살펴보지 않는다면 당신에게 잘못된 인상을 주지 않을까 걱정입니다. 제가 그들이 고작 여섯 시간을 일하는 데 할애한다고 말씀드렸는데, 하여 행여 생필품이 모자라지는 않겠는가라고 생각할지도 모르겠습니다. 하지만 이런 일은 일어나지 않습니다. 그 정도 노동시간은 생활에 필수적인 것뿐만 아니라 편리를 위한 모든 것을 풍족하게 생산하기에 넉넉한 시간이며 심지어 시간이 남아돌기도 합니다. 여러분이 오늘날 다른 나라들에서 얼마나 많은 인구들이 노동하지 않고 무위도식하는지를 생각해보신다면, 이를 능히 이해할 수 있을 겁니다. 우선 인구의 반을 차지하는 여성 대부분이 그러하며, 여성이 노동에 종사하는 경우라도 이번에는 여성 대신 남편들이 빈둥대기 마련입니다.[21] 여기에 덧붙여 사제들과 소위 종교인들[22]이 커다란 유한 계층을

일하지 않는 우리네 인구들

이룹니다. 여기에 덧붙여 대개의 재산가들, 그러니까

세상 사람들이 흔히 자비로운 귀족이라고 부르는 영주
들이 또한 그러합니다. 여기에 그들의 하수인들,[23] 허세
를 부리는 가신들 패거리가 수를 늘립니다. 마지막으로
여기에 뻔뻔스럽고 거친 거지들이 더해지는데, 그들은
질병을 핑계 삼아 노동하지 않는 무리입니다. 그러므로

우리네의 경우 당신의 생각보다 훨씬 적은 수의 노동력
만으로 세상 사람들이 사용하는 생필품이 만들어지고
있음을 쉽게 파악할 겁니다.

　더 나아가 우리네의 경우 그나마 노동에 종사하는 사
람들 가운데도 일부만이 실질적인 생필품을 만들고 있
습니다. 모든 것들을 돈으로 값어치를 매기는 곳에서
는, 노동자들은 흔히 헛되고 대개 쓸데없는, 사치와 욕
망에 봉사하는 것들을 만들어낼 수밖에 없습니다. 하기
야 만약 이들의 노동을 인간의 기본 욕구를 충족시키는
데 필수적인 것만을 생산하는 데 투입할 경우, 필요 이
상의 생산물이 만들어지고, 그러면 노동자들은 생계를
이어가기에 어림없는 가격으로 팔 수밖에 없을 겁니다.
유한 계층은 노동자가 소비하는 것의 두 배를 소비하는
사람들인데, 만약 쓸데없는 것을 만드는 데 투여된 노

---

21 토머스 모어 당대에도 여성의 노동이 상당한 사회적 기여를 하고 있
　었으므로 토머스 모어의 이런 주장은 선뜻 납득이 가지 않는다.
22 기독교 외의 여타 종교에서 사제로 활동하는 사람들을 가리킨다.
23 라틴어 원문에 따르면 '노예'를 의미하지만, 뒤에 나오는 '가신'과 동
　격으로 쓰였으므로 '하수인'이라고 번역했다.

동과 이제껏 놀고먹던 모든 유한 계층을 묶어, 이들 모두를 생산적 활동에 투입할 경우, 참으로 적은 시간으로 인간 필요와 편리에 기여할 모든 것을 넘치도록 넉넉히 만들 수 있을 것임을 당신도 잘 아실 겁니다. 물론 이 경우 인간의 욕구가 자연적이며 참된 것이어야 하겠지만 말입니다.

유토피아의 사정은 이를 여실히 증명해줍니다. 도시와 농촌을 아울러 유토피아 전체에서 남녀를 통틀어 오직 500명의 사람들만이, 노동에 종사할 연령이고 신체 조건이 적당한데도 노동을 면제받고 있습니다. 이 가운데 촌장 쉬포그란투스들이 포함되는데, 이들은 법적으로 노동에서 면제되어 있지만, 노동하는 나머지 사람들에게 훌륭한 모범을 보이기 위해 이런 특혜를 누리지 않습니다. 또한 사제들의 추천과[24] 촌장 쉬포그란투스들의 비밀투표를 통해 학업에 종사할 학자라고 판단되는 사람들에게 주민들은 영구히 노동 면제라는 특혜를 허락합니다. 학자들 가운데 어떤 사람이 그에게 요구되는 과업을 이행하지 못할 경우, 그에게는 다시 학자로서의 특혜가 철회됩니다. 반대 경우도 드물지 않은데, 노동자들 가운데 어떤 사람이 그에게 주어진 여가 시간을 활용하여 지며리 학업에 종사하고 또한 학업에 커다란 진척을 보인 경우 그는 생업에서 면제되어 학자의 길을 가게 됩니다. 학자들 계급에서 사신, 사제, 군수 트

촌장조차 노동에 종사한다.

학자들만이 관직에 나간다.

---

24 사제들이 아동 교육을 맡고 있기 때문이다. 이런 사실은 뒤에 유토피아의 종교를 다루는 부분에서 언급된다.

라니보루스와 총독이 선출되는데, 총독은 유토피아 옛 말로는 바르자네스, 오늘날의 말로는 아데무스라고 불립니다.[25] 이외의 나머지 인민대중은 모두 게으름을 피우지 않고 일하며 무익한 것을 생산하는 데는 종사하지 않기 때문에 노동시간에 그처럼 많은 생필품을 생산한다고 할 수 있습니다.

이외의 다른 필수적인 것들에서도 그들은 다른 나라 사람들보다 적은 노동을 투여하는 효율성을 보여줍니다. 우선 다른 나라에서 건축물 건설이나 보수는 사람들의 지속적인 노동을 요구하는데, 아버지가 세운 것을 아들이 전혀 아끼지 않아 점차 낡아버리도록 방치하기 때문입니다. 마침내 최소 비용으로 유지할 수 있었던 것을 상속자는 엄청난 비용을 들여가며 새롭게 건설합니다. 먼저 사람이 엄청난 비용을 들여 저택을 지어놓았는데, 뒷사람은 제 취향에 맞지 않는다고 깎아내리면서 이 저택을 무너지도록 방치해두고, 집터를 새로 마련하여 또 하나의 저택을 비슷한 비용을 들여가며 짓게 합니다. 하지만 유토피아에서는 모든 것이 잘 짜여 있으며 도시계획이 완성되어 있기 때문에 새로운 터를 마련하여 건축물을 올리는 것은 매우 드문 일입니다. 그들은 건물에 생긴 하자를 서둘러 보수할 뿐만 아니라 예상되는 결손에 미리 대비합니다. 그리하여 적은 비용으로 건물은 오랜 시간 동안 유지되며, 건축 일을 하는

주거 생활에서의 절약

---

25 'A-demus'라고 풀이할 경우, '백성을 갖지 않은'이라고 번역할 수 있다.

사람들은 건물에 쓰일 자재와 석재를 마련하고 다듬어 유사시 제때 사용될 수 있도록 준비하는 것 말고는 그 사이 달리 할 일이 없습니다.

한편 의복과 관련해서도 얼마나 적은 노동이 투여되는지 보겠습니다. 그들은 작업을 할 때는 적당히 만든 가죽 옷이나 모피 옷을 입는데, 이것을 7년 동안 입습니다. 공적인 모임에 나갈 때 그들은 거칠게 만들어 입은 작업복 위에 외투를 걸쳐 작업복을 감춥니다. 섬 전체를 통틀어 외투는 동일한 색깔이며 재질 또한 양털로 동일합니다. 따라서 그들에겐 양털 옷감이 다른 어느 곳에 비해 그다지 필요하지 않으며 설령 필요하더라도 그다지 비용이 많이 들지 않습니다. 더 나아가 그들은 수고가 덜 들어가는 아마포를 주로 많이 사용하는데, 아마포의 순백색을 즐기며, 양털 옷감은 깔끔한 것을 제일로 여기고 옷감의 섬세함에는 값어치를 두지 않습니다. 다른 나라 사람들은 네다섯 가지 다른 색깔 양모 외투와 비단옷에도 만족하지 못하고 더 까다로운 사람들은 열 가지 옷에도 만족하지 못하지만, 유토피아에서는 모두가 외투 한 벌에 만족하며 일반적으로 2년 동안 외투 한 벌을 사용합니다. 사실 더 많은 옷을 갖고 있다고 해서 추위를 더 잘 피할 수 있는 것도 아니며, 최소한 조금 더 남들보다 멋져 보이는 것도 아닌 바에야, 그보다 많은 외투를 가질 이유가 전혀 없습니다.

모든 사람들이 쓸모 있는 일에 종사하고 그렇게 많은 수고를 들이지 않으면서도 모든 것이 풍성하기 때문에,

159

때로 도로가 망실되어 복구해야 할 필요가 있거나 하면 도시국가 전체 주민들 모두가 도로에 나와 일을 돕습니다. 그리고 이런 종류의 일마저도 불필요할 경우 그들은 노동시간을 줄일 것을 공식적으로 선언합니다. 행정 관리들은 결코 인민대중에게 불필요한 작업을 강요하지 않습니다. 유토피아라는 국가의 궁극적 이념은 공익이 허용하는 한에서 시민들을 되도록 많은 시간 동안 육체적 노동에서 자유롭게 하며, 시민들이 자유를 만끽하고 정신적인 고양에 힘쓸 수 있도록 하는 데 있습니다. 그들은 이런 것에 인생의 행복이 있다고 생각하기 때문입니다.

생활 방식에 관하여

이제 인민대중이 서로 어떤 방식으로 교류하는지, 어떻게 백성들이 서로 관계를 유지하는지, 그리고 어떻게 생활필수품들이 교환되는지를 설명하고자 합니다.

각 도시국가는 가구를 기본 단위로 하며, 가구는 일반적으로 혈연관계에 기초합니다. 여성의 경우, 성숙하여 혼례를 치르게 되면 배우자의 집으로 옮겨갑니다. 하지만 남성의 경우, 어려서나 성인이 되어서나 옮김 없이 한 집에 머물며 최고 연장자를 따르게 됩니다. 최고 연장자가 노령으로 총기를 잃으면, 그 다음 연장자를 따릅니다. 농촌 지역을 제외하고 도시에 거주하는 가구는 각 도시국가에 6,000세대인데, 전체 인구가 지

도시국가의 인구

160

나치게 적어지거나 혹은 지나치게 많아지는 것을 방지하기 위해, 각 가구 내에 성인이 열 명 이상, 열여섯 명 이하를 유지하도록 조절합니다.[26] 물론 어린아이 숫자는 강제로 조절하지 않습니다. 가구 내 성인 정원 문제는, 정원을 넘는 성인들을 정원 미달인 가구로 이주시킴으로써 간단히 해결됩니다. 그럼에도 만약 도시국가 전체에서 성인 인구가 정원을 넘어설 경우, 인구가 부족한 다른 도시국가로 이주시킵니다. 또한 유토피아 전체 인구가 정원을 초과할 경우 각 도시국가에서 성인을 뽑아 자율적으로 식민지를 건설하게 하는데, 섬에 인접한 대륙에는 많은 양의 토지가 개간되지 않은 채 버려져 있습니다. 원주민들이 새로 건설된 도시에서 같이 살기를 원하면 식민지 건설단은 이들을 수용합니다. 그들은 원하는 원주민들과 어울려 동일한 생활 방식과 동일한 제도 아래 쉽게 융화되는데, 이것은 양쪽 모두에게 유익합니다. 전에는 원주민들이 먹고살기에도 척박한 황무지로 보이던 땅에 유토피아 사람들의 제도가 적용되자 곧 양쪽 모두에게 넉넉한 옥토로 탈바꿈하게 됩니다. 그들은 유토피아의 법률 아래 어울려 살기를 거부하는 원주민들을 식민지 건설 지역에서 쫓아냅니다. 이를 거부할 경우 전쟁을 불사합니다. 그들은 어떤 사람이 땅을 스스로 활용하지 않고 텅 빈 황

---

26 따라서 유토피아 내 각 도시국가 성인 인구는 60,000명 내지 96,000명이라고 추정할 수 있다. 어린아이들을 여기에 포함시킬 경우, 각 도시국가의 인구는 대략 10만 명 정도라고 추정할 수 있다.

무지인 채로 소유하면서 다른 사람들이 활용하거나 소유하지 못하도록 막아설 경우, 이를 자연법에 반하는 것으로 판단해서 이에 대한 전쟁을 정당한 것이라고 생각합니다.

만약 도시국가 가운데 하나가 어떤 이유에서 급격히 인구가 줄어들고 섬의 다른 도시국가들에게서 사람들을 받아들여도 정원을 회복할 수 없을 경우에는 식민지에서 사람들을 불러들입니다. 이런 일은 두 번 있었는데, 그때는 심각한 전염병이 원인이었습니다. 그들은 식민도시를 잃는 한이 있어도 섬의 도시국가를 없앨 수는 없다고 생각합니다.

그들은 하인들을 두지 않는다. 시민들의 사회생활과 관련된 문제로 돌아와봅시다. 가구 내 최고 연장자는 말씀드리자면 그 가구의 통솔자입니다. 아내들은 남편들을 따르고, 자식들은 부모들을 따르며, 나이 어린 사람들은 연장자들을 따릅니다. 도시국가 전체는 네 개의 구역으로 나뉘는데, 각 구역의 중앙에는 만물이 교환되는 광장이 놓여 있습니다. 각 세대에서 생산한 생산물은 광장에 마련된 지정 창고로 옮겨지며, 각 창고에서는 지정된 생산물들이 저장되도록 합니다. 저장된 생산물들 가운데 각 세대의 가부장들은 자신의 식구들에게 생필품을 가져오는데, 이때 돈으로 대가를 지불하지 않으며 무엇이든 원하는 것을 가져옵니다. 안 될 이유가 있겠습니까? 모든 생필품이 충분히 넘쳐나고, 어떤 사람이 필요 이상 많은 것을 요구할 이유가 없으니 말입니다. 어떤 생필품이 부족하게 되는 사태가 결코 발생하지 않는다고 할 때, 누가 왜 공연히 필요 이상으로 가져가겠습니까? 결핍에 대한 공포가 모든 동물들에게 욕심 내지 과욕을 야기한다지만, 그 외에도 인간은 비뚤어진 명예심 때문에 물욕을 보이며, 남들보다 많이 가지고 있음을 내세워 우쭐거리려는 허영심이 있습니다. 하지만 이런 악덕이 유토피아의 사회제도 안에 자리 잡을 여지가 없습니다.

탐욕의 근원

앞서 말씀드린 광장 옆에는 식료품 시장이 있습니다. 이곳에는 다양한 야채, 과일과 빵이 모여듭니다. 그 외에 생선이나 네발짐승과 가금류도 모여드는데, 피나 도축 과정에서 발생하는 오물은 시가지 밖 지정된 장소에서 흐르는 물로 말끔히 씻어냅니다. 가축 도살은 백정들이 맡는데, 시민들은 동물 해체 같은 일을 하지 못하도록 금지되어 있습니다. 이런 일로 인해 가장 인간적인 본성인 측은지심이 점차 무뎌질 것을 염려한 때문입니다. 한편 그들은 더럽고 오염된 것들을 시가지로 반입하지 못하도록 합니다. 이런 것들이 부패하면 공기를 더럽혀 전염병이 발생할 수 있기 때문입니다.

오물이나 도축 잔여물은 도시에 질병을 퍼뜨린다.

도축을 통해 인간 살육을 배운다.

한편 도심 건물들은 단위 구역별로 각각 마을회관을 갖고 있으며, 마을회관들은 서로 일정한 간격을 두고 떨어져 있습니다. 각 회관에는 고유한 이름이 붙어 있습니다. 촌장 쉬포그란투스들은 이 마을회관에 거주하며, 각 단위 구역에서 15세대씩, 30세대를 하나로 묶어 마을회관에서 공동식사를 합니다.[27] 식사 당번들은 시간을 정해놓고 시장에서 만나 각자가 책임지는 마을회관에 속한 식구의 숫자에 맞추어 식료품을 준비합니다.

환자의 치료　그들은 병자들에게는 우선권을 인정합니다. 병에 걸린 사람들은 병원에 입원을 합니다. 각 도시국가별로 네 개의 병원을 갖추고 있으며, 병원들은 도시 밖 성곽 바로 옆에 자리 잡습니다. 병원의 규모는 마치 작은 도시 하나를 방불케 합니다. 병원을 이렇게 크게 짓는 것은 병자들이 아무리 많더라도 이들이 서로 불편할 정도로 비좁게 하지 않으려는 것이며, 또한 사람에서 사람으로 옮겨지는 접촉성 전염병의 경우 환자를 격리 수용하기 위해서입니다. 병원들은 건강 회복에 필요한 모든 것이 제공될 수 있도록 설계되어 운영되며, 세심하고 부지런한 간호가 제공되고, 풍부한 경험을 가진 의사들이 정열을 다합니다. 아무도 이곳에 입원하는 것을 꺼리지 않으며, 건강 상태가 나빠 고생하는 사람이라면 누구나 집보다는 병원에서 치료받기를 원합니다.

하여 병원의 식사 당번들이 의사 처방에 따라 환자용 식자재를 먼저 고르고 난 후에야 비로소 남은 식재료가 각 마을회관의 식구 숫자에 따라 공정하게 배분됩니다. 물론 총독과 대사제와 군수 트라니보루스들에 대한 우선적 배려가 있으며, 외국에서 사신이나 사절이 있을 경우, 이들을 먼저 배려합니다. 외국 사절이 방문하는 것은 매우 드문 일이지만, 간혹 이들이 찾아올 때를 대

---

27 즉 단위 구역별로 30세대가 거주하는데 각 단위 구역을 다시 15세대씩 둘로 나누어, 각기 다른 단위 구역에서 15세대씩 뽑아 30세대를 만든다.

비해 잘 갖추어진 숙소를 따로 마련해둡니다. 점심과 저녁 식사 시간이 되면 청동 나팔이 울리고, 각 촌장 쉬포그란투스 관할 하에 있는 사람들 각자의 마을회관에 모입니다. 이때 병원이나 가정에서 몸져누운 사람들은 제외됩니다. 마을회관에 필요한 정량의 식재료가 분배되고 나면, 개인별로 각자 시장에 남은 식재료를 집으로 가져갈 수 있습니다. 하지만 특별한 이유가 없는 한 아무도 이런 일을 하지 않습니다. 집에서 식사하는 것이 금지된 것은 아니지만, 그럼에도 이렇게 하지 않는 것은 그것을 좋게 여기지 않고 또한 어리석은 일이라 생각하기 때문입니다. 훌륭하고 풍성한 식사가 가까운 마을회관에 넉넉히 차려져 있는데 그보다 못한 식사를 준비하느라고 집에서 일하는 것은 바보 같은 짓입니다.

모두가 어울려 공동으로 식사함

사람들은 강요받지 않으며 자유가 구석구석까지 허용되어 있음에 주목하라.

　마을회관에는 지저분하고 힘겨운 잡일을 담당하는 노예들이 배치되어 있습니다. 하지만 식단을 짜고, 식자재를 준비하고 요리하는 일은 온전히 여자들 몫이며, 각 가정별로 돌아가면서 이를 맡습니다. 사람 수에 달렸지만, 대체로 세 개 이상의 식탁에 둘러앉아 식사를 하며, 남자들은 벽을 등지고 앉고 여자들은 바깥쪽에 앉습니다. 간혹 임신한 여자들이 갑작스러운 진통이나 통증을 느낄 때 다른 사람들을 방해하지 않고 일어나 간호사를 찾을 수 있도록 하기 위해서입니다.

식사는 여자들이 준비한다.

　산모와 신생아에게는 충분한 요람과 깨끗한 식수와 따뜻한 화로를 갖춘 별도로 독립된 식당이 제공됩니다. 산모는 젖먹이 아이를 눕혀놓기도 하고, 기저귀를 채우지 않고 화롯가에서 풀어놓은 채, 놀며 장난치게 하기도 합니다. 신생아는 친어머니가 사망하거나 질병에 걸렸을 경우가 아니라면, 친어머니가 양육합니다. 친어머니가 사망하거나 질병에 걸렸을 경우에는 촌장 쉬포그란투스들의 아내들이 서둘러 양어머니를 구하는데, 이는 어려운 일이 아닙니다. 여자들은 기꺼이 이 일을 맡으려 하는데, 누구나 이 일을 맡는 여인의 갸륵한 마음을 칭찬하기 때문입니다. 어린아이도 양어머니를 친어머니로 여기게 됩니다.

명예와 칭찬은 올바른 행동을 불러온다.

육아

다섯 살 미만 아이들은 산모와 신생아와 함께 식사합니다. 그 이상 되는 아이들과 혼기에 이른 청소년들은 남녀 구별 없이 식탁에서 식사 시중을 들며, 아직 그러기에는 어리고 약할 경우, 식탁 옆에서 조용히 기다립니다. 이들은 식사를 하는 어른들이 그들에게 건네준 음식으로 식사를 마칩니다. 이들을 위한 별도의 식사 시간은 따로 정해져 있지 않습니다.

중앙의 첫 번째 식탁은 상석으로 마을회관 양끝까지 가로놓여 있어 식당 전체를 굽어볼 수 있습니다. 촌장 쉬포그란투스와 그의 아내가 여기에 자리합니다. 그리고 나이 많은 순서대로 연장자 두 사람이 이 식탁에 앉게 됩니다. 식탁마다 네 사람씩 앉기 때문입니다. 하지만 그 구역에 교회가 있는 경우 촌장 쉬포그란투스와 함께 사제와 그 아내가 상석에 앉습니다. 중앙 식탁의 양 옆에는 좀 젊은 사람들이 앉고, 그 옆에는 다시 나이든 사람들이 앉는 방식으로 마을회관의 식탁 배치가 이

사제가 상석에 앉지만, 우리네 사제들은 귀족들의 시중을 든다.

루어집니다. 이는 비슷한 연령의 사람들이 같이 앉으면 젊은이와 연장자
들이 함께 어울려
서도 서로 다른 연령의 사람들이 섞여 앉게 되는 방식
입니다. 그들의 말에 따르면, 이렇게 함으로써 젊은이
들은 연장자들에 대한 존경과 예의를 갖추어 언행을 삼
가고 함부로 행동하지 않는데, 바로 옆 식탁에 앉은 웃
어른들에게 들키지 않고 말하고 행동한다는 것은 불가
능하기 때문입니다.

연장자들의 자리는 한눈에 들어오는데, 음식 배분은 연장자에 대한 공
경
앉은 순서대로가 아니라 웃어른들이 앉은 자리에 먼저
가장 좋은 음식이 돌아가며, 나머지는 공평하게 나누어
먹습니다. 좋은 음식은 모든 사람들에게 돌아갈 만큼
넉넉하지는 않습니다. 하지만 연장자들은 자신들에게
돌아온 좋은 음식을 옆 식탁에 앉은 젊은이들에게 나누
어 주기도 합니다. 하여 연장자들에게는 그에 합당한
대우를 해주며, 모두가 조금이나마 좋은 음식을 먹을
기회가 주어집니다.

그들은 점심과 저녁 식사 때마다 도덕적 훈화에 필요 요즘 우리네 사제
들조차 이런 일을
거의 하지 않는다.
한 글을 읽는데 사람들이 지루해하지 않도록 짧은 글을
택합니다. 연장자들은 점잖으면서도 무겁지 않고 재미
있는 글을 준비합니다. 무진장 길고 긴 이야기로 시간
을 채우지는 않으며, 젊은이들이 하는 이야기에도 귀를
기울입니다. 더 나아가 젊은이들이 말하도록 격려하는
데, 이처럼 식사 시간의 자유로운 대화를 통해 젊은이 식탁에서의 대화
들 개개인의 성격과 기질을 살펴보려 합니다.

점심 식사는 가볍고 간단하며, 저녁 식사는 느긋하게 우리네 의사들은

이어집니다. 왜냐하면 점심 식사 후에는 일을 하지만 저녁 식사 후에는 저녁 휴식 시간과 수면이 이어지기 때문입니다. 그들에 따르면 저녁 휴식 시간에는 왕성하게 소화가 됩니다.

저녁 식사에서 음악이 빠지는 일이 없으며, 저녁에 이어 후식이 빠지는 일도 없습니다. 향신료를 태우고 향수를 뿌리는 등 식사 분위기를 돋울

수 있는 것은 무엇이든 행해집니다. 이런 것들에 대해서는 어느 정도, 해악이 발생하지만 않는다면 어떤 종류의 쾌락이든지 금지하지 않으려는 경향을 보입니다.

이상이 도시의 생활 방식입니다. 하지만 이웃들끼리 멀리 떨어져 있는 시골 생활에서는 각자 자기네 식구들끼리 식사를 합니다. 시골에서도 음식이 부족한 일은 없는데, 실제로 도시 사람들이 소비하는 식자재들은 시골에서 생산되기 때문입니다.

유토피아 사람들의 여행에 관하여

다른 도시국가에 살고 있는 친구를 만나고 싶거나 아니면 단순히 어딘가를 보고 싶을 경우, 사람들은 촌장 쉬포그란투스와 군수 트라니보루스의 승인을 요청할 수 있습니다. 긴요하게 처리할 별다른 일이 없으면, 여행은 쉽게 승인됩니다. 또한 여행 허락과 귀향 일자를 명시한 총독의 승인서를 지참하면 단체로 여행을 떠날 수도 있습니다. 여행자에게는 수레가 지급되는데, 수레와 황소를 돌볼 노예가 따라붙습니다. 여행자들 가운데

여자들이 끼여 있지 않을 경우, 수레가 오히려 부담이 되고 장애가 되기 때문에 이를 반납합니다. 어디를 가든지 그들은 아무것도 지참하지 않지만 집에 머물 때처럼 무엇 하나 그들에게 부족하지 않습니다. 어딘가에서 하루 이상 머물게 될 경우, 그들은 현지에서 자신들의 생업에 종사하며, 동일한 직종에 종사하는 사람들은 그들을 따뜻하게 받아줍니다.

어떤 사람이 승인 없이 소속 도시국가를 떠날 경우, 그리고 총독의 승인서를 지참하지 않은 채 체포될 경우, 무참한 대접을 받게 되며 도망자로 간주되어 매서운 처벌을 받습니다. 또한 똑같은 짓을 다시 한 번 저지를 경우, 그는 노예로 강등됩니다. 소속 도시국가의 시골 지역을 휘휘 돌아보고 싶어서 떠나려 할 경우, 아버지의 허락을 받고 아내의 동의를 얻어 그리 할 수 있습니다. 하지만 시골 지역 어디를 가든지, 오전 일과에 할당된 노동을 완수해야 점심을 먹을 수 있으며, 오후 일과에 할당된 노동을 마쳐야 저녁을 얻어먹을 수 있습니다.[28] 이런 규율을 따른다면 소속 도시국가 내에서 어디든지 돌아다닐 수 있습니다. 도시 지역에서 머물지 않을 뿐, 여전히 소속 도시국가에 유익한 존재임은 분명

---

28 《신약성경》〈테살로니카 신자들에게 보낸 둘째 서간〉 3장 7절 이하, "우리는 여러분과 함께 있을 때에 무질서하게 살지 않았고 아무에게서도 양식을 거저 얻어먹지 않았으며, 오히려 여러분 가운데 누구에게도 폐를 끼치지 않으려고 수고와 고생을 하며 밤낮으로 일했습니다. (중략) 사실 우리는 여러분 곁에 있을 때, 일하기 싫어하는 자는 먹지도 말라고 거듭 지시했습니다."

한 사실이기 때문입니다.

이는 기독교인들
이 배워야 할 신
성한 국가!

보셨다시피 유토피아에서는 게으름이 허락되지 않으며, 노동을 피할 구실도 제공되지 않는데, 포도주 가게나 맥주 가게가 없으며, 유곽이나 타락의 기회가 존재하지 않으며, 은밀한 공간이나 밀회의 장소 또한 존재하지 않습니다. 모든 사람들이 지켜보기 때문에 사람들은 주어진 생업에 종사하거나 점잖은 여가를 즐기지 않

평등은 만인을 풍
족하게 한다.

을 수 없습니다. 사람들의 이런 생활 습관에 비추어보건대 모든 생필품이 풍성한 것은 너무도 당연합니다. 또한 생필품은 모두에게 고르게 배분되므로, 누구도 가난에 처하거나 구걸하는 신세가 되지 않는 것은 놀랄 일도 아닙니다.

도시국가 아마우로툼에 위치한 의회에는 좀 전에 말씀드렸듯이 각 도시국가에서 매년 세 명의 장로가 파견되는데, 이들은 의회에서 우선적으로 어느 지역 수확량이 모자라고 어느 지역 수확량이 여유가 있는지 파악하고, 즉시 여유분으로 부족분을 메우도록 조치합니다. 물론 이런 재분배는 무상으로 이루어지며 여유분을 지급하는 쪽은 지급받는 쪽에게 아무런 보상도 요구하지 않고 부족분을 얻어오는 쪽도 공급하는 쪽에게 아무런

국가는 확장된 가
족공동체다.

대가를 지불하지 않습니다. 이런 방식에 비추어보건대 섬 전체가 하나의 가족공동체라고 할 수 있습니다.

유토피아 사람들은 자신들에게 필요한 생필품을 확보한 후에, 다음 해 작황의 불확실성 때문에 2년 치 생필품을 미리 확보해두는데, 나머지 물건들은 이웃·나라

에 수출합니다. 상당량의 곡물, 벌꿀, 양모, 아마포, 목재, 주황색과 자주색 염료, 모피, 밀랍, 수지(樹脂), 가죽, 가축 등이 여기에 포함됩니다. 수출 물량 가운데 7분의 1은 수출 지역의 가난한 사람들에게 무상으로 배급하고, 나머지 물량은 저렴한 가격에 판매합니다. 그들은 상거래를 통해 섬에서는 생산되지 않는 물품을 받아오는데, 사실 철 말고는 별달리 필요한 물건도 없습니다. 그 외에 막대한 양의 금과 은을 물건 값으로 받아오기도 합니다. 상당히 오랫동안 상거래를 지속해왔기 때문에 현재로서는 여러분의 상상을 초월할 정도로 엄청난 양의 귀금속을 이미 보유하고 있는 형편입니다. 하여 그들은 물건 값을 현찰로 받든지 외상으로 잡아두든지 크게 걱정하지 않습니다만, 실제로 상당 부분은 어음을 통해 거래합니다. 어음은 개인이 발행한 것을 받지 않으며, 관례에 따라 합당하게 작성된 국가 공인 어음을 요구합니다. 각 나라는 어음 지급 기일이 다가오면, 각 개인들에게 물건 값을 거두어들여 국고에 보관해두는데, 유토피아 사람들이 지급을 요구할 때까지 적절하게 이 지불준비금을 활용합니다. 물론 유토피아 사람들은 대부분 어음 결제를 청구하지 않습니다. 그들이 생각하기에 그들에게는 당장 필요하지 않은 것을, 그것이 당장 필요한 사람들에게서 받아오는 것은 온당하지 않은 일이기 때문입니다. 다른 나라에 무슨 일로 비용을 지불해야 할 경우, 그들은 지불준비금의 일부를 요구하는데, 그것은 전쟁을 수행해야만 할 때입니다.

유토피아의 무역

늘 그들은 공동체를 먼저 생각한다.

돈은 어떻게 사용되는가.

다급한 위험 상황과 비상시에는 그들이 그렇게 많이 축적해놓은 재산을 사용하는데, 이것이 재산을 확보해두는 유일한 이유이기도 합니다. 축적된 재산으로 그들은 상당한 보수를 지불하면서 외부 용병을 고용하는데, 이는 유토피아 시민들이 위험에 처하는 것을 원치 않기 때문입니다. 또한 넉넉하게 돈을 지불하면 대개 적들도 돈으로 매수할 수 있으며, 비밀스럽게 혹은 공공연하게 적 내부에 반란을 일으킬 수 있음을 잘 압니다.

피를 부르는 전쟁을 치르기보다 돈으로 적을 매수하는 것이 낫다.

이런 이유에서 그들은 셀 수 없을 만큼 귀금속을 축적하고 있습니다. 그런데 그들은 귀금속을 귀하게 취급하지 않으며, 여러분에게 말씀드릴까 말까 망설여질 만큼 특이하게 취급하고 있습니다. 제가 말씀드리는 것을 여러분이 믿지 않을 것 같아 그러한데, 저도 만약 제가 직접 그 자리에서 목격하지 못하고 제3자에게 전해 들었다면 결코 믿지 않을 겁니다. 사람들은 자신들이 듣기에 익숙하지 않으면 않을수록, 이를 더욱 믿지 않으려 하는 것이 일반적이기 때문입니다. 하기야 유토피아의 다른 많은 것이 우리와 다르다는 점을 고려하여, 금과 은을 우리와 다르게 취급한다고 해도 놀라지 않는 것이 합리적인 태도라고 하겠습니다. 아무튼 그들은 화폐를 사용하지 않으며, 일어날 수 있는 만큼 일어나지 않을 수도 있는 사태에 대비해 화폐를 만들기 위해 귀금속을 보관하고 있으니, 그들은 금과 은을 단순히 금속 재료라고만 생각할 뿐이며, 이를 강철보다 귀하다고 생각하지 않습니다. 왜냐하면 인간은 물과 불이 없으면

놀라운 방법으로다.

철이 금보다 유용하다.

살 수 없는 것처럼 강철이 없으면 살 수 없지만, 금과 은에게 자연은 그 어떤 없어서는 안 될 유익한 성질을 부여하지 않았기 때문입니다. 인간의 어리석음은 금과 은에 높은 값어치를 부여했는데, 그것은 다만 그것들이 흔하지 않은 탓입니다. 자비로운 어머니와 같은 자연은 무엇이든지 귀한 것은 세상 밖에 내어놓았는데, 예를 들어 공기와 물과 흙이 그러합니다. 하지만 헛되고 헛되어 아무짝에도 쓸모없는 것은 아주 멀리 치워놓았던 것입니다.

그런데 만약 금과 은을 성탑 금고에 넣고 잠가두었다면, 일반 백성들 가운데 잘난 체하는 어떤 윤똑똑이가 이를 헐뜯기 위해 총독과 원로들이 일반 백성을 속이고 넣어둔 금과 은으로 사욕을 채우고 있다는 소문을 만들어낼지도 모릅니다. 또 장인을 시켜 금과 은으로 접시 같은 가재도구를 만들게 해서 이를 사람들이 사용하게 할 수도 있지만 이 경우 백성들이 거기에 애착을 갖게 되면, 유사시 다시 거두어들여 녹여서 용병의 급료로 사용하려 할 때 백성들이 포기하지 않으리라는 것을 잘 압니다. 이런 어려움을 피하려고 그들은 우리네와는 확연히 구별되는 다른 방식을 고안해냈습니다. 요컨대 우리는 금을 매우 귀하게 여기고 이를 지키는 데 혼신의 힘을 쏟습니다. 따라서 그들의 제도가 실효를 거두고 있는 것을 눈으로 보지 못한 사람은 이런 일이 가능하리라고는 믿지 못할 겁니다. 그들은 긴요한 가재도구로 황토 접시와 유리그릇을 사용합니다. 물론 이것들도 정

금에 대한 위대한
조롱이로다.

교하게 만들어져 꽤 값어치가 나가는 데 반해, 요강과
허드레 그릇 등 마을회관이나 가정에서 아무렇게 쓰는
물건을 금과 은으로 만들어서 씁니다.[29] 나아가 노예를
구속하는 사슬이나 족쇄를 금과 은으로 만들어 씁니다.

금은 수치의 표식
이다.

마지막으로 그들은 창피한 범죄를 저지른 죄인들은 누
구나 금과 은으로 만든 귀고리와 반지를 착용하도록 합
니다. 손가락에는 금반지를 끼고 목에는 금목걸이를 두
르고 머리에는 금관을 쓰도록 강요합니다. 이와 같이
그들은 다양한 방식으로 금과 은을 불명예의 상징으로
취급하기 때문에, 다른 나라 사람들은 이걸 내놓으려면
아마도 내장을 도려내는 듯한 고통을 느낄지도 모를 텐
데 이들은 이런 일이 생기면 이를 초개와도 같이 쉽사
리 내놓게 됩니다.

한편 그들은 해안에서 진주를 줍기도 하고, 산에서
금광석과 석영을 발견하기도 합니다. 이는 순전히 우연
한 기회에 얻는 것일 뿐, 일부러 찾아 나서지는 않습니

보석은 아이들 장
난감

다. 우연히 이를 발견하는 사람들은 이를 잘 닦아서 갓
난쟁이 어린아이들에게 주는데, 아이들은 어릴 적에는
이를 장신구로 삼아 자랑스러워하고 기뻐하지만, 점차
나이를 먹으면서 이런 장신구를 아이들이나 가지고 노
는 유치한 장난감으로 생각하여 멀리합니다. 부모들이
이에 관해 아무것도 말할 필요가 없을 정도로 아이들
스스로 이를 창피스러운 것으로 여기고 가지고 놀지 않

---

29 타키투스의 《게르마니아》 5장을 보면, 게르만 족들은 은으로 만든 그
릇을 질그릇이나 다름없이 취급한다는 기록이 전해진다.

습니다. 이는 마치 우리네 아이들이 점차 성장하면서 구슬이나, 노리개, 장난감을 멀리하는 이치와 같다고 하겠습니다.

이렇게 다른 나라들과는 판이한 제도의 영향으로 유토피아 사람들은 다른 나라 사람들과는 판이한 사고방식을 가지게 되었습니다. 이것을 아네몰리아[30]라는 나라에서 사신 일행이 아마우로툼을 방문했을 때 제가 목격한 일을 통해 분명히 인식하게 되었습니다. 사신 일행은 막중한 외교 문제를 논의하고자 찾아온 것인데, 사신 일행의 방문에 앞서 유토피아 각 도시국가에서 원로가 세 명씩 원로원에 모입니다. 가까운 이웃 나라의 사신 일행은 전에 방문한 경험이 있어 유토피아의 풍속을 잘 알고 있었고, 유토피아에서는 훌륭한 옷을 걸쳤다고 존경받는 것이 아니며, 오히려 비단옷과 금 장식을 불명예스럽게 여긴다는 것을 알고 있었습니다. 하여 가까운 나라의 사신들은 평범한 복장을 하고 유토피아를 찾아왔지만, 아네몰리아 사람들은 멀리 떨어진 지역에 살고 있었고 왕래가 드문 편인지라 그들이 들은 이야기라고는 유토피아 사람들이 모두 동일한 옷을 입으며 소박하게 입는다는 것뿐이었습니다. 사신 일행은 유토피아 사람들이 입을 옷이 변변히 없어 그렇게 입는다고 믿었습니다. 하여 사신 일행은 현명하지 못하고 우쭐해서 마치 신들이나 입을 만큼 우아하게 입고 가기로

재미난 이야기

---

30 희랍어 'anemolios'에서 유래한 말로서, '바람이 많은'이라는 뜻이다.

결심하고는 가난한 유토피아 사람들이 호화찬란한 옷을 보고 눈이 휘둥그레질 것이라 믿었습니다.

아네몰리아 사신 일행은 시종 300명을 거느리고 유토피아에 들어왔는데, 이들 모두에게 다채로운 색상의 옷을 입혔습니다. 대부분 비단으로 만든 것이었습니다. 사신들 자신들은 귀족 신분으로, 금으로 만든 옷을 입었으며 금으로 엮은 목걸이를 목에 걸고, 귀에는 황금 귀걸이를, 손가락에는 황금 반지를 꼈으며, 머리에 쓴 모자는 진주와 보석 들이 달린 끈으로 장식했습니다. 정리하면, 사신 일행은 유토피아에서는 노예를 처벌하거나 범죄자들을 다스리거나 어린아이들 장난감으로 사용되는 것을 걸치고 찾아왔던 겁니다. 거리로 사람들이 쏟아져 나오자, 사신 일행은 유토피아 사람들의 입성과 자신들의 복색을 비교하며 뻣뻣하게 고개를 치켜세웠는데 참으로 굉장한 구경거리였습니다. 한편 자신들의 기대와 예측이 어이없이 빗나가고 사람들이 자신들을 보고 놀랄 것이라던 생각이 보기 좋게 엇나갔다는 것을 알았을 때, 사신 일행의 행태는 볼 만했습니다. 어떤 이유에선가 다른 나라를 방문했던 소수를 제외하고 대부분의 유토피아 사람들은 사신 일행의 장식 일체를 불명예의 상징으로 생각했으며, 가장 신분이 낮은 사람들을 주인이라 여겨 인사한 반면, 황금 사슬을 몸에 두른 사신들은 정작 노예로 여겨 합당한 예의를 갖추지 않고 홀대했던 것입니다. 보석과 진주를 가지고 놀 때가 지난 소년이 사신들의 의복을 보고서 제 어미의 옆

구리를 찌르며 이렇게 속삭였을지도 모를 일입니다. 「어머니, 보세요. 어린아이도 아니면서, 진주와 보석을 써서 얼마나 큰 허풍을 두르고 있는지 말예요.」 그러면 어미는 진지하게 이렇게 대답했을지도 모를 일입니다. 「아이야, 조용히 해라. 그 사람들은 사신들의 광대일 거다.」

놀라운 재주꾼이로다.

어떤 사람들은 사신의 황금 사슬이 실용적이지 못하다고 비난했습니다. 너무 얇고 곱게 만들어져 아무 노예나 이것을 끊을 수 있으며, 너무 느슨하게 매어져 있어 마음만 먹으면 노예가 이것을 벗어던지고 자유롭게 어디든지 도망칠 수 있기 때문이라고 했습니다.

그러나 이틀이 지나자, 사신들은 황금도 엄청난 값어치만큼이나 여기서는 엄청나게 경시된다는 것을 알아차렸으며, 커다란 존경의 대상으로 여겨지는 만큼이나 여기서는 커다란 비난의 대상이 된다는 것을 간파했습니다. 또한 여기서는 도망 노예 한 사람을 묶기 위한 족쇄와 사슬로 사용되는 금이 자신들 세 명을 장식하는 데 사용된 금은보다 많다는 것을 알게 되었습니다. 마침내 사신들은 꼬리를 내리고 창피해하며, 그렇게 당당하게 내세우던 온갖 장식들을 모두 떼어버렸습니다. 특히 사신들이 유토피아 사람들과 이야기를 나누며 좀 더 친숙해지고, 유토피아 사람들의 관습과 생각을 좀 더 잘 알게 되었기 때문이었습니다.

유토피아 사람들은, 태양과 별들의 광채를 아는 사람이 어떻게 작은 보석들이 발하는 의심스러운 광채에 즐거워할 수 있는지 적이 놀랐으며, 매우 고운 양털로 실

보석이 모조품이거나 그 빛이 약하고 흐려 의심스럽다고 말한다.

을 자아 옷을 해 입고는 이로써 자신이 다른 사람들보다 우월하다고 생각하는 사람은 행여 머리가 이상한 것은 아닐까 적이 의심했습니다. 왜냐하면 제아무리 고운 양털로 제아무리 고운 털실을 만들었다 한들, 말하자면 결국 양이 걸쳤던 옷에 지나지 않기 때문이라는 겁니다. 그들은 매우 놀라워했으며 그 자체로는 아무런 쓸모가 없는 황금이 모든 곳에서 값이 높게 매겨져 마침내는 거기에 커다란 값어치를 매겨놓은 인간 자신보다 더욱 귀하게 여겨지는 사태를 괴상하게 생각했습니다.

이 얼마나 정확하고 적절한 말인가.

작대기만큼이나 지능이 떨어지고 어리석다기보다 오히려 사악한 한 인간이 오로지 엄청난 부를 축적했다는 단 하나의 이유만으로, 자신보다 훨씬 더 지혜롭고 현명한 다수의 사람들을 노예처럼 부리는 상황을 놀라워했습니다. 이 경우 만약 운명의 장난이나 법률적 사기로 (법률의 변덕도 운명 못지않게 인생 밑바닥을 꼭대기와 바꾸어놓습니다) 상속자가 속아 넘어가고 집안에서 가장 천하던 하인이 재산을 가져간다면, 결국 그는 자기 하인의 하인이 될 수밖에 없는데, 누가 돈을 가졌느냐에 따라 주인을 결정하기 때문입니다. 더 나아가

저속한 기독교인들보다 유토피아 사람들은 훨씬 현명하다.

그들은 부자들을 마치 신처럼 떠받드는 사람들의 어리석음을 조롱했습니다. 부자들에게 무엇 하나 빚진 것 없고 그럴 의무가 없는데도 그러하며, 부자들이란 탐욕스럽기 그지없어 제아무리 많은 돈을 가지고 있어도 동전 한 푼 자신들에게 주지 않을 것을 잘 알면서도 그러하기 때문입니다.

유토피아 사람들은 저 어리석은 족속들과는 거리가 먼 제도를 갖춘 나라에서 자라고 교육받으면서 이런 생각 혹은 이런 유의 생각을 습득합니다. 또 부분적으로는 책과 학습을 통해 배우기도 합니다. 유토피아 내 각 도시국가에서는 어려서부터 놀라운 재능과 탁월한 능력, 학문에 전념하기에 적당한 성격을 보여준 소수만이 노동을 면제받고 온전히 학업에 종사하도록 허가되는데, 그럼에도 모든 어린이들은 책을 읽으며, 남녀노소 불문하고 자유 시간 대부분을 책을 읽는 데 집중합니다.

유토피아 사람들은 자신들의 언어로 여러 학문을 갈고닦습니다. 그들의 언어는 어휘가 부족하지도 않고, 듣기에 거북하지 않으며 생각을 전달하는 데 부정확하지도 않습니다. 여타 지역에서 다양한 방식으로 변종 언어가 쓰이는 경우를 제외한다면, 거의 동일한 언어가 유토피아 주변에 넓게 분포합니다.

유토피아 사람들의 학습과 공부

유토피아 사람들은 우리가 도착하기 전에 우리가 살고 있는 여기에서는 널리 알려져 칭송받는 철학자들 가운데 단 한 명의 이름도 알지 못했습니다. 하지만 그들은 우리의 위대한 선조들이 이룩한 것과 동일한 학문들, 예를 들어 음악, 논리학, 산수와 기하학을 발견해냈습니다.[31] 그들의 학문 수준은 대개의 학문 분야에서 우

음악, 논리학, 산수

---

31 토머스 모어가 언급하고 있는 학문들은 중세에 널리 쓰인 학문 분류 체계와 연관되어 있다. 중세의 학자들은 이를 '4과3학'이라고 명명했다. 소위 4과(quadrivium)라고 불리는 기초 학문에는 음악, 산수,

이 부분은 우리네
에 대한 조롱임이
분명하다.

리 조상들이 이룩한 것에 대등하지만, 다만 논리학만은
상당히 뒤떨어집니다. 사실 그들에겐 우리네 같으면 어
린아이들이 배우는《논리학 소고》같은 교재에서 언급
되는 한정, 확장, 가정 등의 논리학 개념조차 아직 없습
니다. 또한 그들은 '2차 개념'에 대해서도 전혀 몰랐으
며, 어떤 거인보다 웅장하고 거대한 소위 '보편 인간'도
모르고 있었습니다. 우리네는 이들을 마치 손가락으로

천문학

지목할 수 있을 정도인데도 말입니다.[32] 반면 그들은 별
자리의 운행과 천체의 움직임에 관해서는 상당한 진보
를 이루었습니다. 하여 그들은 여러 가지 모양의 기구
들을 개발했으며, 이로써 태양과 달과, 그들의 하늘에
나타나는 여러 다른 행성들을 관찰하여 그것들의 운행

이런 점성술을 아
직도 기독교인들
이 믿고 있다.

과 위치를 정밀하게 계측했습니다. 하지만 운행하는 별
자리들의 조화와 반목 등 별자리에서 신의 뜻을 읽어내
겠다는 건 꿈도 꾸지 않습니다. 그들은 오랜 세월 관찰
을 통해 얻은 정보를 가지고 비와 바람 등 기상 상태의
여러 가지 변화를 예측했습니다. 모든 사물의 원인에

자연학은 모든 학
문 가운데 의견이
가장 분분한 영역
이다.

관하여, 바다의 조수간만의 원인에 대하여, 바닷물이

기하학, 천문학 등이 포함된다. 소위 3학(trivium)에는 문법학, 수사
학, 논리학 등이 있다. 여기서 '논리학'은 글자 그대로 번역하면 '변
증술'이지만 당시에는 논리학을 '변증술'이라고 불렀다. 4과3학은 기
초 학문으로 이 과정을 마친 후에는 학생들은 고급 과정인 철학이나
신학을 공부했다.

32 이 부분을 당시의 스콜라 철학자들에 대한 비난으로 읽는 것이 온당
하다. 에라스무스는 자신의 《우신예찬》에서 스콜라 철학자들의 엄
밀한 논리학이 실재를 제대로 보지 못하게 한다는 비난을 드러내고
있다.

왜 짠맛을 갖게 되었는지에 대하여, 하늘과 땅의 연원
과 본성에 관하여 그들도 연구하고 있습니다. 이는 우
리네 옛 철학자들이 탐구했던 것으로 우리네 철학자들
사이에서도 실로 의견이 분분한데, 그들도 새로운 이론
을 제안함으로써 우리네 철학자들과 다른 의견을 보이
며 서로 견해가 갈리고 있습니다.

윤리 문제를 다루는 철학 분과에 있어 그들은 우리네
철학자들과 동일한 논의를 전개합니다. 그들은 영혼의
선함, 육체의 선함과 외적인 선함을 탐구하는데, '선
함'이라는 명칭을 이 모두에 적용할 수 있는지 아니면
오직 영혼에만 적용할 수 있는지를 고민합니다. 그들은
덕과 쾌락에 관하여 묻는데, 이와 관련하여 제일 중요
한 문제는, 인간의 행복이 어디에 달려 있는가, 어느 하
나에 기초하는가 아니면 여러 가지에 달려 있는가라는
물음입니다.[33] 하지만 행복의 문제와 관련하여 유토피
아 사람들은 경향적으로 대개 쾌락의 편을 들고 있으
며, 전적으로 혹은 상당 부분 행복은 쾌락에 달렸다고
생각하고 있습니다.[34] 더욱 놀라운 것은, 그들이 자신들
의 종교에서도 쾌락에 대한 옹호를 찾아낸다는 것입니

윤리학

선함의 위계

최고선

유토피아 사람들
은 건강한 쾌락을
행복의 척도로 삼
았다.

---

33 키케로는 이와 관련하여 자신의 《최고선악론》에서 스토아 학파의 견
해, 에피쿠로스 학파의 견해를 논의했다. 스토아 학파에 따르면 행복은
덕에 기초하며, 에피쿠로스 학파에 따르면 행복은 쾌락에 달려 있다.

34 따라서 유토피아 사람들은 에피쿠로스주의를 따르고 있다고 말할 수
있다. 르네상스 인문주의자들 가운데 실로 에피쿠로스주의를 따르던
사람들이 많았다. 페트라르카, 보카치오, 로렌조 발라, 피치노, 피코
델라 미란돌라, 에라스무스 등이 그 예라고 할 수 있다.

다. 엄숙하고 엄격하며, 준엄하고 가혹한 태도를 보이

철학의 제일원리
들을 종교에서 찾
음

는 그들의 종교에서 말입니다. 그들은 행복의 원리를
논의할 때면 반드시 이성적 철학과 종교적 원리를 결
합시키는데, 종교적 원리를 배제한 이성 하나만으로는
진정한 행복을 논의하는 데 부족하고 유약하다고 믿습
니다.

유토피아의 종교

종교적 원리란 다름 아니라, 인간 영혼은 불멸하며,
신의 은총에 따라 인간 영혼은 행복을 추구하도록 창조
되었으며, 이승의 삶에서 덕과 선행을 쌓으면 죽어서
상을 받으며, 악행을 쌓으면 죽어서 벌을 받는다는 것

영혼불멸을 오늘
날 적지 않은 기
독교인들이 의심
하고 있다.

입니다. 이런 것들이 종교적 원리라곤 하지만 그럼에도
이성이 있어 이를 믿고 받아들이게 된다고 그들은 생각
합니다.[35] 그들은 지체 없이 만약 이런 믿음이 사라진다
면, 사람들은 경건하거나 불경하거나 가리지 않고 아무
런 쾌락이나 추구할 수 있다고 믿을 것이며, 사람들은
오직 더 큰 쾌락을 추구하되, 불가피하게 고통을 수반

모든 쾌락이 좇을
만한 것은 아니
며, 덕을 위한 경
우를 제외하고 고
통을 좇아서는 안
된다.

하는 쾌락은 피하려 애쓸 것이라고 덧붙입니다. 한편
험난하고 힘겨운 덕을 추구하며, 삶의 쾌락을 포기할
뿐 아니라, 어떤 보답도 기대할 수 없는 (평생 고통스러
운 삶을 살았으며, 사후에도 이에 대한 어떤 보답이 주
어지지 않을지라도) 고통일지라도 기꺼이 이를 감내해
야 한다는 주장에 대해서 유토피아 사람들은 실로 정신

---

35 이 부분에서 유토피아의 철학은 에피쿠로스 철학과 극명한 차이를 보
인다. 에피쿠로스 철학에서 신은 적어도 세상사에 무관심하며, 영혼
은 사멸하는 존재로 그려져 있기 때문이다.

182

나간 생각이라고 믿습니다.[36]

유토피아 사람들은 모든 쾌락이 행복을 가져오는 것
은 아니며, 오로지 아름답고 선한 쾌락에 행복이 달렸
다고 믿습니다. 최고선이라고 할 수 있는 이런 종류의
쾌락으로 덕이 우리의 본성을 이끌 것이니, 오로지 덕으
로만 행복이 이루어진다는 생각에는 반대합니다.

유토피아 사람들은 덕을 '자연에 따르는 삶'이라고
정의하며, 덧붙여 신이 인간을 그와 같이 만들었다고도
합니다. 그들은 어떤 것을 취하고 어떤 것을 버림에 있
어 이성에 복종하는 것이 자연에 따르는 삶이라고 생각
합니다. 무엇보다 먼저 이성은 인간으로 하여금 신을
사랑하고 경배하도록 지시하는데 우리 인간은 그의 창
조물이며 우리 인간이 행복을 누리는 것 또한 그의 뜻
이기 때문이라는 겁니다. 두 번째로 이성은 가능한 한
근심이 없으며 행복이 가득한 삶을 우리 인간이 영위할
것을 깨우치고 지시하며, 자연이 이웃으로 묶어놓은 주
변 사람들 또한 그렇게 살아갈 수 있도록 도울 것을 우
리에게 명한다고 말합니다. 제아무리 덕을 맹종하며 쾌
락을 저주하는 데 열심인 사람일지라도 사실, 자신의
덕을 위하여 타인의 가난과 시련을 못 본 체하는 데서
발생하는 고통과 불면과 불편을 감내하도록 지시할 혹
독한 사람은 없을 것이며, 인류애라는 이름으로 사람이
사람을 돕고 위로하는 것을 칭송하지 않을 냉정한 사람

이는 스토아 철학과 흡사하다.

---

36 유토피아의 철학은 이 점에서 스토아 철학과도 구별된다.

은 없을 것이라 주장합니다. 타인의 고통을 덜어주는 것, 타인의 슬픔을 위로하는 것, 타인의 삶에 행복 내지 쾌락을 찾아주는 것, 이보다 더 인간적인 것은 없을 것입니다. 그럴진대 우리 자신이 그렇게 살아가겠노라 선택한다고 해서 자연이 우리를 말릴 이유가 있겠습니까? 즐거움, 다시 말해 쾌락을 추구하는 삶은 나쁜 삶입니까? 만약 그렇다면 타인이 그런 삶을 살지 않도록 도와주어야 하며, 해롭고 위태로운 그런 삶을 되도록이면 많은 사람에게서 멀리 떼어내야 합니다. 그러나 만약 그것이 좋은 삶이라면 그래서 다른 사람들에게 그런 좋은 삶을 살아가게 도울 뿐만 아니라 반드시 도와야 할 때, 다른 누구보다 자신에게 많은 은혜를 베푼 우리 자신이 그렇게 살지 못하도록 막을 이유가 있겠습니까? 자연이 우리로 하여금 이웃에게 따뜻한 마음을 보여주라고 명한다면, 그것은 또한 우리가 우리 자신에게 매정하고 무자비하게 굴지 않도록 명하는 것과 같습니다. 따라서 행복한 삶, 다시 말해 쾌락을 모든 인간 활동의 궁극적 목표로 자연이 우리에게 지시했으니, 그런 지시에 따라 살아감이 덕이라고 유토피아 사람들은 정의합니다.[37] 하지만 자연이 인간에게 유쾌한 삶을 영위할 수 있게 서로 돕도록 명했을 때, 자연은 한 사람이 아닌 인류 전체를 염려했으며 동일한 형상을 갖춘 모두를 공평

고통은 신성한 의무에 따르는 우연이거나 자연적 필연성의 결과인데도 오늘날 어떤 이들은 고통을 종교의 본질이라고 주장하며, 고통을 추구해야 한다고 말한다.

---

37 이런 생각은 스토아 철학과 에피쿠로스 철학을 교묘하게 절충한 것으로 보이는데, 우리는 이런 철학을 세네카에게서 볼 수 있다. 그는 스토아 철학자로서 에피쿠로스 철학을 배척하지 않았다.

하게 염려했던 것이므로, 자연은 인간에게 지나치게 쾌락을 추구하여 타인에게 고통을 유발하지 않도록 조심할 것을 명합니다.

그리하여 유토피아 사람들은 개인 간의 사적인 계약뿐만 아니라, 공적인 법률을 정해 삶의 유익을 가져올 재화, 즉 쾌락의 물질적 토대를 분배하도록 정하고 있는데, 이런 공적인 법률은 총독이 선한 의지를 갖고, 혹은 인민대중이 독재에 휘둘리지도 않고 꼬임에 속지 않은 상태에서 공표한 것이며, 그들은 이 법률을 모두가 하나 된 마음으로 지키고 있습니다. 법률을 어기지 않으면서 사적인 유익함을 추구하는 것은 현명한 것에 속하며, 공적인 유익함을 추구하는 것은 경건한 것에 속합니다. 하지만 사적인 쾌락을 추구하는 동안 타인의 쾌락을 저해한다면, 이는 불법에 해당합니다. 물론 사적인 쾌락을 덜어내어 타인의 쾌락을 증가시킨다면, 이는 선의와 인간애에 해당하는데, 이런 희생은 반드시 보상을 받습니다. 무슨 말인가 하면, 자신이 선의를 행했다는 자의식과 자부심에서, 그리고 은혜를 입은 사람들이 그런 희생을 기억하고 있다는 사실에서 희생을 치른 사람은 몸에서 잃은 쾌락보다 많은 쾌락을 영혼으로 거둘 것이기 때문입니다. 또한 종교의 가르침에 기꺼이 동의할 사람들을 위해 말하거니와, 신은 희생을 치른 사람에게 짧고 허무한 쾌락을 대신해 하늘나라에서 영원무궁한 기쁨으로 갚아줄 것이기 때문입니다. 이러한 방식으로 유토피아 사람들은 문제를 조심스럽게 검토

계약과 법률

상호 부조

185

하고 평가한 후에, 우리 인간의 모든 행위 일체는, 덕을 포함하여, 결국 그 궁극적 목적으로 쾌락과 유익을 지향한다고 결론 내립니다.

쾌락의 정의 　유토피아 사람들은 쾌락을 육체 혹은 정신이 자연스럽게 즐거움을 느끼게 되는 운동과 상태라고 정의합니다.[38] 그들은 욕구를 자연스러운 것에 포함시키고 있습니다. 자연스러운 쾌락은 불의를 통해 얻어지지도 않으며, 더 큰 쾌락을 방해하지도 않으며, 고통을 수반하지도 않는 것이며, 우리네 감각과 올바른 이성에 따라 얻어지는 것입니다. 자연에 거스르면서까지 헛된 망상에 사로잡혀 이를 달콤한 행복이라고 생각하는 사람들은,

잘못된 쾌락들 실질과 명칭을 혼동하는바, 쾌락에 이르지 못하고 대개는 쾌락을 놓치기 마련인데, 일단 이런 망상에 사로잡힌 사람들은 참되고 진정한 쾌락을 발견하지 못하며, 머릿속에는 온통 쾌락에 대한 거짓된 허상이 가득하게 됩니다. 세상에는 거짓 쾌락들이 참으로 즐비한데, 이런 것들은 실제 달콤함이라고는 전혀 담고 있지 않고 다만 상당 부분 쓰디쓴 고통을 담지하고 있는데도, 변태적 욕망의 참담한 꼬임에 이끌려 사람들은 이것들을 최고의 쾌락으로 생각하며 더 나아가 삶의 최우선 목표

---

38 여기서 '자연스럽게'라는 것은 에피쿠로스 학파에 의한 쾌락의 분류를 염두에 두고 생각해보건대, 소위 '참된 쾌락'을 가리키는 것으로 보인다. 다시 말해 허영심을 충족시키는 것과 같이 인간이 살아가는 데 필수적인 것으로 볼 수 없는 것을 충족시킴으로써 얻어지는 쾌락을 '거짓된 쾌락'이라고 할 수 있다. 또 쾌락의 '운동'과 '상태'를 구분한 것에 관해서도 역시 에피쿠로스 철학을 따르고 있다.

들 가운데 하나로 간주합니다.

유토피아 사람들은 거짓 욕망들 가운데 하나의 예로, 앞서 제가 말씀드렸듯이 좋은 옷을 입으면서 자신이 훌륭해진다고 믿는 사람들을 거론합니다. 그런 자들은 두 가지 점에서 잘못을 범하고 있다 합니다. 첫 번째는 더 훌륭한 옷을 입는다고 생각하는 점이며, 두 번째는 자신이 훌륭하다고 생각하는 점입니다. 옷의 실용성을 놓고 보았을 때, 양털 실로 짠 옷과 아마포로 만든 옷이 다를 게 무엇입니까? 환상에 사로잡힌 것을 모르고 그자들은 고개를 빳빳이 치켜세우고 스스로 값진 사람들이라고 믿습니다. 허술하게 옷 입은 사람은 감히 명예를 추구해서도 안 되며 오직 우아하게 옷 입은 사람에게만 정당한 권리가 있다고 생각하여, 허술하게 옷 입은 사람들을 가볍게 여기는 이들에게 유토피아 사람들은 분노를 표했던 것입니다.

좋은 옷에 즐거워하는 이들의 잘못

헛되고 아무짝에도 쓸모없는 명성에 집착하는 것 또한 앞서와 똑같이 어리석은 일 아니겠습니까? 다른 사람이 모자를 벗어 인사한다거나 무릎을 굽혀 몸을 숙인다고 해서 이로부터 무슨 자연스럽고 참된 쾌락을 얻겠습니까? 그런다고 아픈 무릎이 낫겠습니까, 아니면 머릿속의 어지러움이 가벼워지겠습니까? 이렇게 거짓으로 덧칠한 욕망 가운데 이름에 취하여, 혹은 조상에게서 고귀한 피를 물려받았으며 이름 높은 집안 내력이 아주 멀리에 이른다고 떠들어대며, 알고 보면 고귀하다는 것이 결국 오래되었다는 것뿐인데도 이를 두고 미친

어리석은 명예욕

듯이 열광하는 사람들이 있습니다. 이들은 특히 집안의 재산을 두고 이름 높은 집안임을 자랑하는데, 심지어 조상들이 유산을 남긴 바 없거나 혹은 자신들이 유산을 탕진하여 남겨두지 못했음에도 이름 높은 집안의 자손이라 내세우는 데 주저하지 않습니다.[39]

유토피아 사람들은 앞서 말씀드렸던, 보석에 사로잡힌 사람들도 여기에 포함시키는데, 이런 자들은 보석을 얻으면 마치 신이나 된 것처럼 으스대는 자들입니다. 사실 취향이라는 것이 모든 사람에게나 모든 시대에 늘

동일할 수 없는 고로, 특히 동시대 주변 사람들 가운데 매우 특별한 것으로 간주되는 것을 얻었을 때 더욱 그러합니다. 하지만 이런 자들은 금장식을 모두 떼어내고 보석 알맹이만을 보고 확인하지 않으면, 특히 보석 상인이 보증하여 그 보석이 진품임을 확인해주지 않으면 그 보석을 구입하지 않습니다. 이런 자들이 늘 걱정하는 것은 진품 대신 모조품에 속지나 않을까 하는 것입니다. 하지만 아무리 뚫어지게 쳐다본다 한들 전혀 진품과 모조품을 구분하지 못한다면, 진품 대신 모조품을 본다고 기쁨이 줄어들겠습니까? 어차피 진품이나 모조품이나 볼 줄 모르는 사람들에게는 매한가지며, 이는 맹인에게 그러한 것과 같습니다.

한편 사용하기 위해서가 아니라 그저 쳐다보면서 기쁨을 누리려는 이유에서 엄청난 부를 보란 듯이 쌓아놓

---

39 거짓 욕망과 관련한 언급을 에라스무스의 《우신예찬》에서도 찾아볼 수 있다.

는 사람들은 어떻습니까? 과연 이런 자들은 진정한 쾌락을 누리는 것입니까? 아니면 거짓 욕망에 놀아나는 것입니까? 혹은 이와는 반대로 황금을 전혀 쓰지도 않고 누가 볼까 봐 악착같이 숨겨놓고 다시는 이를 보지 않는 사람들은 어떻습니까? 잃어버리지 않으려고 숨겼다지만, 결국 잃어버린 것이나 진배없습니다. 황금을 땅속에 묻어두고 자기 자신은 물론 다른 어느 누구도 전혀 사용하지 못하게 만드는 것을 달리 무엇이라 부르겠습니까? 황금을 숨겨두고 근심 걱정 없이 행복을 만끽하는 자들이 있습니다. 그런데 누군가 황금을 훔쳐냈고, 10년이 지나도록 주인은 이 사실을 전혀 모른 채 숨을 거두었다면, 도둑맞은 것과 숨겨둔 것의 차이는 과연 무엇입니까? 분명한 것은 두 경우 모두 당사자는 전혀 황금을 써보지 못했다는 사실입니다.

유토피아 사람들은 어리석은 쾌락에 주사위 노름꾼을 포함시킵니다. 노름꾼의 어리석음을 그들은 풍문으로 들었을 뿐 실제로 본 적은 없습니다. 그들은 여기에 사냥꾼과 매사냥꾼을 추가합니다. 그들은 주사위를 주사위판 위에 던지는 것이 무슨 재미가 있느냐고 묻습니다. 설령 한두 번 던질 때 재미가 있더라도 계속해서 던지면 지루하지 않겠느냐고 질문합니다. 개가 짖고 울어대는 소리를 듣는 일에 무슨 즐거움이 있으며, 반대로 지겹지 않느냐고 반문합니다. 또는 토끼가 개를 쫓을 때보다 개가 토끼를 쫓을 때 그토록 즐거움이 넘치느냐고 묻습니다. 개나 토끼는 모두 빨리 달리니까 빨리 달

놀랍고도 적절한 이야기

주사위

사냥

189

리는 것에서 즐거움을 얻는 것이라면, 어느 쪽이나 매한가지입니다. 혹은 살육 장면에서 즐거움을 느끼려 한다면, 눈앞에서 갈기갈기 찢기는 일에서 즐거움을 만끽하려 한다면, 이런 일에서는 연민을 느껴야 마땅합니다. 개에게 쫓기는 작은 토끼를 보면서, 어린 것이 사나운 것에 쫓기는 것을 보면서, 겁 많고 소심한 것이 무서운 것에 쫓기는 것을 보면서, 끝내는 잔인한 것에 의해 죽임을 당하는 무해한 짐승을 보면서 연민 말고 어떤 감정을 느끼려 합니까? 유토피아 사람들은 사냥 행위 일체가 자유민에게는 적합하지 못한 행위라고 판단하여 이런 일은 앞서 말씀드렸듯이 전부 노예로 구성되어 있는 백정들에게 맡겨둡니다. 그들은 사냥 자체를 가장 저급한 종류의 일로 여기지만, 필요에 따라 짐승을 잡는 일은 사냥 놀음보다는 보람되고 좋은 일이라고 생각합니다. 이에 반해 사냥꾼은 어리고 불쌍한 짐승을 살육함으로써 오직 즐거움만을 추구합니다. 유토피아 사람들의 생각에 따르면, 짐승 같은 것들을 살육하는 것을 보면서 즐거움을 만끽하는 짓 따위는 잔혹한 천성에서 비롯됩니다. 혹은 잔혹한 쾌락을 지속적으로 즐김으로써 마침내 잔혹해진 성정 때문이라고 그들은 말합니다.

어리석은 백성들은 그저 이런 것들을 쾌락이라고 여기는데, 이런 종류의 것들은 실로 헤아릴 수 없을 정도로 많습니다. 유토피아 사람들은 이 가운데 어느 것 하나 본질적으로 즐거운 것은 없으며, 참된 쾌락과 연관

오늘날 우리네 신과 같은 왕족들은 이를 즐긴다.

190

된 것은 없다고 말합니다. 물론 사람들은 이런 것들이 감각을 즐겁게 하고, 이런 점에서 쾌락과 유사하기 때문에, 이런 것들이 그저 쾌락이라는 생각을 버리지 않습니다. 하지만 이것은 참된 본질에서가 아니라 왜곡된 습관에서 비롯되는 쾌락으로, 쓰디쓴 것을 달콤한 것과 혼동하는 잘못과 유사하다고 합니다. 예를 들어 아이를 가진 여인들이 흔히 입맛이 바뀌어 역청이나 비계를 꿀보다 달다고 생각하는 것과 같다고 합니다. 개인의 감각은 때로 질병이나 습관에 의해 왜곡될 수 있지만, 그렇다고 사물의 본성 자체를 바꿀 수 없으며, 마찬가지로 쾌락의 본성을 바꿀 수는 없습니다.

임산부의 병적인 입맛

유토피아 사람들은 참된 쾌락의 종류를 두 가지 범주로 구분합니다. 그들은 크게 정신에서 얻는 쾌락과 육체에서 얻는 쾌락을 구분합니다. 정신적 쾌락은 앎과, 진리에 대한 관조에서 얻어지는 기쁨을 가리키며, 이에 더하여 좋았던 시절에 대한 기억과 좋은 앞날에 대한 확신이 추가됩니다.

참된 쾌락들

육체적 쾌락은 다시 두 가지로 나뉩니다. 그 가운데 첫 번째는 직접적 즐거움이 감각을 자극하는 데서 얻어집니다. 예를 들어 열량을 소모함으로써 소진된 몸의 기력이 음식과 음료를 통해 회복될 경우에 얻는 쾌락이나, 혹은 몸에 과도하게 누적된 것을 배출함으로써 얻는 쾌락인데, 이는 흔히 몸 안에 쌓인 배설물을 방출하거나, 2세를 생산하기 위해 방사(房事)하거나, 가려운 곳을 긁거나 비벼 없앰으로써 얻어집니다. 신체에 부족

육체적 쾌락

한 것을 보충하거나 신체에서 과도한 것을 덜어냄으로써 얻어지는 쾌락 외에도 어떤 쾌락은 어떻게 그러한지 파악할 수는 없지만 아주 분명하게 우리의 감각을 자극하고 흥분시켜 쾌락으로 이끌어갑니다. 예를 들어 음악을 들을 때 생겨나는 쾌락이 그것입니다.

두 번째 육체적 쾌락은 다름 아니라 고요하고 조화로운 육체 상태를 의미합니다. 이는 어떤 질병으로도 훼손되지 않은 건강 상태입니다. 어떤 고통도 느끼지 않는 그런 상태가 바로 쾌락이며, 이는 어떤 외적인 자극이 없을지라도 저절로 생겨나는 즐거움입니다. 이런 쾌락은 먹고 마심으로써 얻어지는 쾌락보다는 우리의 감각을 덜 자극하지만, 그럼에도 많은 사람들이 이런 쾌락을 가장 큰 쾌락이라고 생각합니다. 마찬가지로 유토피아 사람들 모두는 이런 쾌락이 모든 쾌락의 토대이자 기초라는 데 동의하는데, 이것은 그 하나만으로도 삶을 평화롭고 바람직하게 만들 수 있는 반면, 이것이 없을 경우 어떤 다른 쾌락도 존재할 수 없기 때문이랍니다. 건강을 전제로 하지 않은 단순한 고통의 부재를 그들은 무감각이라고 부르며, 쾌락이라고 부르지 않습니다.[40]

건강은 쾌락의 전제

유토피아 사람들 사이에서 이미 오래전에 고요하고 정적인 건강을 쾌락으로 생각할 수 없다는 주장이 있었

---

[40] 유토피아 사람들은 이 점에서 에피쿠로스 철학자들과 다른 생각을 하고 있다고 말할 수 있다. 에피쿠로스는 고통의 부재를 쾌락으로 보았다.

습니다. 그들은 쾌락의 대립물이 병존하지 않으면 쾌락 자체를 느낄 수 없다고 했습니다. 그들은 이 문제를 심도 깊게 숙의하고 토론하여 그러한 건강은 쾌락이라는 데 의견 일치를 보았습니다. 그들은 쾌락의 대립물인 고통은, 건강의 대립물인 질병 속에 있으므로, 쾌락은 고요한 건강 속에 있지 않겠느냐고 말합니다. 그들은 질병이 고통 자체인지, 아니면 고통이 다만 질병에 수반하는 것인지는 전혀 중요하지 않다고 말합니다. 그들은 양자가 결국 마찬가지라고 생각합니다. 실제로 건강이 쾌락 자체이든 아니면 건강이 쾌락의 원인이든 그것은 마치 불이 열의 원인인 것처럼 아무래도 마찬가지이며, 흔들리지 않는 건강을 가진 사람들은 쾌락을 갖지 않을 수 없다고 주장합니다.

유토피아 사람들은 몸이 쇠약해지면 음식을 섭취해서 음식을 전우로 받아들임으로써 굶주림을 물리치는 게 아니냐고 묻습니다. 이때 점차 건강이 회복되고 원래의 강건함을 되찾으면서 우리가 쾌락을 경험하게 된다고 말합니다. 몸이 굶주림을 물리치는 전투에서 쾌락을 느낀다고 할 때, 승리를 쟁취하고 나서 쾌락을 느끼지 않을 수 있겠습니까? 다행히 전투에서 목적했던 목표를 쟁취했는데, 쾌락이 사라지고 좋은 것을 알지도 누리지도 못한다는 것이 말이 되겠습니까? 그들은 건강이라는 쾌락을 느낄 수 없다고 주장하는 것은 진리와 거리가 멀다고 생각합니다. 깨어 있는 사람이 어찌 스스로 건강함을 느끼지 않을 수 있겠습니까? 깨어 있지 않다면 몰라도? 건강의 즐거움과 개운함을 느끼지 못하는 사람이 있다면 그는 마비되었거나 혼수상태에 빠진 것입니다. 즐겁고 개운하다는 것은 결국 쾌락이 아니고 무엇이겠습니까?

유토피아 사람들은 모든 쾌락 가운데 가장 우선하는 쾌락으로 정신의 쾌락을 꼽습니다. 또한 정신의 쾌락 가운데 지고지선의 쾌락은 덕을 실천하는 것에서, 훌륭한 삶을 살아간다는 자의식에서 생겨난다고 말합니다.[41] 육체적 쾌락에 대해서는 단연코 건강을 제일로 여깁니다. 그들은 먹고 마시는 데서 얻는 쾌락 및 그 비슷한 쾌락에 대해서는 이 또한 추구해야 할 것이지만 다른 무엇보다 건강을 목적으로 삼을 때 그러하다고 믿습니다. 이런 쾌락들은 그 자체로는 즐거운 것이 아니며 다만 질병의 은밀한 공격을 막기 위한 목적으로 추구된다고 말합니다. 따라서 지혜로운 사람이라면 병을 얻은 후에 약을 먹을 것이 아니라 사전에 질병을 예방할 것이며, 고통을 덜어줄 것을 찾기보다 먼저 고통 자체를 예방해야 한다고 말합니다. 그들은 고통의 경감에 따른 쾌락을 얻기보다, 그런 쾌락 자체가 필요치 않은 것이 더욱 바람직하다고 봅니다.

유토피아 사람들은, 만일 고통의 경감에 따른 쾌락에 의해 행복해질 수 있다고 생각하는 사람이 있다면, 그는 기필코 끊임없는 굶주림, 갈증과 가려움 가운데 먹

---

[41] 키케로의 《노년에 관하여》 3장 9.

고 마시고 문지르고 긁으며 생을 마치게 될 것이라 말
합니다. 이는 분명 누가 보더라도 애처롭고 가여운 일
생입니다. 이런 쾌락은 모든 것 가운데 제일 저열하며,
혹은 제일 순수하지 못한 것입니다. 왜냐하면 이런 것
들은 그 대립물이라 할 고통과 짝을 이룰 때만 얻을 수
있는 것이기 때문입니다. 먹는 쾌락은 굶주림과 짝을
이루는데, 이때의 고통은 극심하고 오래 지속되기에 공
정하지 못한 짝이지만 말입니다. 고통은 쾌락에 앞서
생겨나되, 쾌락은 고통이 사그라질 때 고통과 함께 사
라집니다. 따라서 유토피아 사람들은 이런 종류의 쾌락
을 높게 치지 않으며, 다만 생명을 유지하기 위해 어쩔
수 없는 것이라고 생각합니다. 하지만 유토피아 사람들
은 이 역시 기뻐하고 감사하게 여깁니다. '어머니이신
자연'이 인간에게 은혜를 베풀어 생명 유지를 위해 어쩔
수 없이 해야 하는 것이지만, 최대한 즐겁게 할 수 있게
만들어주셨다고 생각합니다. 만일 배고픔과 목마름을
매일 걸리는 질병으로 주셨고, 그래서 간혹 질병에 걸렸
을 때처럼 쓰디쓴 약과 치료제로 치료해야 한다면 우리
는 일생을 고통 가운데 살아야만 했을 테니 말입니다.

　유토피아 사람들은 인간들에게 고유하고 유익한 자
연의 선물이라 할 육신의 아름다움과 강인함과 민첩함
을 기꺼이 즐깁니다. 또한 귀와 눈과 코를 통해 들어오
는 쾌락을 자연이 인간에게 고유하고 특별한 쾌락으로
선사한 것이라 믿습니다. 동물 가운데 어떤 것도 세상
의 아름다움과 황홀함을 누리지 않으며, 먹을 것을 찾

는 후각을 사용할 뿐 향취를 즐기지도, 화음과 불협화음을 구분하지도 않습니다. 제 생각으로는 그들은 이런 쾌락들을, 마치 삶에 주어진 일종의 양념처럼 추구합니다. 하지만 일반적으로 그들은 작은 쾌락이 큰 쾌락을 방해하지 않도록 하며, (불미스러운 쾌락은 결단코 고통을 수반하기 마련이므로) 쾌락이 결코 고통을 동반하지 않도록 한다는 규칙을 세워 이를 따릅니다.

자신의 유익을 포기하고 타인과 공익을 열심히 돌보는 경우가 아니라면, 육신의 아름다움을 훼손하거나, 민첩함을 둔화시키거나, 굶주림으로 육신을 소진시키거나, 건강을 해쳐 자연이 선사한 즐거움을 해하는 것들은 지극히 정신 나간 짓이라고 믿습니다. 타인과 공익을 위해 그런 것들을 감내한다면 이런 수고에 대하여 신은 더 큰 쾌락을 선사할 것이로되, 쓸데없이 용기를 자랑하려 하거나 혹은 오지도 않을 역경을 대수롭지 않게 견딜 수 있음을 과시하려고 자신에게 위해를 가하는 것은 어리석은 일이라고 그들은 생각합니다. 그런 사람은 자기 자신에 대하여 가혹한 영혼이며, 자연에 감사할 줄 모르는 영혼으로, 자연에 무언가 빚을 지기 싫어 자연의 모든 은혜를 거부하는 어리석은 사람입니다.

이 점을 주목하고, 또 주목하라. 이상이 덕과 쾌락에 관하여 유토피아 사람들이 가진 견해인데, 유토피아 사람들은 하늘이 내린 종교가 이보다 더 경건한 다른 생각을 인간에게 심어주지 않는다면, 인간 이성에 비추어 이보다 올바른 견해는 없다고 믿고 있습니다. 이들의 견해에 관해 이것이 옳은지 그

른지를 논의할 시간이 없을 뿐만 아니라 사실 논의해야
한다고 생각하지도 않습니다. 저는 다만 그들이 어떤
생각을 가지고 있는지를 보여주고자 했을 뿐, 옹호할
생각은 애초에 없었습니다. 저는 그들이 어떤 견해를
가지고 있든지 간에, 그들보다 탁월한 인민은 없으며,
그들의 나라보다 행복한 나라는 없다고 확신합니다.

유토피아 사람들
의 행복과 이에
대한 설명

　유토피아 사람들의 신체는 민첩하고 강건하며 몸집
에 비해 힘이 셉니다. 그렇다고 그들이 왜소하다는 뜻
은 아닙니다. 그들이 일구는 대지는 그다지 비옥하지
않으며, 기후도 그다지 온화하지는 않습니다만, 이런
날씨에 맞서 그들은 검소함으로 무장하고, 부지런함으
로 대지를 개량하여 다른 어느 민족들보다 풍성한 곡식
과 가축을 얻으며 또 다른 어느 민족보다 육신에 힘이
넘치고 병에 걸려 고생하지 않습니다. 하여 그들은 흔
히 농부들이 행하는 것을 부지런히 도모하고 돌보아,
본래 비옥하지 않던 대지를 기술과 노력으로 개량했으
며, 사람들의 힘으로 숲의 나무들을 일일이 뿌리째 뽑
아 다른 지역으로 옮겨놓았습니다. 이렇게 하면 나무가
더 잘 자라서가 아니라, 다만 운반을 용이하게 하기 위
해서입니다. 도시국가들은 인접한 바다나 강을 통해 목
재를 손쉽게 수송하며, 손쉽게 옮길 수 있는 곡물들은
육로를 통해 멀리까지 실어 나릅니다.

　유토피아 사람들은 유순하고 점잖으며 사교적입니
다. 그들은 대체로 한가롭게 시간을 보내지만, 필요한
경우 육체적 노동도 거뜬히 참아낼 줄 압니다만, 그렇

197

다고 일부러 육체적 노동을 찾아가면서 하지는 않습니다. 반면 정신적인 일에는 지칠 줄 모릅니다. 로마 문학에는 역사가들과 시인들을 제외하면 쓸 만한 것이 없다고 저는 생각하는 사람으로서, 제가 희랍어와 희랍 문학을 이야기해주었을 때, 그들은 저에게 희랍 문학을 가르쳐줄 것을 놀라울 정도로 열심히 청했습니다. 하여 저는 그들에게 읽는 방법부터 가르쳤습니다. 사실 별다른 결실을 기대하지 않았으며 다만 간곡한 청을 거절하지 않으려는 뜻이 처음에는 더 컸습니다. 학습이 조금씩 진척을 보이면서 그들의 열성은 곧 저의 가르침이 헛되지 않으리라 예감하게 했습니다. 그들은 글자와 발음에 쉽게 숙달되었으며, 단어를 재빨리 외웠으며, 외운 것을 정확하게 암송하기 시작했습니다. 이는 놀랄 것도 아닌 것이, 학생들은 자발적으로 찾아오거나 원로원의 명령을 받고 찾아와 열심히 공부하는데, 이들 중 대부분은 재능이 남다르고 원숙한 나이에 이른 학자들이었기 때문입니다. 하여 결국 3년의 세월이 흐르자 그들은 저에게 희랍어에 관해 아무것도 물을 필요가 없었습니다. 서책의 전승에 잘못이 없다는 전제하에 말씀드리자면, 그들은 훌륭한 저자들의 글을 읽었습니다. 제가 추측하기로 그들이 희랍어를 그리 쉽게 배울 수 있었던 것은 아마도 희랍어가 그리 낯설지 않아서가 아닐까 합니다. 그들은 여러 가지 면에서 페르시아어를 닮은 언어를 사용하지만, 저는 그들이 그리스 민족에서 갈라져 나온 사람들이 아닐까 추측합니다. 도시국가들

희랍어의 유용함

유토피아 사람들의 배우려는 열정

우리네는 멍청한 바보가 학문에 종사하고, 영리한 자들은 쾌락에 젖어 있다.

의 이름이나 관직 이름에서 그들의 언어는 희랍어의 흔
적을 간직하고 있습니다.

네 번째 방문길[42]에 저는 상품 대신 커다란 책 상자를
배에 선적했습니다. 이번에는 집으로 돌아오지 않으리
라 결심했기 때문입니다. 하여 유토피아 사람들은 저를
통해 플라톤의 저서 대부분과 아리스토텔레스의 저서
상당수, 테오프라스토스의 《식물학》[43]을 입수했습니다.
마지막 책은 유감스럽게도 꽤 심하게 훼손된 상태였습
니다. 항해하는 동안 제가 소홀히 관리한 탓에 원숭이
가 가지고 놀며 장난치다가 여기저기 몇 장을 뜯어냈기
때문입니다. 유토피아 사람들은 문법학자들의 책들 가
운데 오로지 라스카리스가 쓴 책만을 가지고 있는데,
이는 테오도로스가 쓴 책을 제가 미처 챙기지 못했기
때문입니다. 사전 가운데는 헤쉬키오스와 디오스쿠리
데스의 것만을 가지고 있습니다.[44] 그들은 플루타르코

---

42 '네 번째 방문(quarto)'이라고 적혀 있지만, 이는 앞의 내용과 불일치
한다. 휘틀로다이우스는 베스푸치와 세 번째까지만 함께 여행했기 때
문이다. 이렇게 적은 원문이 정확하다면, '네 번째 방문'이 지시하는
것이 무엇인지 불명확해진다.

43 토머스 모어가 여기서 De Plantis라고 언급한 책은, 아마도 테오프라
스토스(기원전 370~287년)의 책 가운데 희랍어로 Peri phyton
historias, 라틴어로 Historia plantarum으로 불리는 《식물학》이거나
아니면 희랍어로 Peri phyton aition이라고 불리는 《식물의 기원》 가
운데 하나일 것이다.

44 콘스탄티노스 라스카리스(Constantinus Lascaris)와 테오도로스 가자
(Theodorus Gaza)는 르네상스 시대에 활약한 희랍어 문법학자였다.
알렉산드리아의 헤쉬키오스(Hesychios)는 기원후 5세기 또는 6세기
에 살았던 사람으로 《알파벳 순에 따른 단어 모음집 Synagoge pason

스의 저작을 매우 좋아하며, 루키아노스의 저작에 나타
나는 해학과 재치에 사로잡혔습니다.[45] 그들은 시인들
가운데 아리스토파네스, 호메로스와 에우리피데스, 그
리고 알두스 출판사의 소문자 인쇄본[46] 소포클레스를
가지고 있습니다. 역사가들 가운데 그들은 투퀴디데스
와 헤로도토스를 가지고 있으며, 또한 헤로디아노스[47]
를 가지고 있습니다.

의학은 가장 유용
한 학문이다.

의학 서적에 관해서는 저의 동료 트리키우스 아피나

lexeon kata stoicheion》을 만들었다. 헤쉬키오스의 책은 1514년 최초
인쇄본이 발행되었다. 킬리키아의 페디아누스 디오스쿠리데스
(Pedianus Dioskurides)는 기원후 1세기 인물로 《약재에 관하여Peri
hyles iatrikes》라는 책을 지었다. 600가지 식물과 천여 가지 약재를 담
고 있는 약학의 기본서로서 기원후 6세기에는 라틴어로 번역되어 널
리 보급되었다.

45 루키아노스는 쉬리아 사모사타 출신으로 기원후 120~180년 사이에
활동했으며, 로마제국 여기저기를 돌아다니며 연설하던 연설가이자
소피스트였다. 신랄한 풍자를 담은 연설을 선보였다고 한다.

46 알두스 마누티우스(Aldus Manutius, 1449~1515)는 베니스의 출판업
자로 르네상스 인문주의자들과 교류했으며, 특히 에라스무스와 함께
그리스와 로마의 고전을 출판했다. 1495년 아리스토텔레스, 1498년
아리스토파네스, 1502년 투퀴디데스, 소포클레스, 헤로도토스, 1503
년 에우리피데스, 1504년 데모스테네스에 관한 책을 출판했다. 1513
년에는 플라톤에 관한 책을 출판했다. 그 밖에도 많은 라틴 고전을 출
판했다. 알두스는 또한 소위 팔절판(octavo)이라고 불리는 소형 판형
을 창안하는데 이는 이후 문고판의 효시가 되었다. 원문에 따르면 유
토피아 사람들은 소포클레스의 저작만을 알두스 본으로 가지고 있는
것으로 보인다. 알두스의 출판 목록을 보면 앞서 언급한 아리스토파
네스와 에우리피데스의 저작 또한 알두스 본일 가능성이 있다. 하지
만 호메로스의 판본은 알두스 출판 목록에 나타나지 않는다.

47 헤로디아노스는 기원전 3세기 시리아 출신 역사가로서, 마르쿠스 아
우렐리우스 황제 이후의 로마 황제들에 관한 기록, 《마르쿠스 이후
황제들의 역사Tes meta Markon basileias historiai》를 남기고 있다.

투스가 히포크라테스의 저작 일부와 갈레노스의 《소
(小)의학 입문》[48]을 유토피아 사람들에게 가져갔습니다.
그들은 이 책들을 매우 소중하게 생각했는데, 비록 이
세상 어느 민족과 비교해도 의술이 그다지 필요하지 않
은 사람들이지만, 그럼에도 의학 지식을 가장 아름답고
유용한 철학 분과로 간주했기 때문입니다.[49] 의학의 도 자연에 대한 관조
움을 받아 철학이 자연의 비밀을 탐구할 때, 그들은 이
로부터 커다란 쾌락을 느낄 수 있으며, 더 나아가 이것
이 자연을 창조하고 주재하시는 분에게 감사를 표하는
것이라고 믿고 있습니다. 그들이 보기에, 여타 예술가
들처럼 세계를 창조하신 분은 인간에게 이를 보여주고,
오로지 인간에게만 그런 능력을 주셨기에, 인간이 이를
보고 기뻐하게 하고자 만들었던 것입니다. 따라서 창조
자는 조심스러운 관찰자와 섬세한 연구자를, 이 놀랍고
아름다운 광경을 보고도 짐승처럼 경탄하지 않는 어리
석고 무딘 사람들보다 아낍니다.

이렇게 하여 유토피아 사람들은 일단 서책을 통해 공
부하고 영감이 깨어나자, 삶을 편리하게 하는 데 필요

---

48 중세에 흔히 《소(小)의학입문Microtechne》이라고 불리던 책은 갈레
노스의 《의술 입문Techne iatrike》의 다른 이름이다. 갈레노스의 《처
방의 방법Therapeutike Methodos》은 중세에 흔히 《대(大)의학입문
Megalotechne》이라고 불렸다.

49 이미 갈레노스는 의학을 철학의 한 분과로 생각했으며, 그의 책 《위대
한 의사 철학자에 관하여Hoti ho aristos iatros kai philosophos》에서
'의사 철학자'라는 개념을 만들어, 의사가 광범위한 인문적 지식을 갖
추어야 할 것을 역설했다.

한 다양한 기술들을 찾아나서게 되었습니다. 적어도 두 가지, 즉 인쇄 기술과 제지술을 우리에게 배우긴 했으나 기술의 상당 부분은 그들 스스로 찾아냈던 것입니다. 제가 그들에게 종이로 인쇄해서 만든 알두스의 소문자 인쇄본을 보여주자, 그들은 제지 방법과 인쇄 방법에 관하여 무언가를 논의했는데, 사실 우리 가운데는 그 이상 아는 사람이 아무도 없었기 때문에 이렇다 할 무엇을 상세히 일러준 것은 없습니다. 그러자 그들은 열심히 어떻게 가능한가를 따져보았습니다. 가죽이나 나무껍질 혹은 파피루스에 글을 적던 그들이 이제는 종이를 만들고 활자를 만들어내려는 시도를 했습니다. 최초의 시도에서는 별 진척이 없었지만 계속된 실험으로 곧 두 가지 기술 모두 조금씩 진전을 보였으며, 마침내 그리스 책의 견본만 주어진다면 충분히 모두를 만들어낼 수 있을 정도로 성과를 거두었습니다. 하여 그들은 제가 언급한 책들만을 가지고 있었으나, 이 책들을 몇 천 부씩 인쇄해서 가지게 되었습니다.

그들은 특별한 지적 재능을 가진 사람들이나 혹은 세계를 여행하여 많은 풍물을 익힌 사람들을 매우 환영하는데, 이는 저희가 그들에게 환대받았던 이유입니다. 실로 그들은 세계 각지에서 무슨 일이 벌어지는지 알고 싶어 합니다. 하지만 상인들은 유토피아를 자주 방문하지 않습니다. 바깥세상 사람들 누구나 갖고 싶어 하는 금이나 은은 그렇다 치고, 유토피아 사람들은 철을 제외하면 아무것도 수입하지 않기 때문입니다. 수출에 관해서도 그들은 스스로 물건을 실어 나르길 원할 뿐, 바깥세상 사람을 통해 물건을 실어오지 않습니다. 그럼으로써 그들은 여러 세상 사람들에게 많이 배울 수 있으며, 항해 기술과 항해 지식을 녹슬지 않게 유지할 수 있습니다.

노예에 관하여

유토피아 사람들은, 직접 전투에 참여하지 않았으되 포로가 된 사람들이나 노예에게 태어난 자식들을 노예로 삼지 않으며,[50] 다른 나라에서 아무 이유 없이 사람들을 데려와 노예로 삼지도 않습니다. 그들은 자국민들 가운데 범죄를 저지른 사람들을 노예로 삼으며 그보다는 다른 나라 시민으로 자국에서 극형을 받은 사람들을 몸값을 지불하고서, 대개는 몸값 없이 상당수를 들여와서 노예로 삼습니다. 노예들은 계속해서 노역을 수행하며, 늘 사슬에 묶여 있습니다. 그들은 외국 출신 노예들보다는 유토피아 출신 노예들을 더욱 가혹하게 단련시켜야 한다고 생각합니다. 후자는 덕을 갖추도록 좋은 교육을 받았는데도 범죄 행각을 자제하지 못했기 때문입니다. 세 번째 부류에 속하는 노예들도 있는데 이들은 자국에서 악착같이 일해도 늘 가난을 면치 못하던

유토피아 사람들의 놀라운 평등

---

50 따라서 유토피아 사람들은 세습 노예제를 채택하지 않는다고 할 수 있다. 이는 고대의 노예나 중세의 농노들과는 커다란 차이를 보인다.

사람들로 자진해서 유토피아에서의 노예살이를 선택한 사람들입니다. 보통 이런 노예들은 점잖은 대접을 받으며, 일반 시민보다 완수해야 할 노역이 약간 더 부과된다는 점을 제외한다면 거의 일반 시민처럼 좋은 대접을 받습니다. 드문 일이긴 하지만, 이들 가운데 간혹 유토피아를 떠나길 원하는 사람이 있을 경우, 그 뜻을 거슬러 붙잡아두지도 않으며 빈손으로 떠나게 하지도 않습니다.

병자들에 관하여 앞서 말씀드렸다시피, 유토피아 사람들은 병자를 매우 정성껏 돌보아줍니다. 그들은 치료약부터 음식에 이르기까지 한 점의 소홀함도 없이 병자들을 돌보아주며 그들이 건강을 회복할 수 있도록 애씁니다. 불치병을 앓고 있는 환자 곁에 앉아 함께 이야기를 나누며 환자를 위로하기도 합니다. 불치병을 앓고 있을뿐더러 지속적으로 끔찍한 통증을 느끼는 환자의 경우, 사제와 관리들이 찾아와 그가 이제 생업을 수행할 형편이 못 되어 타인들에게나 자신에게나 짐이 되며, 목숨을 연장하는 것이 병균을 먹여살리는 일에 지나지 않고 오로지 고통일 뿐이니 이미 죽은 것이나 진배없다고 조언하면서 차분히 죽음을 준비하도록 일러둡니다. 또 인생은 마치 쓰디쓴 감옥살이와 같으니 스스로 감옥에서 벗어나거나 혹은 타인들의 도움을 받아서라도 감옥살이에서 벗어나, 사후에 맞게 될지도 모를 더 나은 삶을 희망하도록 조언합니다. 죽음을 통해 쾌락을 얻는 것은 아니로되, 이로써 고통에서 벗어날 수 있으므로 그에게는

자살

204

이것이 현명한 선택이라고 말합니다. 덧붙여 이는 신의 뜻을 전하는 사제들이 숙의하여 정한 것이므로, 신성하고 경건한 선택이라고도 말합니다.[51]

이런 조언을 받아들인 사람들은 스스로 곡기를 끊어 인생을 마감하거나 혹은 수면 상태에서 죽음의 고통 없이 삶에서 벗어납니다. 하지만 사람들은 이를 강제하지 않으며, 조언을 받아들이지 않았다고 해서 치료를 게을리하지도 않습니다. 다만 조언을 받아들인 사람들이 깔끔하게 생을 마무리했다고 생각할 뿐입니다. 한편 사제와 원로들의 동의 없이 스스로 목숨을 끊은 사람들은 매장이나 화장의 예를 받을 자격이 없는 사람이라고 생각하여, 이런 자들의 시신은 아무 웅덩이에나 아무렇게나 가져다 버립니다.

유토피아 사람들은 여성의 경우 18세가 되기 전에, 남성의 경우 22세가 되기 전에 결혼할 수 없도록 했습니다. 결혼 전에 욕정에 굴복하여 몰래 성관계를 맺은 남성이나 여성은 심각한 경고를 받으며, 이에 대한 죄를 물어, 총독의 사면이 없는 한 평생 결혼이 금지됩니다. 또한 수치스러운 난행을 막지 못한 가부장이나 안주인은 자신들의 식솔을 소홀히 다스렸다는 이유에서

결혼에 관하여

---

51 자살은 일반적으로 부적절한 행동으로 여겨졌다. 특히 가톨릭 전통에서는 이를 금지한다. 이에 반해 흔히 고대 문헌에서 불명예스럽고 수치스러운 일을 당했을 때 자살하는 경우를 볼 수 있다. 키케로의 〈스키피오의 꿈〉에서 인생을 감옥에 비유하는 것을 볼 수 있으나, 키케로는 자살을 매우 경계한다. 라파엘 휘틀로다이우스는 앞서 자살을 하느님이 금지했다고 분명히 밝히고 있다.

커다란 불명예를 입습니다. 난행을 이렇게 엄격하게 다스리는 것은, 함부로 관계를 맺는 행위를 방치할 경우, 아무도 결혼 관계에서 사랑을 일구지 않을 것이라 염려한 때문입니다. 그들에게 결혼이란 내내 한 명의 배우자와 함께 살아가는 것을 의미하며, 결혼이 가져오는 사소한 불편을 극복하며 살아가는 것을 의미합니다.[52]

유토피아 사람들은 배우자를 선택할 때 우리가 보기에 우습고 어리석어 보이는 관습을 엄숙하고 진지하게 따릅니다. 즉 그들은 처녀든 과부든 결혼 대상자인 여성의 알몸을 근엄하고 정숙한 여인의 입회 하에 결혼 상대자에게 보여주며, 반대로 바르고 정직한 남자의 입회 하에 결혼 상대자인 남성의 알몸을 반대편에게 보여줍니다. 우리는 이런 풍습을 어리석다고 생각하며 웃었습니다만, 도리어 그들은 바깥세상 모든 민족들의 어리석음에 놀라움을 금치 못했습니다. 돈이 얼마 들지도 않는 망아지를 사면서도 조심하면서 안장과 마구들을 모두 걷어내고 말을 다 벗겨놓고 살피며, 흉터가 있기라도 하면 구매를 포기하는데, 평생을 같이하며 고락을 함께 나눌 배우자를 고르는 일을 소홀히 하여, 여성을 평가하면서 온몸을 옷으로 가리게 하고 다만 눈으로 볼 수 있는 한 뼘 정도 얼굴만으로 판단할 수 있겠냐고 말

점잖지 못하나 매우 조심스러운

---

52 유토피아 사람들은 일부일처제를 따른다. 그런데 원문 "in quo [coniugali amore] aetatem omnem cum uno"를 잘못 읽을 경우, '평생 단 한 명의 배우자와 결혼하여' 살아간다는 것처럼 보일 수도 있다. 여기서는 한 명의 배우자와 결혼 생활을 유지하며, 결혼 생활이 유지되는 동안에는 또다른 배우자를 얻지 않는다는 뜻으로 해석했다.

합니다. 그들은 이 경우 상대방이 나중에라도 행여 드러낼지 모를 커다란 위험을 감수하고 결혼하는 꼴이라고 생각합니다. 상대방의 사람 됨됨이만을 주목할 만큼 현명한 사람은 없으며, 현명한 사람들도 사람 됨됨이에 따르는 지참금으로 육체를 중요시합니다. 따라서 흉물스러운 모습을 옷으로 숨겼다가, 나중에 이를 드러냄으로써 남편 된 사람의 마음이 아내 된 사람에게서 떠나게 하는 일이 벌어지는데, 이럴지라도 남편 된 사람의 육체가 아내 된 사람의 육체에서 벗어나는 일은 법적으로 금지되어 있기 때문에 난처한 경우가 발생합니다. 육체가 손상되는 일이 결혼 후에 발생한 경우라면, 이를 운명으로 받아들여 견뎌야 마땅하겠으나, 다만 사전에 속임수가 발생하지 않도록 관습을 따름으로써 조심해야 합니다.

유토피아 사람들이 이런 관습을 무엇보다 열심히 지키는 이유는 그들이 주변 지역 여러 나라들 가운데 유일하게 일부일처제를 채택하고 있으며,[53] 죽음 이외의 이유로 결혼 관계를 해소하는 것을 금지하기 때문입니다. 물론 간통이나 견디기 어려운 배우자의 성격 등이 이혼 사유가 되기도 합니다. 간통으로 피해를 입은 쪽은 원로원에서 재혼 허락을 받으며, 간통을 저지른 쪽은 불명예를 입고 평생 재혼이 금지됩니다. 또한 그들은 신체적 훼손을 핑계로 아내가 아무런 잘못을 범하지

이혼

---

53 타키투스는 《게르마니아》 17장에서 게르만 민족을 칭송하면서, 그들이 주변 민족들 가운데 유일하게 일부일처제를 채택하고 있음을 언급했다.

않았는데도 아내의 뜻에 반하여 남편이 아내를 쫓아내는 것을 금지합니다. 그들이 보기에 가장 위로가 필요한 사람을 차마 그렇게 할 수 없는 것이 인지상정인데 쫓아낸다는 건 매우 잔혹한 일입니다. 노령의 아내 또한 그러한데, 노령이 병을 유발하지도 않으며 노령 자체를 병이라고 할 수 없으니, 이를 이유로 변덕스러운 태도를 보이고 신의를 어기지 못하게 금지합니다.

배우자들의 성격이 서로 잘 맞지 않으며, 이들이 다른 배우자와 결혼해서 더욱 행복하게 살기를 원할 경우, 양자의 합의에 따라 원로원의 허락을 얻어 이혼이 이루어지고 재혼이 허락됩니다. 하지만 이런 협의 이혼은 원로들과 그들의 아내들이 이혼 문제를 심도 있게 조사하고 나서야 허락됩니다. 만약 사람들이 재혼을 손쉽고 편리한 방법으로 생각한다면, 부부 간의 애정으로 난관을 극복하기보다 손쉬운 방법을 택할 것을 우려하기 때문에, 협의 이혼은 매우 어렵게 이루어집니다.

결혼 관계를 파괴하는 행위에 대해서는 매우 심한 노역형을 받습니다. 간통을 저지른 양자가 둘 다 결혼 상태라면, 양자는 결혼 관계를 청산하게 되며, 이로써 간통의 피해를 입고 홀로 남겨진 배우자들은 원할 경우 서로 결혼할 수 있습니다. 물론 제3자와 결혼할 수도 있습니다. 하지만 간통의 피해를 입은 배우자가 계속해서 간통을 저지른 배우자를 사랑할 경우, 결혼 관계를 지속할 수 있습니다. 이 경우, 죄 없는 배우자는 노예가 된 자신의 배우자와 함께 노역을 감당해야 합니다. 때로

죄 지은 배우자가 절실히 죄를 뉘우치고 죄 없는 배우자가 지극히 헌신할 경우, 이것이 총독을 감동시키면, 죄 지은 배우자가 자유를 얻기도 합니다. 물론 다시 한 번 간통을 저지를 경우 사형에 처해집니다.

여타 범죄에 대해서는 법으로 정한 형벌이 존재하지 않습니다. 원로원에서 죄질이 극악한지, 혹은 정상참작 여지가 있는지 가늠하여 그때그때 형벌을 결정합니다. 남편은 아내의 죄를 단속하며, 부모는 자식들의 비행을 처벌합니다. 죄가 무겁고 심각하다고 판단되지 않으면, 국가가 이를 형벌로 다스리지 않습니다. 다만 일반적으로 중범죄는 노역형으로 다스리는데, 그들은 범죄자를 서둘러 사형에 처하여 사회에서 제거하기보다는 사형 못지않게 고통스러운 노역형으로 이들을 다스리는 것이 차라리 공익에 부합된다고 생각합니다. 죽음보다는 노역으로 공익에 기여하는 한편, 유사한 범죄를 저지르면 어떤 고생을 하는지를 보여주어 상당 기간 다른 사람들이 경계하도록 하는 역할을 하게 됩니다. 만약 노역형을 받은 사람들이 명을 거역하고 반항하며, 길들여지지 않는 맹수처럼 감옥이나 쇠사슬로도 그들을 제압할 수 없을 경우, 결국 그들을 사형에 처합니다. 병을 앓는 노예라고 아무렇게나 버려두지 않습니다. 오랜 노역을 감당하면서 이를 원망하기보다 죄를 뉘우치고 있음을 행동으로 보여줄 경우, 경우에 따라 총독의 사면에 의해 혹은 국민투표를 통해, 노역이 경감되거나 노역에서 풀려납니다.

여타 형벌은 행정관에게 맡긴다.

강간 미수의 처벌   강간 미수는 강간과 같은 형벌을 받습니다. 유토피아 사람들은, 목표물을 정하고 치밀하게 준비한 일은 이미 저지른 일과 동일하게 취급합니다. 미수에 그쳤다고 해서 미수범이 범죄자보다 유리한 판결을 받는 것은 있을 수 없는 일이라고 생각합니다.

우매함에서 생기는 즐거움   유토피아 사람들은 우매한 사람[54]을 악의적으로 조롱하는 것을 죄악시하되, 이로부터 즐거움을 얻는 것을 금기시하지 않으며, 이를 즐깁니다. 그들은 이런 즐거움이 우매함에서 얻는 은혜라고 생각합니다. 그들은 우매한 행동과 말투에 즐거움을 얻지 못할 만큼 경직되고 심각한 사람에게는 이들을 돌보도록 맡기지 않는데, 우매한 사람들의 유일한 능력인 웃음에 아량을 베풀지 않는 사람은 이들을 인내하며 돌볼 수 없기 때문입니다.

못생겼거나 몸이 성치 않은 사람을 조롱하는 것은, 조롱을 당하는 사람보다 오히려 조롱하는 사람에게 추악하고 흉한 일이라고 생각하는데, 어리석게도 개인이 제 능력으로는 어쩔 수 없는 것을 비웃고 있기 때문입니다.

인공적 아름다움   유토피아 사람들은 자연이 준 육체 그대로를 아름답다고 여기며, 이를 돌보지 않는 것을 게으르고 나태한 일이라고 생각한 반면, 화장품으로 치장하는 것은 아름답지 못한 행동이라고 생각합니다. 경험을 통해 그들은 아내의 아리따운 자태보다는 정당하고 바른 태도가 남편에게 더 큰 매력으로 작용함을 알게 되었습니다. 물론

---

54 라틴어 '우매한 사람morio'에서 저자의 이름 'More'가 유래했다고 한다.

때로 육신의 아리따움이 사람을 매료시키지만, 이런 매력도 훌륭한 부덕과 순종이 없으면 유지되지 못합니다.

유토피아 사람들은 처벌로써 죄를 방지할 뿐만 아니라 명예로써 덕을 권장합니다. 국가를 위해 탁월한 공적을 세운 사람들의 동상을 세워 광장에 전시하여 그 위업을 기억하며, 이로써 후손들이 선조들의 위엄을 되새겨 본받도록 자극합니다.

관직을 얻고자 애를 쓰는 사람들은 어떤 관직에도 오를 수 없습니다. 유토피아 사람들은 모두 친절한 마음으로 살아가는데, 관직에 오른 사람이라고 다르지 않으며 허세를 부리거나 다른 사람들에게 고압적이지도 않습니다. 관리들은 아버지라고 불리며 아버지처럼 처신합니다. 당연한 일이지만 사람들은 기꺼이 원할 때 자발적으로 관리들에게 존경을 보이며, 관리들은 억지로 원하지 않는 사람에게서 존경을 강제하지 않습니다. 총독은 의관이나 왕관을 일반 시민들과 다르게 하지 않으며, 다만 짚 한 묶음을 손에 쥐고 다님으로써 자신을 구분하는데, 이는 사제가 신분을 밝히려고 촛불을 앞세우는 것과 같습니다.[55]

유토피아 사람들은 소수의 법률을 제정했는데, 법률적 단속이 그다지 필요하지 않을 정도로 교육을 통해 사람들이 좋은 성정을 갖고 있기 때문입니다. 그들이 다른 나라 사람들에 대하여 옳게 보지 않는 것은, 법률

포상을 통해 덕의 실천을 권장한다.

관직을 탐하는 사람은 조롱받는다.

관리에 대한 존경

총독의 위엄

소수의 법률

---

55 여기서 '짚'은 풍요의 상징이며, '촛불'은 어둠을 밝히는 지혜를 상징한다.

211

과 규칙을 아무리 만들어도 오히려 부족하다는 점입니다. 그들은 사람들이 다 읽을 수도 없을 만큼 많은 수의 법률들로, 그리고 사람들이 다 이해할 수 없을 정도로 어려운 규칙들로 사람들을 옭아매는 것은 오히려 정의롭지 못하다고 생각합니다. 그들은 변호사 제도를 전혀 도입하지 않았습니다. 무릇 변호사들은 사건을 교묘하게 꾸미며, 법률을 교활하게 해석하기 십상이기 때문입니다. 유토피아 사람들은 소송 당사자가 직접 자신의 억울함을 호소하여, 변호사에게 말할 것을 재판관에게 직접 토로함으로써 불분명한 구석이 남지 않게 하고 더욱 손쉽게 실체적 진실에 다가갈 수 있다고 믿습니다. 변호사의 교묘한 궤변을 배제한 채, 당사자가 자신의 생각을 토로하기 때문입니다. 재판관은 사건을 조목조목 면밀히 검토하고, 순박한 이들이 농간을 부리는 이의 고발에 억울하게 당하지 않도록 수고를 아끼지 않습니다. 다른 나라에서는 이렇게 단순하게 일을 처리하는 것이 어려운데, 그것은 산더미 같은 법률 조항들이 복잡하게 얽혀 있기 때문입니다. 하지만 유토피아 사람들 모두는 법률 전문가라 할 수 있는데 말씀드린 바와 같이 법률 조항이 극히 적은 데다가, 가장 단순한 법률 해석이 가장 정의로운 해석이라고 생각하기 때문입니다. 그들의 말에 따르면 모든 법률은 각자에게 자신이 행할 바를 가르치려고 공표된 것인데, 복잡난해한 해석이 필요할 정도라면 아무도 그것을 알아 깨우칠 수 없을 것이며 아무도 제 할 바를 알지 못하게 되겠지만, 법률이

변호사의 불필요성

단순하고 아주 분명하면 모두에게 제 할 바가 명쾌해질 것입니다. 그 수가 가장 많은 일반 시민들은 대개 단순한 사람인데, 머리가 뛰어난 소수도 오랜 시간 숙고하지 않으면 뜻을 알 수 없을 만큼 법률 조항이 난해하다면 도대체 누가 이해할 수 있겠습니까? 이는 법률이 없는 것과 같지 않겠습니까? 이런 법률 조항이라면 순진한 사람들은 이해할 수 없으며, 평생 공부한다 해도 깨우칠 수 없을지도 모릅니다. 밥벌이를 해가며 짬짬이 공부를 해야 할 테니 말입니다.

과거에 유토피아 사람들은 주변 이웃 나라 사람들을 독재자들에게 해방시켰는데 이웃 나라 사람들은 유토피아 사람들의 탁월함을 높이 칭송하여 자발적으로 자신들을 관리할 행정관을 파견해줄 것을 요청했습니다. 유토피아 사람들은 그들에게 행정관을 일 년 혹은 5년 임기로 파견합니다. 행정관들의 임기가 만료되면 행정관들은 명예롭게 칭송받으면서 떠나가고 그들은 새로운 행정관들을 영접합니다. 가장 훌륭하고 안전하게 국가를 경영하는 것을 배워야 하고, 국가의 흥망성쇠가 행정 관료들의 자세에 달려 있는 상황에서 이웃 나라 사람들로서는 돈에 흔들려 정직함을 잃지 않는 행정 관료를 구해야 한다면, 이보다 좋은 선택을 없을 것입니다. 유토피아에서 파견 온 행정관들은 곧 돌아갈 처지라서 쓸모없는 금전에 연연하지 않을 것이며, 타인으로 잠시 머무는 동안 정파적이며 편파적인 판단을 내리지 않을 것입니다. 탐욕과 편견, 이 두 가지 악덕이 판단을 흐리게 되면, 사회를 유지하는 강력한 근간인 정의는 송두리째 파괴됩니다. 유토피아 사람들은 이렇게 자신들에게 행정관을 파견받는 사람들을 동맹시민이라고 부르며, 반면 단순히 상호 호혜적 입장으로 돕고 거래하는 사람들을 우방이라고 부릅니다.

동맹에 관하여   동맹조약이 다른 지역에서는 지속적으로 체결되고, 파기되었다가 곧 갱신되는 데 반해, 유토피아 사람들은 이런 동맹조약을 일체 맺지 않습니다. 그들은 자연은 인간이 우애를 갖도록 만들었는데, 이를 가볍게 여기는 사람들이라면 말이나 문서 따위에 아랑곳하겠느냐고 말합니다. 이런 그들의 생각을 잘 확인시켜주는 것은 구대륙에서 벌어지는 일로, 왕후장상들은 조약을 맺고 맹약을 세우지만 제대로 신의가 지켜진 경우는 드물다는 사실입니다.

유럽에서, 특히 기독교적 신앙이 널리 힘을 발휘하는 지역에서는 조약이 신성시되고 불가침한 것으로 여겨지는데, 이는 왕후장상들이 정의롭고 선량하기 때문이기도 하지만 그들이 교황들을 존경하고 두려워하기 때문이기도 합니다. 교황들 스스로가 무엇이든 약속한 대로 이행할 수 없는 것은 언약조차 하지 않으며, 또한 교황들은 왕후장상들에게 어떤 경우든 약속을 지킬 것을 명하고 있습니다. 만약 이를 어기는 사람이 있을 경우, 교황은 목자로서 그들에게 단호한 경고와 징계를 내립니다. 특별히 '정직한 자'라 불리는 사람들이 실제 조약을 지키지 않는다면 이는 더욱 추악한 일이라는 교황들

의 판단은 실로 바르고 옳은 것입니다.[56]

하지만 적도 넘어 멀리 떨어져 있느니만큼 풍속이나 습속을 달리하는 신대륙에서는 누구도 조약을 지키지 않습니다. 격식을 차리면 차릴수록, 맹세를 공고히 다짐하면 할수록 더욱 빨리 조약이 깨어집니다. 조약문에서 너무나 손쉽게 허점을 찾아낼 수 있습니다. 혹은 아주 교묘한 방식으로 일부러 허점이 있는 구절을 삽입하는데, 조약을 어기고 약속을 저버리더라도 발목 잡히지 않고 빠져나갈 수 있는 구실을 만들기 위해서입니다. 만약 개인들이 사적인 영역에서 속임수나 간계라고 불러 마땅할 이런 술책을 자행한다면, 정치가들이 개입하여, 이런 작태가 사형받아 마땅한 신성모독이라고 소리칠 겁니다. 하지만 정작 다를 것 없는 정치가들은 그런 조언을 왕에게 올리는 자신들을 현명하다고 침이 마르도록 칭찬합니다. 하여 사람들은 정의란 것이 백성들만이 지켜야 할 덕목, 혹은 왕권 아래 큰 거리를 두고 놓여 있는 천한 덕목이라고 생각하게 됩니다. 혹은 사람들은 이 세상에 두 가지 정의가 있다고 생각하게 됩니다. 그 중 하나는 천한 것들에게 적용되는 것으로 땅 위를 굴러다니며 군림하며, 많은 족쇄로 여기저기 옥죄어 결코 이를 벗어날 수 없는 굴레와 같은 것입니다. 다른 하나는 왕후장상에게 적용되는 정의이며, 천한 것들에게 적용되는 정의가 좁은 데 비해 큰 거리를 두고 훨씬 자유

---

56 마키아벨리의 《군주론》 18장은 조약을 함부로 어기는 왕후장상들을 보여줄 뿐만 아니라, 유사한 행동을 한 교황들을 언급하고 있다.

로워, 바라지 않으면 모를까 안 되는 것이 전혀 없는 정의입니다.

말씀드렸다시피 신대륙 왕후장상들은 조약을 잘 지키지 않는 관행이 있기 때문에 유토피아 사람들은 굳이 조약을 맺으려 하지 않습니다. 물론 유토피아 사람들이 유럽에 살고 있었다면 전혀 다른 생각을 할 수 있었을지도 모릅니다. 하지만 그들은 조약이 아무리 잘 지켜지더라도 이를 맺는 것은 옳지 않다고 생각합니다. 궁극적으로 조약의 체결이란, 산천과 같은 사소한 지형적 장애물에 의해 갈라져 사는 여러 사람들을 자연 이외의 방식으로 하나로 만들어야 한다는 생각을 전제합니다. 이는 또한 인간이 상호 경쟁적이며 심지어 적대적으로 태어났으므로, 서로 조약을 맺은 경우가 아니라면 상대방을 파괴하고 무찌르는 것이 당연한 일이라는 생각을 함의합니다. 그들은 조약 체결이 우정을 돈독히 하는 일과 무관하다고 생각하는데 조약을 맺으면서 부주의로 상대방을 침해하지 못하게 하며 평화를 유지하기 위한 규정을 분명히 하지 못하면 결국 침해 가능성은 여전히 남을 것이라고 생각합니다. 유토피아 사람들은 자신들에게 해악을 끼치지 않는 사람들을 공연히 적대시하지 않으며, 오히려 자연이 부여한 인간들의 상호 유사성이 조약에 버금가며, 선의에 의해 서로 맺어진 유대는 조약에 의한 유대보다, 영혼으로 맺어진 것은 말로 맺어진 것보다 공고하다고 믿습니다.

군대에 관하여

유토피아 사람들은 전쟁을 짐승의 일이되, 짐승보다는 인간들이 더욱 열심인 일이라고 믿어 이를 경멸합니다.[57] 세상 사람들과 달리 그들은 전쟁에서 얻는 명예만큼 명예스럽지 않은 것은 없다고 말합니다. 하지만 그들도 남녀 모두에게 날을 정해놓고 열심히 군사훈련에 참여하도록 하여, 만약 어쩔 수 없이 전쟁에 참여할 경우, 이에 필요한 기술을 익힐 수 있도록 합니다. 그들은 선한 이유에서 전쟁에 참여합니다. 조국을 지킨다거나, 우방국의 영토를 침범한 사람들을 퇴치한다거나, 인간 존엄의 이름으로, 독재자에게 억압받는 사람들을 억압의 굴레와 노역에서 해방시킬 경우입니다. 그런데 그들은 우방국이 스스로를 방어할 때뿐만 아니라 과거에 당했던 공격에 보복할 때 도와줍니다. 물론 이제까지의 전후 사정을 모두 알고 있으며, 배상을 요구했는데도 이행되지 않아 전쟁을 수행할 정당성이 확보되었을 때만, 유토피아 사람들은 우방국을 위해 보복 전쟁에 참여합니다. 우방국이 적대적 침략을 받아 약탈당할 때, 그들은 전쟁을 수행할 뿐만 아니라 우방국 상인들이 세상 어느 곳에서든 부당한 법률에 의해 혹은 법률의 왜곡에 의해, 정의의 허울을 쓴 부당한 처사를 당했을 때

---

57 라틴어 'bellum'은 전쟁을 의미하며, 라틴어 'bellua'는 짐승을 의미한다. '전쟁'을 '짐승의 일'이라고 말하는 것은 일종의 언어적 유희에 해당된다.

는 더욱 맹렬하게 전쟁을 수행합니다.

유토피아 사람들이 네펠로게테스 사람들을 위해 아라오폴리테스 사람들과[58] 전쟁을 수행한 것은 우리 세대에서 얼마 떨어지지 않은 때였으며, 그 이유는 앞서 말한 그런 것이었습니다. 아라오폴리테스 사람들이 네펠로게테스의 상인들에게 법률을 빙자하여 (물론 아라오폴리테스 사람들이 보기에는 정당한 것이겠으나) 불의를 행했습니다. 그것이 부당한 처사인지 올바른 처사인지 참으로 참혹한 전쟁을 통해 시비를 가리게 되었으며, 이해 당사자들인 두 나라 사람들의 폭력과 증오에 이웃 나라들의 원조와 협력이 덧붙여졌습니다. 결과적으로 상당히 부유했던 나라들은 크게 흔들렸고, 일부 나라들은 극심하게 피폐했으며, 불행이 불행을 낳는 악순환은 마침내 아라오폴리테스 사람들이 포기하고 항복함으로써 끝나게 되었습니다. 유토피아 사람들은 직접적인 이해관계가 있어 참전했던 것이 아니므로, 네펠로게테스 사람들에게 권한을 양도했으며, 아라오폴리테스 사람들이 융성했을 때는 감히 힘을 겨룰 수 없었던 네펠로게테스가 저들을 다스리게 되었습니다.

유토피아 사람들은 우방국이 당한 불의에 대해서는 심지어 금전 문제까지 준엄하게 응징하지만, 정작 자신들이 당한 불의에 대해서는 그다지 권리를 주장하지 않습니다. 그들은 무역 거래에서 기만당하여 손해를 입더

---

58 '네펠로게테스'는 '구름 나라'라는 뜻이며, '아라오폴리테스'는 '백성 없는 나라'를 뜻한다.

라도, 신체적 손상이 없는 한 그다지 집착하지 않으며, 그저 상대국과 무역 거래를 중단하는 정도로 그칩니다. 그마저도 배상이 이루어지면 곧 원상회복시킵니다. 이는 그들이 자국민보다는 우방국을 우선시하기 때문이라기보다, 우방국 상인이 입은 피해가 개인적인 피해라서 고통이 가혹하기 때문이라고 합니다. 반면 유토피아 상인들은 개인적으로 잃는 것이 아무것도 없습니다. 오로지 국가 재산 가운데 일부를 잃는 것인데 그것도 잉여 생산물로서 유토피아 국내에는 이미 풍족하고, 만일 풍족하지 않았다면 결코 수출되지 않았을 것입니다. 따라서 유토피아 자국민들은 개인적으로 아무런 손실을 입지 않습니다. 하여 자국민의 생명이나 생활을 침해하지 않는 불의는 작은 것으로 간주하고, 오히려 이런 경미한 피해를 빌미로 막대한 인명 손실을 초래할지도 모를 복수를 감행하는 것은 잔혹한 일이라고 생각합니다. 하지만 자국민이 목숨을 잃거나 부상을 당하는 피해를 입을 경우, 국가 차원의 피해건 개인의 피해건 간에 우선 조사단을 파견하여 사태를 파악하고, 이후 가해자에 대한 처벌을 상대국에 요구합니다. 만약 상대국이 가해자에 대한 처벌을 거부하면, 지체하지 않고 전쟁을 선언합니다. 결국 가해자는 죽음 아니면 노역의 처벌을 받게 됩니다.

유토피아 사람들은, 전쟁에서 이기되 피를 흘리고 얻은 승리인 경우, 너무나 호된 대가를 치른 것이기에 괴로워하고 부끄러워합니다. 술책이나 꾀를 써서 승리를

비싸게 얻은 승리

거둔 경우, 이를 매우 높게 평가하며 자랑스러워하여, 이를 두고 국가적으로 개선식을 개최합니다. 또한 자랑스러운 원정을 기리는 기념비를 세우기도 합니다. 인간만이 그렇게 할 수 있기에 그들은 지혜의 힘으로 얻은 승리를 남자답고 용감한 승리라 하여 크게 내세웁니다. 반면 곰, 사자, 멧돼지, 늑대, 개 등의 짐승들은 몸으로 싸움을 결정하는바, 짐승들은 지혜나 생각을 사용하기보다, 인간을 압도하는 완력이나 괴력만을 앞세웁니다.

유토피아 사람들이 전쟁과 관련하여 염두에 두는 것은, 상대방에게 어떤 조치를 취함으로써 전쟁을 회피할 수 있는가입니다. 하지만 사정이 여의치 않을 경우, 전쟁을 자초한 사람들에게 가혹한 복수를 가하여, 다시는 이런 일을 저지르지 못하도록 본때를 보여줍니다. 본때를 보여주려는 것도 결국 차후의 위험을 회피하자는 데 목적이 있을 뿐이며, 결코 전쟁을 통해 명성과 명예를 누리는 데 목적을 두지 않습니다.

따라서 유토피아 사람들은 일단 전쟁이 선포되면 비밀리에 적국 영토 내에 눈에 잘 띄는 장소를 골라 동시다발적으로, 유토피아의 공인을 받은 많은 벽보를 붙입니다. 이 벽보에는 적국 왕을 척살하는 사람에게 막대한 포상금을 지급하겠다는 약속이 담겨 있습니다. 그들은 벽보에 몇몇 사람들의 이름을 같이 적어놓는데, 이들 한 사람 한 사람에 대하여 왕에 비해 상대적으로는 적은 액수지만 꽤 큰 액수의 현상금을 걸어둡니다. 명단에 오른 자들은 유토피아 사람들에 대한 적대행위를 획책했기에 적국의 왕 다음으로 무거운 책임을 묻게 될 책임자들입니다. 명단에 오른 자를 생포하여 데려온 사람에게는 척살한 사람보다 두 배 많은 현상금을 지급합니다. 명단에 오른 자가 동료를 배반하고 스스로 투항할 경우 본인이 동일한 액수의 보상금을 받으며, 처벌도 면합니다. 결과적으로 적국 사람들은 서로를 의심하게 되고, 나아가 서로를 믿지 않으며 믿을 만하다고 여기지도 않게 됩니다. 이로 인해 상당한 공포를 느끼고, 전쟁 못지않은 위험에 처합니다. 자신들 가운데 상당수, 특히 누구보다도 왕 자신이 그간 아주 커다란 신뢰를 보여주었던 사람들에게 배신당하는 일이 발생하리라는 것을 너무나도 잘 알기 때문입니다. 누구나 현상금에 눈이 어두워 너무나도 손쉽게 악행을 저지르기 마련이므로, 유토피아 사람들은 거액의 현상금을 아낌없이 제시합니다. 현상금을 타려면 위험을 감수해야 한다는 것을 잘 알기에 그 위험의 크기에 비례하여 후한 보상금을 지불하되, 엄청난 금을 주고 우방국의 안전한 지역에 개인 소유의 토지를 마련해줄 것이며, 이것이 반드시 실행될 것을 보장합니다.

적을 유인하고 매수하는 이런 방법을 다른 나라 사람들은 옳지 않은 것으로 생각하며 마치 타락한 영혼이 저지르는 잔혹한 범죄인 듯 여깁니다만, 유토피아 사람들은 매우 칭찬하면서 이런 일을 환영하며 오히려 현명한 일이라고 생각합니다. 왜냐하면 이런 방법으로 큰 전쟁을 치를 일을 단 한 차례 전투도 없이 마무리할 수 있기 때문입니다. 또 그들은 이를 인간적이고 자애로운 방법이라고 생각하는데 소수의 죄지은 자를 죽임으로 써, 아군이든 적군이든 간에 자칫 전투 중에 희생될 수도 있었던 다수의 무고한 시민들을 구할 수 있기 때문입니다. 그들은 적군 병사들의 생명도 자국의 병사들처럼 가련히 여깁니다. 그 병사들이 스스로의 뜻에 따라 전쟁에 참여한 것이 아니라 적국의 왕이 광기에 젖어 병사들을 사지로 내몰았다는 것을 잘 알기 때문입니다.

매수 작전이 뜻대로 진행되지 않으면, 다음번에는 내분의 씨앗을 뿌립니다. 왕의 형제나 왕족을 부추겨 왕위를 차지하도록 꾀어냅니다. 내분 작전마저 시들해지면, 이번에는 적국에 이웃한 나라들을 자극하여 이제 과거사가 된 왕권에 대한 시비에 불을 붙입니다. 얽히고 설킨 왕권 시비가 있게 마련입니다.

왕권 시비가 전쟁으로 발전할 경우, 유토피아 사람들은 전쟁에 필요한 자금을 넉넉하게 공급합니다. 다만 인적 자원 지원에는 매우 소극적인데, 유토피아 사람들은 자국민을 매우 귀하게 여기며 자국민들 서로가 서로를 크게 존중하기에 적국의 왕을 준다 한들 자국민 단한 명을 희생시키지 않습니다. 하지만 금과 은에 관해서는 오로지 이런 목적에 쓰려고 확보해두었던 것이므로 결코 아까워하지 않습니다. 사실 금과 은을 모두 써버린다 해도 그들의 삶은 전반적으로 변함없을 것이기 때문입니다. 덧붙여 자국 영토 내에 확보한 재원 외에도 해외에 축적해놓은 재원도 있습니다. 앞서 말씀드렸다시피, 다른 나라 사람들은 유토피아 사람들에게 부채가 있기 때문입니다. 그리하여 그들은 해외에서 용병을 고용하는데 특히 자폴레테스 사람들을 선호합니다.[59]

자폴레테스 사람들은 유토피아에서 동쪽으로 500마일 떨어진 곳에 살고 있습니다. 이들은 거칠고 사납고 잔혹합니다. 이들은 현재 그들이 사는 험준한 산악 지역을 선호합니다. 이들은 강인한 민족으로 더위와 추위와 노역을 잘 견뎌냅니다. 안락한 생활에는 익숙하지 못하며, 농사를 짓지 않으며, 거처나 의복에 신경 쓰지 않습니다. 가축을 기릅니다만, 대부분은 사냥과 노략질로 생계를 유지합니다. 이들은 오로지 전쟁을 위해 태어난 사람들처럼 매우 열심히 전쟁 기회를 찾아다니며, 일단 기회가 주어지면 또 열심히 이를 수행합니다. 많은 수가 고향 땅을 떠나 용병 생활을 하되, 전사가 필요한 사람들에게 저렴한 몸값으로 자신을 팔고 있습니다. 따라서 이들은 생계를 꾸려가는 유일한 기술로, 죽음을 찾아가는 기술을 갖고 있다고 말할 수 있습니다.

이들은 자신을 고용한 사람들을 위해 용맹스럽게 싸우며 고용자에게 충성을 다 바칩니다. 하지만 고용자에게 얽매여 복무 기간을 정해놓지는 않습니다. 이들은 다른 고용자가 더 많은 액수를 약속하면 내일이라도 떠

이 민족은 헬베티아[60] 사람들과 다르지 않다.

---

59 희랍어라는 것을 전제로 어원을 분석하면 'za-poletes'인데, 'za'는 '매우'라는 부사어이고, 'poletes'는 '판매자'를 뜻한다. 따라서 '자신을 자주 파는 사람'이라고 할 수 있다.

60 헬베티아는 오늘날의 스위스를 가리킨다.

나는 것을 원칙으로 하는데 심지어 현재 고용자의 적국이라도 상관없습니다. 하지만 그 다음날 고용자가 얼마간이라도 높은 액수를 약속하면 곧바로 돌아옵니다. 전쟁이 벌어졌다 하면, 양쪽에 공히 상당수의 자폴레테스 사람들이 포함되어 있기 마련입니다. 따라서 피를 나눈 형제들로 서로 돈독한 우애를 쌓던 사람들이 서로 반대편에 각각 고용되어, 전장에서 적으로 서로를 만나는 일이 비일비재합니다. 이런 경우에도 이 사람들은 지난날의 인연과 우애에 아랑곳하지 않으며, 심지어 서로가 서로를 죽음으로 몰아갈지라도 맹렬히 맞붙어 사납게 싸웁니다. 그 이유는 단지 형편없는 액수일지라도 서로 적대적인 군주들에게 이들 각각이 고용되어 있기 때문입니다. 이들은 아무리 작은 차이일망정 조금이라도 더 준다면 내일이라도 당장 반대편으로 달려갈 만큼 사례금 액수에 민감합니다. 이처럼 욕심을 부려보지만 실제로는 그것으로 돈을 많이 벌지는 못합니다. 이들은 또한 피 흘려 벌어들인 것을 흥청망청 소비해서 흘려버립니다.

이들은 유토피아 사람들에게서 그 어디서도 받을 수 없는 고액의 사례금을 받을 수 있기 때문에 기꺼이 유토피아 사람들을 위해 어떤 사람들이든지 맞아 대신 싸웁니다. 유토피아 사람들은 좋은 일에 최선의 적임자를 기용하는 것처럼, 고약한 일에 활용할 고약한 성질의 적임자들을 찾아둡니다. 필요한 경우에는 그렇게 자폴레테스 사람들을, 아무리 큰 위험도 감당할 만큼 고액을 제시하고 고용합니다. 물론 이들 가운데 상당수는 살아 돌아오지 못하여 사례금을 챙기지 못합니다만, 살아 돌아오기만 하면 유토피아 사람들은 신용을 지켜 약속한 사례금을 지불합니다. 이로써 유사한 일이 발생할 경우에 이들은 쉽사리 다시금 일을 맡습니다. 유토피아 사람들은 자폴레테스 사람들이 얼마나 많이 전쟁터에서 죽게 될지 고려하지는 않으며, 오히려 인류를 위해 굉장한 공헌을 하는 것이라 생각합니다. 이로써 야만적이고 무도한 민족을 지구상에서 덜어낼 수 있을 것이라고 판단하기 때문입니다.[61]

유토피아 사람들은 자폴레테스 사람들에 이어 지원 병력으로 현재 그들이 도움을 주는 우방국의 병력을 활용합니다. 세 번째로는 나머지 우방국들의 기병 부대를 지원병으로 차출합니다. 맨 마지막으로 자국민들을 투입하는데 자국민들 가운데 탁월한 용맹을 검증받은 사람을 연합군의 전체 군사력을 지휘할 사령관으로 지명합니다. 사령관을 대신할 사람들 두 명을 뽑아두는데, 사령관의 유고 사태가 발생하지 않는 한, 계급을 부여받지 않습니다. 하지만 사령관이 죽거나 포로가 되었을 때, 두 사람 가운데 하나가 직위를 물려받습니다. 두 번째 사령관마저 자리를 지키지 못할 경우 세 번째 사람이 역할을 이어받습니다. 전쟁의 성패는 실로 변화무쌍

---

61 이른바 '민족 청소'라고 할 수 있는 이런 생각은 사실 유토피아 사람들이 앞서 천명한, 인명 손실을 줄이려는 전쟁 전략과는 상충되는 것으로 보인다.

하므로 사령관의 부재가 군대 전체를 위험으로 몰아가는 일이 없도록 이런 방법을 도입하고 있습니다.

유토피아 각 도시국가에서 지원자들을 모아 군대를 구성하는데 누구도 자신의 뜻에 반하여 해외에 나가 싸우도록 강요받지 않습니다. 만약 태생적으로 심약한 사람이 전쟁에 동원될 경우, 전쟁에서 똑똑하게 일을 처리하기보다는 오히려 전우들의 사기를 저하시키기 십상입니다. 물론 유토피아 영토가 적의 침입을 받는 경우에는 신체적으로 불가능한 상태가 아니라면 심약한 사람도 참전시키는데, 그는 대개 용맹한 사람들과 함께 전함에 배치되거나 여기저기 방어진지에 배치됩니다. 즉 도망칠 여지가 없는 곳에 배치되는 셈입니다. 이렇게 동포들에게 부끄러워할 여지가 없고 눈앞의 적들에게서 도망칠 가능성이 차단된 상태라서 심약한 사람도 스스로 두려움을 극복하고 극한의 상황에서 어쩔 수 없이 용기를 보이게 됩니다.

누구도 자신의 의지에 반하여 해외 파병을 강요받지 않듯이 여성들도 스스로 원하기만 하면 참전하는 남편과 동행할 수 있습니다. 이런 일이 금지되지 않을뿐더러 오히려 적극적으로 권장되고 칭송받습니다. 여성은 자신의 남편을 따라 파병되어, 전선에서 어깨를 나란히 합니다. 더군다나 그들은 참전 병사의 자식들이나 혈연이나 결혼으로 맺어진 친척들을 병사와 나란히 배치합니다. 본성적으로 서로를 돕고 돌볼 가장 큰 이유를 가진 사람들끼리 나란히 배치함으로써 서로에 대한 협력을 극대화시킬 수 있기 때문입니다.[62] 배우자를 잃고 살아 돌아온다거나, 자식들이 부모를 잃고 집에 돌아오는 것은 매우 큰 수치로 여깁니다. 결과적으로 적의 공격을 받아 병사들 손에 상황이 좌우될 때 모두 죽어 넘어지지 않는 한, 병사들은 아무리 길고 험난한 전투라도 물러나지 않게 됩니다.

유토피아 사람들은 온갖 수단을 동원하여 자국민들이 직접 전투에 참여하는 일을 막으려 애쓰며, 이를 위해 대신 싸워줄 용병을 고용하기도 합니다. 그러나 그들이 직접 전투에 참여하지 않을 수 없을 때, 그들은 전쟁을 방지하기 위해 현명하게 가능한 한 모든 수단을 동원했듯이 용감하게 적을 맞아 싸웁니다. 처음에는 그다지 과감한 모습을 보여주지는 못하지만, 전쟁이 진행되고 시간이 흐름에 따라 점차 강인한 면모를 갖추게 되며 마침내 항복하느니 차라리 죽음을 택하겠다는 결연한 의지를 보여줍니다. 그 순간 그들은 집에 남겨진 가족들의 부양 문제를 걱정하지 않으며, 식구들이 앞으로 걱정 없이 살아갈 것을 의심하지 않습니다. 사실 이런 일들을 걱정하면 용감한 사람도 낙담하기 마련인데, 가족의 안녕이 보장된다면 그들은 누구도 꺾을 수 없는 불굴의 용기를 보여줍니다. 한편 그들의 전투 수행 능력은 참으로 탁월합니다. 어릴 때부터 건전한 행동 수칙 아래 양육돼왔기에 계속되는 교육과 건강한 사회제

---

62 플라톤의 《국가》 5권 466e 이하를 보라.

도에 의해 그들의 몸가짐은 더욱 굳건하게 자리를 잡으며 그들은 마침내 강한 용기를 갖추게 됩니다. 하여 그들은 자신의 삶을 소중하게 여기며 함부로 낭비하지 않지만, 반대로 의무를 방기하고 수치스러운 일을 택할 만큼 볼썽사납게 삶에 집착하지도 않습니다.

적장을 우선적으로 맹렬히 공격하여, 전쟁을 조기에 결판낸다.

전쟁이 본격적으로 전개되면, 유토피아 사람들은 용감한 병사들을 차출하여 맹세로써 결의를 다지게 한 후에 적장을 추격하도록 합니다. 이 병사들은 적장을 공공연하게 추격하거나 혹은 비밀리에 함정에 몰아넣으며, 멀리 쏘아서 적장을 맞추거나 혹은 가까이 접근하여 사살하고자 합니다. 적장 공격은 계속해서 지속적으로 이어지는데, 지친 병사들은 새로운 병사들로 교대됩니다. 적장은 도망치지 않는 한 결국 사살되거나 체포됩니다.

유토피아 사람들이 전세를 유리하게 끌고 가는 한, 대량의 인명 살상은 발생하지 않습니다. 그들은 적병을 죽이지 않고 포로로 잡아두는 쪽을 우선적으로 택하기 때문입니다. 그들은 깃발 아래 전열을 갖추고 정렬하여 싸우되, 도망치는 적을 추격하려고 전열을 흩뜨리는 일이 없습니다. 하여 적들의 전열이 모두 깨어지고 최후 전열마저 무너져 마침내 도망칠 때에, 그들은 자기네 전열을 흩뜨리지 않으며 적들이 도망치도록 놓아둡니다. 과거에 자신들이 겪은 일에서 이런 것을 배웠기 때문입니다. 지난날 그들의 군대가 패퇴하고 사기가 땅에 떨어져 적들이 승리를 구가하며 이리저리 흩어져 자신들을 추적할 때, 소수의 유토피아 군인들이 매복하여 기회를 노리고 있다가, 전열에서 이탈하여 흩어진 채로 마음을 놓고 있던 적들을 공격한 경험이 있습니다. 이로써 전세가 역전되어 적들의 수중에 떨어졌던 승리를 빼앗아왔으며, 패배자가 승리자를 무찌르는 일이 발생했던 것입니다.

유토피아 사람들이 적들보다 매복을 더 능숙하게 하는지 적들의 매복을 피하는 데 더 능숙한지 말하기는 어렵습니다. 퇴각할 수밖에 없겠다는 생각이 들면 그들은 퇴각을 준비합니다. 그리고 실제로 퇴각이 이루어질 때 사람들은 이를 전혀 눈치채지 못합니다. 수적으로나 지형적으로나 열세에 몰렸다고 생각하면 그들은 야음을 틈타 조용하게 혹은 여타 전술을 동원하여 적을 빠져나가 진지를 이동시킵니다. 혹은 낮에 퇴각할 경우, 버티고 서 있는 그들 못지않게 퇴각하는 그들을 공격하는 것 또한 매우 위험하다고 적들이 생각할 정도로 전열을 가다듬어 이를 유지한 채 후퇴 작전을 펼칩니다. 그들은 부지런히 진지를 구축합니다. 진지 주변을 둘러 넓고 깊은 참호를 조성하며, 파낸 흙은 안쪽에 쌓고 다져 옹벽을 만듭니다. 진지 방어선을 구축하는 데는 노예들의 손을 빌리지 않으며, 병사들이 직접 이를 수행합니다. 부대의 전 장병이 참호 작업에 동원되는데, 소수의 병사를 참호 바깥쪽에 두면서 갑작스러운 적의 공격에 대비해 보초를 서도록 합니다. 수많은 인력이 동시에 동원됨으로써 신속하게 진지 구축 작업이 마무리

되어 넓은 지역을 아우르는 강력한 진지가 생겨납니다.

무기의 종류 유토피아 사람들이 착용하는 갑옷은 적의 타격을 훌륭하게 막아낼 수 있을 만큼 강력하지만, 그렇다고 해서 몸의 자연스러운 움직임을 방해하지는 않을 만큼 편리하게 만들어졌습니다. 즉 갑옷을 입고 수영을 할 수 있을 정도입니다. 그들은 갑옷을 입은 채로 수영하는 훈련을 받습니다. 원거리의 적을 공격할 때는 활을 사용하는데 활은 놀라운 파괴력과 정확성을 보여줍니다. 그들은 말에 앉아 활을 쏘기도 하고, 땅에 서서 활을 쏘기도 합니다. 그들은 백병전이 벌어지면 대검보다는 전투용 도끼를 사용하는데, 이것은 날이 날카롭고 상당히 묵중해서 치명적인 무기로 손색이 없으며 내려치거나 던져서 맞추는 데 사용됩니다. 그들은 전쟁용 기계를 만드는 일에 매우 재주가 탁월하지만, 이런 재주를 깊게 감추고 있을 뿐 드러내지 않습니다. 이런 재주가 실제로 유용하게 쓰일 상황이 아닌 경우에 발휘된다면 이는 유용하기보다는 오히려 우스운 일이기 때문입니다. 전쟁용 기계를 만들 경우, 가지고 다니기 편리하며 다루기 용이한가를 우선적으로 고려합니다.

휴전협정에 관하여 유토피아 사람들은 적과 맺은 휴전협정을 철저하게 이행하며, 상대방이 도발해도 협정을 파기하지 않습니다. 그들은 적의 영토를 침공하지도 않고 적의 영토에서 자라는 곡식을 훼손하지도 않습니다. 그들은 보병들 혹은 기병들이 되도록이면 밭작물을 밟지 못하도록 하는데, 이는 자신들이 작물을 활용할 수 있으리라 생각

230

하기 때문입니다. 첩자라고 판단되지 않는 한, 무장하지 않은 민간인에게 상해를 입히지 않습니다. 항복한 도시는 건드리지 않으며, 약탈하거나 재물을 빼앗지도 않습니다. 다만 투항을 거부하며 이를 방해한 사람들을 사형에 처하며, 단순히 방어만 한 사람들은 노예로 만들어버립니다. 아무런 위해를 가하지 않은 민간인들은 다치지 않습니다. 한편 투항하길 권유하고 후원한 사람들에게는 몰수한 재산 가운데 상당 부분을 불하합니다. 불하하고 남은 몰수 재산이 있으면, 여타 조력자들에게 나누어 줍니다. 그들은 전리품을 전혀 챙기지 않습니다.

전쟁이 마무리되면, 유토피아 사람들은 전쟁 배상금을 징수합니다. 그들은 연합하여 전쟁을 수행한 우방국이 아니라 점령국가에서 전쟁 배상금을 거두어들입니다. 그들은 배상금 명목으로 돈을 받아 이를 차후의 전쟁 자금으로 보관하거나, 혹은 토지를 몰수하는데, 매년 여기서 발생하는 소출을 계속해서 거두어들입니다. 그들은 이런 종류의 재원을 여러 나라에 가지고 있으며 이는 다양한 이유로 조금씩 불어난 것들입니다. 하여 그들은 매년 70만 두카투스[63]를 거두어들이고 있습니다. 이런 해외 재산을 관리할 목적으로 자국민을 파견하여 해외 재산을 모아 본국으로 보내는 일을 감독하도록 합니다. 파견된 감독관은 현지에서 화려하게 생활하

오늘날 우리네 승전국들은 대부분의 비용을 부담한다.

---

63 여러 유럽 지역에서 사용된 순금 화폐.

며 굉장한 인물로 보일 만큼 호화스럽게 살아갑니다. 그럼에도 막대한 양의 잉여수익이 발생하며, 감독관은 이를 본국의 국고로 보내거나 현지인들에게 빌려주기도 합니다. 자금이 필요하지 않은 한 대부분 후자의 방법을 사용하는데, 그렇다고 부채를 한꺼번에 상환하도록 하는 일은 좀처럼 발생하지 않습니다. 앞서 제가 말씀드렸듯이 그들은 자국민들에게 투항하라고 설득하며 위험을 감수했던 사람들에게 이를 나누어 줍니다.

어느 나라 왕이 군사를 일으켜 유토피아 사람들의 땅을 침입해올 경우, 그들은 그들 영토의 밖에서 적을 맞아 싸울 수 있도록 즉시 강력한 군대를 파견합니다. 그들은 자국 영토 내에서 전쟁을 수행하는 것을 꺼리며, 우방국의 후원 병력일지라도 자국 영토 내에 받아들이지 않습니다.

유토피아 사람들의 종교에 관하여

유토피아 섬 전체에 다양한 종교가 존재하는 것은 물론이려니와, 각 도시국가에서도 다양한 형태의 종교가 존재합니다. 어떤 이들은 태양을 숭배하며, 어떤 이들은 달을, 어떤 이들은 하늘에 떠도는 별들 가운데 하나를 마치 신처럼 모십니다. 또 어떤 이들은 과거 훌륭한 덕 혹은 명예로 빛났던 인물을 신으로 모실 뿐만 아니라, 심지어는 최고신으로 모십니다. 하지만 다른 이들보다 현명한 대다수 사람들은, 앞서 언급한 것들을 믿지 않으며, 오로지 유일신을 믿습니다. 이는 불가지의 영원하며 무한한 존재이고, 설명 불가능하며 인간 지성을 넘어서는 존재이고, 삼라 우주의 도처에 흩어져 있되 물질적인 것이 아닌 존재입니다. 그들은 이를 '아버지'라고 부르는데, 세상 만물의 발생, 성장, 발전, 변화, 소멸 등 모두를 이에 귀속시킵니다. 그들은 이외의 다른 존재를 신적인 존재로 보지 않습니다.

이와 같이 교파별로 신앙 형태는 다종다양하지만, 그럼에도 이들을 모두 아우르는 통일된 생각이 있으니, 그것은 우주의 창조자이며 통치자는 오로지 한 분이라는 생각입니다. 유토피아 사람들의 언어로 이 최고 존재를 '미트라'[64]라고 부릅니다. 다만 교파별로 미트라를 다종다양한 방식으로 정의하는 데서 차이점이 발생할 뿐이며, 최고 존재로 여겨지는 것은 그것이 무엇이든지 간에 동일하게 유일무이한 만물의 주재자라는 신성이 부여되어야 한다는 데는 누구도 이론의 여지가 없습니다. 점차 그들은 다종다양한 신앙 형태를 지양하고 나머지 신앙 형태보다 우월하다고 판단되는 신앙 형태로 통일되어가는 추세를 보입니다. 개종을 할 경우, 신앙을 바꾼 사람에게 불행이 닥치는 것이 우연의 일치가 아니라 개종으로 인해 버림받은 신의 노여움 때문이라고 해석하는 경향이 없었다면 진작 나머지 종교들은 쇠

---

64 고대 페르시아 사람들은 미트라 혹은 미트라스를 최고신으로 숭배했다고 한다. 앞서 유토피아 사람들의 언어가 페르시아어와 유사하다는 언급이 있었다.

퇴했을 것이 틀림없습니다.

유토피아 사람들은 저희를 통해 '그리스도'라는 이름을 들었으며, 그리스도의 생애와 그 가르침, 그가 행한 기적을 배웠습니다. 또한 그에 못지않은 순교의 기적이 끊임없이 이어지고, 순교자들이 떳떳이 피 흘린 덕분에 멀리서나 가까이서나 수많은 사람들이 그리스도교에 입문하게 되었다는 것을 알게 되었습니다. 이런 것들을 들었을 때, 주의 비밀스러운 감화에 의해서인지 혹은 그리스도교가 그들 사이에 널리 퍼진 신앙 형태와 닮았기 때문인지는 알 수는 없지만, 그들이 얼마나 커다란 감격을 보여주었는지를 여러분들은 상상하실 수 없을 것입니다. 아마도 그들은 예수 그리스도께서, 지금도 참된 그리스도의 제자들 가운데 널리 퍼져 있는 공동체 생활[65]을 영위하는 신자들을 좋게 여기셨다는 데 크게 공감했던 것이 아닌가 하고 생각할 뿐입니다. 이유가 어찌 되었든지 간에 그들 가운데 적지 않은 사람들이 우리 그리스도교에 입문했으며, 마침내 세례를 받기에 이르렀습니다.

수도원

---

[65] 〈사도행전〉 2장 44절 이하, "신자들은 모두 함께 지내며 모든 것을 공동으로 소유했다. 그리고 재산과 재물을 팔아 모든 사람에게 저마다 필요한 대로 나누어 주곤 했다." 4장 32절 이하, "신자들의 공동체는 한마음 한뜻이 되어, 아무도 자기 소유를 자기 것이라 하지 않고 모든 것을 공동으로 소유했다. 사도들은 큰 능력으로 주 예수님의 부활을 증언했고, 모두 큰 은총을 누렸다. 그들 가운데에는 궁핍한 사람이 하나도 없었다. 땅이나 집을 소유한 사람은 그것을 팔아서 받은 돈을 가져다가 사도들의 발 앞에 놓고, 저마다 필요한 만큼 나누어 받곤 했다."

당시 저희 가운데 이미 두 명이 죽었으며, 남아 있던 네 명 가운데에는 사제가 없었습니다. 저로서는 매우 유감스러운 일이었는데 그리스도교로 개종한 유토피아 사람들은 우리 종교에서 정한 사제 없이 행해질 수 없는 나머지 성사들은 받지 못했습니다.[66] 그들은 나머지 성사들에 대하여 그것이 어떤 것들인지를 알고 있으며 그 무엇보다도 그것들을 열망했습니다. 사실 그들은, 그리스도 사제가 파견되지 않는 가운데 자신들 가운데 한 명을 뽑아 사제 역할을 맡도록 하는 것은 어떤가라는 문제를 놓고 열렬히 토론했습니다. 하여 그들은 이제 막 사제를 선출할 듯 보였습니다만, 이내 제가 떠나와서 어찌 되었는지는 알 수 없습니다.

그리스도교를 받아들이지 않은 유토피아 사람들도 그리스도교를 다른 사람들이 받아들이지 못하도록 말리지는 않으며, 그리스도교로 개종하는 것을 비판하지도 않습니다. 제가 유토피아에 있을 동안 단 한 명의 사람이 제재를 받은 일 말고는 이렇다 할 갈등이 발생하지 않았습니다. 제재를 받은 그 사람으로 말씀드리자면, 그는 세례를 받자마자 지나치다 싶을 정도의 열성으로 그리스도교를 대중에게 전도하고자 했습니다. 저

---

66 《가톨릭대사전》에 따르면 그리스도가 제정한 일곱 가지 성사 (sacramentum)가 있는데 세례성사, 견진성사, 성체성사, 고백성사, 병자성사, 신품성사, 결혼성사가 그것이다. 일곱 가지 성사 가운데 사제 없이도 행해질 수 있는 성사는 세례성사와 혼인성사이며, 나머지 다섯 가지 성사는 그 집행권이 오로지 사제에게 있다.

회가 그러지 말라고 일렀음에도 마침내 그의 열정이 정도를 넘기 시작하여 우리 종교를 나머지 종파들에 앞세울 뿐만 아니라 심지어 나머지 종파들이 잘못되었다 비판하기에 이르렀습니다. 이어 세례를 받지 않는 자들은 불경한 자들이며 신성모독죄를 범한 사람들이며, 이들은 영원히 불타는 지옥 불에서 벌을 받게 될 것이라고 소리 높여 외쳤습니다. 그가 오랫동안 이렇게 설교하자, 마침내 그들은 그를 체포했습니다. 물론 다른 사람들의 종교를 폄하했다는 죄목이 아니라, 공공장소에서 소란을 일으켰다는 죄목이었습니다. 하여 그들은 그에게 유죄를 선고하고 추방시켜버렸습니다. 누구도 종교적인 이유에서 핍박받지 않는다는 것이 유토피아에서 가장 오래된 원칙 가운데 하나입니다.

칭송을 통해 종교를 갖도록 해야 한다.

유토푸스가 처음 이 땅에 도착했을 때, 그는 섬의 주민들이 종교적인 문제를 놓고 그들 간에 서로 극심한 갈등을 겪고 있다는 것을 들었습니다. 하여 그는 종교 문제에 깊은 관심을 기울였고, 전반적으로 서로 다른 종교를 믿는 사람들끼리 자신의 종교를 지키려고 자신의 종교를 비난하는 사람들에게 보복 행위를 하는 일이 잦아 갈등이 유발된다는 것을 알게 되었습니다. 마침내 그가 유토피아를 다스리게 되었을 때, 그는 우선적으로 각자가 나름대로 자신의 종교를 따를 권리를 천명했으며, 더불어 다른 사람들을 자신의 종교로 끌어들이기 위해 열심히 전도할 권리 또한 천명했습니다. 다만 자신의 종교를 전도함에 있어 평화롭고 온건한 방식을 택하고 여타 종교를 비방하지 말아야 하며, 전도에 실패할지라도 폭력을 행사하거나 상대방을 비난하는 언사를 사용해서는 안 된다고 못 박았습니다. 만약 종교 문제에서 소요를 야기하는 자는 추방형이나 노역형을 받도록 했습니다.

유토푸스가 이런 원칙을 천명했던 것은, 지나친 갈등과 풀리지 않는 증오로 인해 사회적 안녕이 심각하게 훼손될 것을 염려한 것 이상으로 이러한 원칙을 세움으로써 종교 활동 자체에도 커다란 이익이 있으리란 걸 알았기 때문입니다. 종교 문제에 있어 그는 성급하게 이렇다 저렇다 단정 짓지 않았는데, 이는 그가 신께서 실로 다종다양하고 각양각색의 종파가 있기를 원하시고, 이로써 각 종파들이 서로 다른 방식으로 예배하기를 좋아하시지 않을까 생각했기 때문입니다. 한편으로는 자신이 참이라고 믿는 것을 다른 모든 사람들도 참으로 믿으라고 강요하고 위협하는 것은 참으로 오만하고 어리석은 일이라고 믿었기 때문입니다. 그는 만약 하나의 종교가 참된 것이고 나머지 종교가 거짓된 것이라면, 합리적이고 온화한 방식으로 사태가 흘러갈 때 머지않아 결국 참된 것이 자연스럽게 힘을 얻고 빛을 발휘할 것이라고 믿었습니다. 그러나 만약 사태를 전쟁과 소요로써 해결하려 한다면, 흔히 어질지 못한 사람들이 매우 완고한 경우가 많으므로, 훌륭하고 신성하기 이를 데 없는 종교는 사라지고 요망하고 헛된 종교가 번성하게 되어 마치 밭에 곡물은 시들고 잡초만이 번성하는 꼴이 될 것을 염려했습니다. 하여 그는 종교를 자유롭게 개방하여 모두가 자신이 믿을 종교를 자유롭게 선택하도록 했습니다. 하지만 인간 존엄성에 거스르는 바, 인간 영혼이 육신의 소멸과 함께 사라진다는 믿음 혹은 우주가 신적인 섭리가 아니라 단지 맹목적 우연으로 지배된다는 믿음만은 유일하게 법적으로 엄격하게 통제했습니다.

유토피아 사람들은 살아가면서 지은 죄는 사후에 심판받으며, 쌓은 덕은 상을 받는다고 믿습니다. 그들은 이런 믿음을 부정하는 자를 인간 축에 든다고 생각하지 않는데, 왜냐하면 이런 자는 인간 영혼의 존엄함을 하잘것없는 짐승 수준으로 떨어뜨리는 사람이기 때문입니다. 그들은 이런 자를 시민으로 간주하지 않는데, 겁을 주어 막지 않는 한 이들은 결국 국가의 법률과 관습을 어지럽게 만들 것이라 생각합니다. 법률 이외에 무엇도 두려워하지 않고, 육신을 벗어난 영혼의 처벌을 믿지 않는 사람은 결국 자신의 사사로운 욕심을 채우기 위해 기술적으로 교묘하게 법망을 빠져나가거나 폭력적으로 법질서를 파괴할 것임은 누구에게나 명백합니다. 따라서 이런 의견을 가진 자는 사회적으로 존경받지 못하며 어떤 관직에도 오를 수 없으며, 공적인 책임 또한 부여하지 않습니다. 하여 이런 자는 사회적으로 빈둥대고 놀고먹는 못난 사람으로 대우받습니다. 하지만 그들은 이런 자를 처벌하지는 않습니다. 이는 누가 무엇을 믿을 것인지에 관한 문제는 개인의 문제일 뿐,

그들이 좌지우지할 수 없는 것이라고 믿기 때문입니다. 이렇게 그들은 누구에게도 생각을 속이도록 강제하지 않는 한편, 이런 문제에 관한 자신의 생각을 속이고 남을 기만할 경우, 이를 좌시하지도 않습니다. 그들은 이런 기만을 사기와 같은 것이라고 생각합니다. 따라서 이런 자도 자신의 의견이 옳다고 입증하기 위해 논증을 펴는 것을 강제적으로 금하지 않는데, 일반 대중 가운데에서 그렇게 하는 것은 금지되어 있지만, 개인적으로 사제와 명사들이 같이 있는 자리에서 이렇게 논증하는 것은 허락될 뿐만 아니라 오히려 권장된다고 하겠습니다. 왜냐하면 그들은 결국 이런 자도 어리석은 광기를 버리고 언젠가 합리적인 생각을 갖게 되리라 굳게 믿기 때문입니다.

다른 방식으로 생각을 달리하는 사람들도 있습니다. 이들은 동물은 탁월함에 있어 인간에게 미치지 못하며, 행복에 있어 이에 이를 운명은 아니지만 그럼에도 인간과 마찬가지로 불멸의 영혼을 가지고 있다고 믿는 자들입니다. 사실 이런 생각을 가진 사람들의 수는 적지 않습니다. 이런 견해가 금지된 것도 아니며, 이런 견해가 그다지 비합리적이고 사악하다고 말할 수 없는 탓입니다.

대부분의 유토피아 사람들은 사후에 실로 측량 불가능한 행복을 얻을 것임을 절대적으로 확신합니다. 하여 그들은 개개인의 질병에 대해서 안타까운 마음을 가지면서도 죽음에 대해서는 그다지 슬퍼하지 않습니다. 물론 어떤 사람이 고통스러워하며 근심스럽게 생을 마감

동물의 영혼에 관한 낯선 견해

했을 때는 이를 애도하지만 말입니다. 이렇게 생을 마감하는 것은 참으로 슬퍼할 일인데, 영혼이 스스로의 죄를 인지하고 절망했으며 사후에 닥쳐올 처벌로 인하여 죽음을 두려워한 증거이기 때문입니다. 덧붙여 그들은 신께서도 부름을 받았을 때 기꺼이 떠나오지 못하고 지체하다가 어쩔 수 없이 끌려오는 사람을 반가워할 리 없다고 믿습니다. 이렇게 죽음을 맞는 사람은 임종하는 사람들에게 두려움을 안겨주어 이들은 시신을 장지로 옮기는 가운데 무거운 침묵을 지킵니다. 이들은 신께 죽은 자의 영혼에 자비를 베푸사 그의 약함을 용서하시라 기도한 후에 시신을 흙으로 덮습니다. 반대로 죽음에 임하여 축복된 마음을 갖고 희망에 가득 찬 모습으로 떠나는 사람들을 위해 그들은 슬퍼하지 않으며, 기꺼운 마음으로 시신을 옮기고 찬송하며 망자의 영혼을 신께 맡깁니다. 이때 그들은 슬픔의 마음보다는 존경의 마음으로 망자를 화장하고, 그 장소에 기둥을 세워 떠난 이의 이름을 새겨놓습니다. 그들이 장례를 마치고 집으로 돌아오면 그들은 망자의 업적과 됨됨이를 서로 이야기하는데, 이로써 그 어느 때보다 기쁘고도 열렬히 망자의 행복한 죽음을 이야기합니다.

유토피아 사람들은 고인의 훌륭한 생애를 서로 이야기하는 것이 남아 있는 사람들에게는 위대한 삶을 향한 길잡이가 되며, 고인에게는 그의 명예를 가장 알맞게 기리는 것이 되리라 생각합니다. 그들은 고인이 남아 있는 사람들 가운데 실제 함께 자리하며, 다만 인간의 눈이 어두워 고인을 눈으로 볼 수 없을 뿐, 무슨 이야기를 주고받는지를 듣고 있다고 믿습니다. 사실 사후에 행복한 삶을 얻었다고 할 때, 원하는 곳을 방문할 자유를 빼앗는다는 것은 이에 부합하지 않으며, 더군다나 살아생전 서로 사랑을 나누고 우애를 다지던 사람들을 죽어서도 보고 싶은 열망을 억지로 금하는 것은 이에 합당하지 않기 때문입니다. 다른 것들도 그러하듯이 선한 사람들은 죽어서 더욱 우애가 깊어지며 줄어들지 않습니다. 하여 고인도 사후에 자주 남아 있는 사람들을 방문하여 무슨 말을 하고 어떤 행동을 보여주는지를 보고 간다고 그들은 믿습니다. 그러므로 남아 있는 사람들은 이런 감시자들에 대한 신의를 지키기 위해 더욱 바르게 생업에 정진하게 됩니다. 선조들이 함께한다는 믿음으로 인해 남아 있는 사람들은 은밀한 악행을 삼갑니다.

사람들은 새점이나 여타 허황되고 잡스러운 점복술 등을 매우 진지하게 받아들이지만 유토피아 사람들은 이에 값어치를 두지 않으며 이를 하찮은 우스개로 여깁니다. 하지만 자연 법칙을 넘어서는 기적에 관해서는 이를 추앙하여 어떤 신적인 계시의 직접적 현현이라고 믿습니다. 그들은 유토피아에서 자주 기적이 발생했다고 말하고 있습니다. 때로 국가적 위기 상황에 처하면 그들은 기적이 발생하길 범국가적으로 염원하며, 그러면 기적이 반드시 일어날 것이라고 굳건히 믿습니다.

유토피아 사람들은 자연에 관한 묵상과 자연에 대한

경외도 신께서 허용하신 수행 방식이라고 생각합니다.
이런 종교적 이유에서 학문적인 탐구와 인식의 길을 택
하지 않는 사람들이 적잖이 있습니다. 그렇다고 이들이

빈둥대고 게으름을 피우는 것은 아닙니다. 오히려 이들
은 사후에 행복을 얻으려면 열심히 일하고 타인을 위해
한없이 선행을 베풀어야 한다고 믿습니다. 이들 가운데
일부는 병자를 돌보고, 일부는 길을 보수하고, 도랑을
치우거나 다리를 손보고, 풀을 베고 모래와 자갈을 채
취하고, 나무를 베고 자르고, 쌍두마차로 목재며 곡물,
그 밖의 작물 등을 도시로 실어 나릅니다. 이들은 국가
를 위해서뿐만 아니라 각 개인을 위해서도 일을 하며,
실로 노예보다 더 힘든 일을 자처합니다. 대부분의 사
람들이 그 고됨과 불쾌감과 절망감 때문에 거부하기 일
쑤인 더럽고 지저분한 일도 이들은 아무리 힘들어도 즐
겁고 선한 마음으로 기꺼이 맡습니다. 끊임없이 힘든
일을 스스로 맡음으로써 이들은 다른 사람들을 여유롭
게 해주지만 그렇다고 이에 대한 보상을 요구하지는 않
습니다. 이들은 다른 사람들이 살아가는 방식을 비난하
지도 않으며 자신들이 살아가는 방식을 떠벌려 자랑하
지도 않습니다. 하지만 이들이 노예의 일에 자신을 바
치면 바칠수록 모든 사람들은 더더욱 이들을 존경하게
됩니다.

　이런 부류의 사람들은 둘로 나뉩니다. 첫 번째 부류
는 독신 생활자들로서, 이들은 성생활을 지양하는 것은
물론 육식을 하지 않는데, 이들 가운데 일부는 동물성

식품 일체를 섭취하지 않습니다. 이들은 이런 종류의 세속적인 쾌락이 해롭다고 멀리하며, 다만 앞으로 올 사후의 삶에서 얻을 행복을 염원합니다. 이를 위해 이들은 철야 수행과 노역 수행을 감당합니다. 이들은 곧 소망을 이루리라는 희망으로 살아가는 나날을 즐겁고 활기차게 보냅니다. 두 번째 부류는 첫 번째 부류와 마찬가지로 노역 수행을 감당하지만, 그들과 다른 점은 결혼 생활을 선택한다는 점입니다. 이들은 결혼 생활이 주는 위안을 거부하지 않는데, 노동으로 자연에 봉사하며, 자손을 낳아 조국에 봉사해야 한다고 생각합니다. 이들은 노역 수행에 방해가 되지 않는 한 쾌락을 회피하지는 않습니다. 이들은 육식을 하는데, 육식이 힘든 노역을 하는 데 감당할 만한 체력을 만들어준다고 믿기 때문입니다. 유토피아 사람들은 두 번째 부류의 사람들을 좀 더 합리적인 사람들이라고 생각하고 첫 번째 부류의 사람들을 좀 더 경건한 사람들이라고 생각합니다. 만약 이성적 판단을 근거로 결혼 대신 독신 생활을 선택하고, 편한 노동보다 힘든 노동을 택한다면 이런 사람을 조롱하겠지만 이들은 종교적 이유에서 이런 삶을 택한 것이므로 유토피아 사람들은 이들을 매우 존경하고 경외심을 가지고 대합니다. 유토피아 사람들은 종교 문제는 다른 어느 문제보다 늘 신중하게 판단합니다. 아울러 유토피아 사람들은 두 부류의 사람들을 자신의 언어로 '부트레스카스'라고 부르는데, 이를 우리말로 번역하면, '경건한 사람들'이라고 할 수 있습니다.

유토피아의 사제는 대단히 경건한 사람이며, 따라서 아주 소수입니다. 각 도시국가별로 열세 명 이하의 사제가 있으며, 각 사제는 교회당 하나를 책임집니다. 전쟁이 발발하면 이들 가운데 사제 일곱 명이 종군하며 대리인이 일곱 명 지명되어 임시로 그 자리를 대신합니다. 본래의 사제가 귀환하면 대리인들은 본래 자리로 돌아갑니다. 영면한 사제가 있어서 합당한 절차에 따라 자리를 물려받을 사제로 임명될 때까지, 담임 교회를 갖지 못한 사제들은 최고 사제 옆에서 그를 모십니다. 사제들 가운데 한 사람은 다른 사제들보다 높은 권위를 부여받습니다. 다른 공직과 마찬가지로 사제 또한 경쟁 선거를 거치지 않고 시민들의 비밀투표로 선출됩니다.[67] 그들은 선출된 후에 사제 학교에서 훈련을 받습니다.

사제들은 신들에게 바치는 예배를 주관하며, 여러 종교 행사를 집전합니다. 또한 마치 로마의 감찰관처럼 시민들의 품행을 감독합니다. 유토피아 사람들은, 평상시 바르지 못한 생활을 한다는 이유로 소환되어 사제들 앞에 서는 것을 매우 큰 수치라고 생각합니다. 관리와 공무원의 역할이 죄인을 처벌하고 교정하는 것이라면 사제들의 의무는 죄지은 자의 말을 듣고 그에게 조언을 하는 것이지만, 사제들도 극악무도한 자는 예배에 참석하지 못하도록 파문할 수 있습니다. 이보다 무서운 처

---

67 앞서 언급한 바와 같이 사제는 학자들 가운데서 선출된다. 물론 학자로 봉직할 사람은 다시 사제들이 지명하고 촌장 쉬포그란투스가 선출한다.

벌은 없는데, 파문당한 사람은 심각한 불명예를 입는
한편, 사후에 대한 두려움으로 남몰래 고통받기 때문입
니다. 결국엔 그의 육신도 안녕을 보장받을 수 없는데,
지은 죄를 뉘우친다는 확신을 조속히 사제에게 심어주
지 못한다면, 급기야 원로원이 구속하여 불경에 대해
처벌할 것이기 때문입니다.

사제들은 어린아이와 청소년들의 교육을 담당합니
다. 도덕성을 함양할 수 있도록 지도하는 것은 다른 정
규교육 못지않게 중요한 일입니다. 사제들은 심혈을 쏟
아 아직 여리고 말을 잘 따르기 마련인 어린 영혼들에
게 바람직한 생각과 사회에 유익한 원리들을 심어줍니
다. 이렇게 어린 나이에 마음속 깊이 자리 잡은 좋은 습
관은 어른이 되어서까지 평생 한 사람을 따라다니는데,
이는 사회를 튼튼히 하는 열쇠라 할 수 있습니다. 실로
국가 몰락의 원인을 거슬러 올라가보면 언제나, 잘못된
습관에서 자라난 악행을 만나게 됩니다.

여성이 사제가 될 수 없다는 규정은 없지만 그럼에도   여성 사제
사제가 되는 것은 매우 드문 일이며, 대부분 나이 많은
미망인 가운데 선출됩니다. 그런 경우를 제외하면 사제
의 아내는 나라에서 가장 고매한 여성들 가운데 선발됩
니다.

유토피아 사람들이 어떤 관직보다 존경하는 직책은
사제직입니다. 사제는 죄를 범하더라도 법정에서 재판
받지 않으며, 오로지 신과 사제 자신의 양심에 따라 처
결하도록 맡길 정도입니다. 유토피아 사람들은 아무리

245

죄를 지은 사람이라고는 해도 진작 신께 바쳐진 사제를, 소위 신성한 봉헌물과 같은 존재를 인간들이 처벌하는 것은 옳지 않다고 생각합니다. 하지만 이런 예외적 관례가 큰 문제를 야기하지 않는 것은, 그들이 사제를 뽑을 때 매우 깊은 주의를 기울이기 때문이며 한편 사제들의 수가 매우 적기 때문입니다. 즉 고결함에 비추어 가려지고 오로지 도덕적 품성에 준하여 존엄한 자리에 오른 사람이 타락하고 악행을 저지르는 일은 좀처럼 일어나지 않습니다. 인간 본성이 얼마든지 변할 수 있는 고로 설령 이런 일이 일어난다 하더라도, 사제의 수는 매우 적고 사제가 가진 권력은 명성에서 얻은 것을 넘어서지 않기 때문에 국가에 해악을 입힐 걱정은 없습니다. 사실 사제의 수를 제한하는 이유는 지금 그와 같이 높은 권위를 부여받는 자리를 늘림으로써 그 가치를 떨어뜨리지 않기 위해서입니다. 그 밖에 일반적인 기준의 도덕적 품성으로는 결코 감당할 수 없는 존엄한 자리에 앉을 사람을 현실적으로 쉽게 찾을 수 없기 때문이기도 합니다.

파문[68]

우리네에게는 얼마나 많은 수의 사제가 있던가.

사제들은 국내뿐 아니라 국외에서도 매우 존경을 받습니다. 저는 그 이유를 다음 사실에서 찾을 수 있으리라 생각합니다. 유토피아의 군대가 전쟁에 참여할 때면 사제들도 함께 종군하며, 전장에서 멀리 떨어지지 않은 곳에서 사제복을 입은 채 무릎 꿇고 기도하는 그들을 발

---

68 244쪽 하단에 위치할 난외주로 잘못된 위치에 놓여 있으나 수정하지 않았다.

견할 수 있습니다. 그들은 손을 하늘로 향한 채 먼저 모든 이들의 평화를 위해 기도하며, 다음으로 아군의 승리를 위해 기도하되, 양편이 큰 희생을 치르지 않기를 기원합니다. 아군이 승리를 거둔 경우, 사제들은 전장 한가운데로 달려가 아군 병사들의 분노를 자제시키고 적병에게 잔혹 행위를 하는 것을 말립니다. 적병들은 사제를 발견하여 부르는 것만으로 충분히 목숨을 보존할 수 있습니다. 그리고 적병들은 사제의 흘러내린 옷자락을 잡는 것만으로 전쟁 배상을 위해 몰수될 지경인 재산을 구할 수도 있습니다. 이러한 관례는 국내외 모든 백성들이 사제를 존경하게 만들었으며 유토피아 사람들에게서 적병을 보호하는 것만큼이나 광분한 적들에게서 유토피아 사람들을 구할 만큼 사제들은 적병들에게도 커다란 위엄을 갖게 되었습니다. 하여 전열이 무너지고 승산이 전혀 없어 아군 병사들은 퇴각하고, 적군의 병사들은 죽일 듯이 사납게 돌진할 때 사제들이 전장 한가운데로 나아가 살육을 멈추고 양편 군대에 공히 휴전이 논의되고 맺어지도록 합니다. 이렇듯 제아무리 사납고 잔혹하고 야만적인 백성일지라도 유토피아의 사제들만큼은 신성불가침이며 거역할 수 없는 존재라고 생각합니다.

사제들은 우리네 사제보다 훨씬 더 경건하다.

　유토피아 사람들은 매월 첫날과 마지막 날에 축제를 벌이며, 매년 첫날과 마지막 날도 마찬가지입니다. 그들은 일 년을 달로 구분하되, 달의 운행 주기에 맞추어 한 달을 정하고, 태양의 움직임에 맞추어 일 년을 정합니다. 첫날을 그들 언어로 '퀸헤메르누스'라고 부르며,

유토피아 사람들이 쇠는 축제일

마지막 날을 '트랍헤메르누스'라고 부르는데,[69] 이는 말하자면 '초하루 축일'과 '그믐 축일'이라고 할 수 있습니다. 유토피아 사람들의 교회는 아름답게 건축되어 있으며, 세심하게 장식되어 있으며, 많은 신자들을 동시에 수용할 수 있을 만큼 매우 규모가 큽니다. 교회당 숫자가 적기 때문에 어쩔 수 없는 조처입니다.[70] 교회당의 실내 장식은 조금 어둡다 싶을 정도인데 이는 건축술에 결함이 있어서가 아니라 주도면밀한 배려에 따른 것입니다. 사제들은 밝은 빛 아래서는 생각이 여기저기 떠돌지만, 어스름한 빛 아래서는 마음을 모아 사색하며 예배에 전념할 수 있다고 생각하기 때문입니다.

교회는 어떻게 생겼나.

유토피아 섬에는 다종다양한 종교가 있지만, 아주 뜻을 달리하는 종파일지라도 한 가지 점에서는 모두 합의를 이루는데 신성한 존재에게 바치는 예배가 그것입니다. 여행자에 비유하면 각자 서로 다른 길을 따라 하나의 목적지에 이르는 것과 같습니다. 따라서 그들은 교회 내에서는 각자의 신조와 불일치하는 어떤 것도 말하거나 듣는 일이 없습니다. 각 종파별로 나름대로 의식을 거행하는 경우라면, 그것은 각자의 집에서 행해집니

---

69 'Cyn-emernus(퀸-헤메르누스)'는 직역하면 '개의 날'이라고 할 수 있는데, 고대 그리스의 풍습에 따르면 '개의 날'은 마무리되는 달과 새로 시작하는 달 사이의 중간, 그러니까 달이 바뀌는 날의 한밤중을 가리킨다. 'Trap-emernus(트랍-헤메르누스)'는 '바뀜의 날'이라고 할 수 있다.

70 앞서 언급한 바와 같이 각 도시국가에는 13개의 교회가 있으며, 각 도시국가마다 약 10만 명의 인구가 거주하고 있다고 할 때, 교회의 규모를 짐작할 수 있다.

다. 공동 예배는 어떤 경우에도 종파적인 제례에 의해 훼손될 수 없습니다. 그런 이유로 교회 내에서는 신상을 봉헌하지 않는데, 각자는 자신의 신조에 따라 자유롭게 자기가 원하는 모습대로 스스로 마음속에 신의 모습을 떠올릴 수 있습니다. 그들은 '미트라'라는 명칭 외의 것은 교회에서 언급하지 않습니다. 신적 본성이 무엇이든, 그들은 그것을 이 한 단어로 언급하는 데 모두 동의하며, 이로써 각 종파들은 다른 종파를 거스르지 않고도 자신의 기도를 소리 내어 말할 수 있습니다.

유토피아 사람들은 '그믐 축일' 저녁에 교회당에 모입니다. 그때까지 식사를 거른 채 그들은 신께 한 달 혹은 한 해가 풍성하게 마무리되었음을 감사합니다. 그 다음 날을 '초하루 축일'이라고 하는데, 그들은 모두 교회에 모여 이제 막 새로이 시작한 새달과 신년의 번영과 행복을 기원합니다. 그들은 '그믐 축일' 낮에 교회로 나아가기 전에 집 안에 모여, 아내는 남편 앞에, 자식은 부모 앞에 엎드려 절하며, 주어진 과업 수행에서의 소홀함을 고백하고 그런 죄에 대해 용서를 비는 일을 합니다. 행여 집 안에 분노와 노여움의 구름이 드리워 있었다면, 이렇게 구름을 흩뜨리며, 이를 통해 맑고 진중한 마음으로 예배에 참석하도록 합니다. 그들은 뿌옇게 흐린 마음으로 교회당에 참석하는 것을 꺼립니다. 만약 누군가 누군가에 증오를 품고 분노를 간직하고 있었다면 그들은 서로 간에 화해가 이루어지고 마음이 깨끗이 정화될 때까지 교회당에 참석하지 않습니다. 참석 즉시

유토피아 사람들의 고해성사

우리네의 경우 누구보다 죄 많은 사람들이 교회에 열심히 참석한다.

끔찍한 처벌을 받게 될 것을 두려워하기 때문입니다.[71]

유토피아 사람들은 교회당에 들어가서, 남성들은 오른쪽으로 가고, 여성들은 왼쪽으로 이동합니다. 그들은 각 가족의 가장들이 남자 가족들의 맨 뒤에, 가장의 안식구가 여자 가족들의 맨 뒤에 위치하도록 자리를 배치합니다. 이런 방식으로 그들은 가정 내에서 그들을 직접 가르치는 권위로 집 밖에서도 가족들을 지도하게끔 배려합니다. 그들은 젊은이들이 어느 곳에서든지 윗사람과 동행하도록 조심합니다. 어린이가 또래들과 어울려, 방정한 품행을 고취시키는 유일한 자극이라 할 종교적 경외심을 기르는 데 써야 할 시간을 유치한 장난에 허비하지 않도록 하기 위한 조치입니다.

유토피아 사람들은 예배를 드리면서 살생을 저지르지 않습니다. 그들은 자애로운 신께서 온 세상 만물에게 살아갈 수 있도록 생명을 주셨으니 살생과 희생에 기뻐하실 리 없다고 믿습니다. 그들은 향을 태우고 향수를 뿌리며 수많은 촛불을 밝힙니다. 물론 이런 예배 의식을 통해 신께 이로움을 바치기 위한 것이라기보다 차라리 경배하는 사람들에게 영향을 준다고 믿습니다.

---

71 〈마태오복음서〉 5장 23절 이하, "그러므로 네가 제단에 예물을 바치려고 하다가, 거기에서 형제가 너에게 원망을 품고 있는 것이 생각나거든, 예물을 거기 제단 앞에 놓아두고 물러가 먼저 그 형제와 화해하여라. 그런 다음에 돌아와 예물을 바쳐라. 너를 고소한 자와 함께 법정으로 가는 도중에 얼른 타협하여라. 그러지 않으면 고소한 자가 너를 재판관에게 넘기고 재판관은 너를 형리에게 넘겨, 네가 감옥에 갇힐 것이다."

그들은 이런 종류의 아무도 해치지 않는 의식을 통해 향기로운 냄새와 밝혀진 촛불과 여타의 의식 행위 등이 인간 영혼을 고양시켜, 인간 영혼이 더욱 활력이 넘치는 힘으로 신께 헌신할 수 있게 만든다고 생각합니다.

유토피아 사람들은 교회에서 흰색 옷을 입습니다. 반면 사제들은 여러 가지 색깔로 놀랍도록 화려하게 치장된 옷을 입습니다. 옷감은 그다지 비싸지 않으며, 옷에는 금장식이나 희귀한 보석 대신, 새들의 갖가지 깃털들을 잘 꿰어 장식해놓았는데, 장인의 공력이 부여한 가치는 제아무리 비싼 재료를 사용하더라도 도저히 넘어설 수 없습니다. 깃털로 아롱지게 만든 사제복의 문양은 신비로운 상징을 담고 있으며, 사제들은 사람들에게 조심스럽게 문양에 담긴 뜻을 가르칩니다. 문양은 신께서 사람들에게 베푼 은혜를 상기시키며, 사람들이 신께 바쳐야 할 경건함을 되새기는 한편 사람들 간에 서로 해야 할 바를 일깨웁니다.

사제가 복식을 갖추고 교회당 안채에서 모습을 나타내면 유토피아 사람들은 경배하며 땅 위에 엎드립니다. 교회당 전체에 깊은 정적이 흐르고 사람들은 마치 그 자리에 신께서 몸소 현현하는 듯한 일종의 엄숙함을 느낍니다. 그들은 그런 자세로 얼마 동안 그대로 부복해 있다가, 사제의 신호에 맞추어 일제히 몸을 일으킵니다. 이어 그들은 악기 반주에 맞추어 찬송가를 부르는데, 악기의 모습은 우리 세계의 그것과는 확연히 구분됩니다. 대부분의 악기는 우리 세계의 그것보다 훨씬

유토피아 사람들의 음악

251

부드러운 소리를 들려줍니다만, 일부는 전혀 비교할 만한 대상을 갖고 있지 않습니다. 아무튼 그들의 음악은, 기악곡이든 성악곡이든 자연스러운 감정을 표현하고 전달하며, 주제에 따라 완벽하게 조화로운 소리를 만들어낸다는 점에서 분명 우리의 음악을 훨씬 능가합니다. 기도의 내용이 간곡한 기원이냐, 들뜬 기쁨이냐, 애잔한 슬픔이냐, 힘겨운 노역이냐, 슬픈 울음이냐, 성난 분노냐에 따라, 그들의 음악은 선율의 조화로써 경탄할 만큼 정확하게 그 내용을 전달해주어 듣는 사람을 감동시키며 마음을 꿰뚫고 파고들어 그곳에 뜨거운 열기를 일깨웁니다. 마지막으로 사제들과 사람들은 정해진 틀에 맞추어 구성된 기도문을 낭송합니다. 기도문은 모두 사람들이 입을 맞추어 한 목소리로 낭송할 수 있을 뿐만 아니라 개인이 개별적으로 자신에게 알맞게 고칠 수 있도록 구성되어 있습니다.

이를 통해 그들 각자는 신께서 우주의 창조주이며 주재자이며 모든 선행의 주관자임을 고백합니다. 각자는 자신이 받은 수많은 은혜에 대해 신께 감사합니다. 무엇보다도 자혜로운 은혜로 가장 행복한 나라에 살아갈 수 있게 해주심과, 가장 진실한 종교를 갖고 살아갈 수 있게 해주심에 감사합니다. 만일 그들이 잘못 알고 있고, 세상 어딘가 다른 곳에 신께서 보기에 더욱 행복한 나라와 더욱 진실한 종교가 있다면, 그 복됨을 알 수 있도록 신께서 은혜를 베풀어주실 것을 기원합니다. 그들은 신께서 이끌어주시는 대로 따를 준비가 되어 있기 때문입니다. 그러나 그들이 사는 나라가 가장 행복한 나라고, 그들이 믿는 종교가 가장 진실한 종교라면, 신께서 이를 그들 각자를 위해 굳건히 지켜주실 것과, 세상 다른 종족들도 그들과 같이 삶을 영위하고 그들과 같은 종교를 믿게 해주실 것을 그들은 기원합니다. 실로 지금과 같이 다종다양한 종교가 존재하는 것이 신께서 그들이 헤아릴 수 없는 깊은 뜻을 가지신 때문이 아니라면 말입니다.

이후 그들 각자는, 그것이 언제인지 말할 수 없으나 죽음의 날에 신께서 자신을 편안한 죽음으로 맞이하여 취하시길 기원합니다. 헤아릴 수 없는 뜻으로 신이 그리 원하신다면 이 땅에서 번성한 삶을 살며 신과 멀리 떨어져 있기보다는, 아무리 힘겨운 죽음을 맞을지라도 신이 곧 데려가시길 청합니다. 이렇게 기도문을 낭송하고 나서, 그들은 다시 한 번 몸을 땅바닥에 길게 눕힙니다. 얼마 후 그들은 몸을 일으켜 점심 식사를 하러 교회당 밖으로 나갑니다. 예배일의 나머지 시간은 놀이와 군사훈련을 하며 보냅니다.

이제까지 나는 여러분께 가능한 한 정확하게 제가 보기에 가장 훌륭하게 공익에 기여하는 국가를, 그리고 정당하게 그런 이름을 얻을 만한 유일한 국가를 설명했습니다. 세상 어딜 가나 사람들은 공익에 기여하는 국가를 이야기하지만, 실로 그들이 말하는 국가는 사사로운 이익에 기여하는 정체(政體)를 의미할 뿐입니다. 하지만 여기서는[72] 사사로운 이해는 찾을 수 없으며 모든 사람들이 오로지 국가적 공익을 열렬히 추구합니다. 양자가 각각 그렇게 하는 데는 각자 나름대로 정당성이 있습니다. 유토피아 이외의 지역에서는 개인이 자신의 몫을 챙기지 않으면, 국가가 제아무리 번성할지라도 개인은 굶어 죽기에 딱 알맞다는 것을 누구나 알고 있습니다. 이런 잔인한 필연성 때문에 타 지역에 사는 개인은 타인을 염려하기보다는 자기 자신을 걱정하지 않을 수 없다고 생각합니다. 그러나 이곳 유토피아에서는 모든 것이 모두에게 속하기 때문에, 국가가 재원이 넉넉한 한, 누구도 개인적으로 일용할 것이 부족하게 되는 일은 발생하지 않습니다. 재원 배분은 공평하게 이루어지며, 누구도 가난하지 않고 누구도 구걸하지 않을 수 있으며, 누구도 개인적으로 소유하지 않으면서도 모두가 부유하게 살아갑니다.

그렇다면 즐겁고 평화롭게 살아가되, 근심일랑 일체 없고 생계 걱정도 전혀 없다면 이보다 풍요로운 것이 무엇이겠습니까? 어떤 남편도 아내의 근심 어린 불평에 괴롭힘을 당하지 않고 어떤 아버지도 아들의 가난을 걱정하지 않고, 딸의 지참금을 염려하지도 않습니다. 모든 남편들이 자신의 생활에서 안정감과 행복을 만끽하는 한편, 그의 모든 가족들, 아내며 자식이며, 손자들, 증손자들과 고손자들이, 그리고 귀족 집안에서 바라 마지않는 길고 긴 가계도의 모든 후손들이 전부 그

---

72 유토피아를 의미한다.

러합니다. 또한 실로 과거에 열심히 일했으나 이제는 노동에 참여할 수 없는 노년의 사람들도 노동에 참여하는 사람들과 마찬가지로 돌봄을 받습니다.

이런 점에서 저는 유토피아의 평등 사회를, 다른 나라들에서 널리 적용되는 정의와 누가 감히 비교할 수 있을까 싶습니다. 하기야 다른 나라들에서는 정의 혹은 공정함의 흔적이 작으나마 있을 리가 만무합니다. 귀족들, 자본가[73]와 고리대금업자 등과 같이 아무것도 하지 않거나 혹은 공익에 전혀 쓸모없는 일을 하면서 생계를 꾸려 화려하고 사치스럽고 지나치게 한가한 생활을 영위하는 사람들이 있는 동안, 정작 노동자들, 마부들, 장인들, 농부들은 계속 고단한 일을 하면서도 노역의 길마를 내려놓을 수 없을진대 도대체 이런 곳에 정의란 존재하기나 하는 것입니까? 노동자들이 일을 중단하면 국가가 단 일 년도 견딜 수 없을 만큼 노동자들의 노동이 필수적인데도 노동자들은 열악한 생활환경에 노출되어 우마(牛馬)마저 도망칠 만한 끔찍한 여건에서 살아갑니다. 우마라도 이들처럼 그렇게 끊임없이 일하지는 않으며, 먹는 음식도 그처럼 형편없지는 않을 겁니다. 차라리 짐승이라면 그런 음식이라도 즐거워하며, 더 나아가 미래를 걱정하지 않고 편안해할 수 있었을 겁니

---

73 원문은 'aurifex'이며, 이는 '금세공업자'로 번역할 수도 있다. 글자 그대로 금을 다루는 사람이라기보다 어원에 따라 '금을 만드는 사람'이라는 뜻에서 '자본가'라고 번역했다. 즉 유토피아의 기준으로 보면 쓸모없는 금 혹은 화폐를 쌓아두는 사람을 가리킨다.

다. 하지만 노동자들은 현재 보상이나 이득 없이 오로지 땀을 흘리도록 강요받으며 노년의 가난한 미래를 생각하며 고통받습니다. 노동자들이 받는 품삯은 매일의 생계를 이어가기에도 부족하며, 기력이 쇠하는 장래를 위해 오늘을 절약할 만큼 넉넉하지도 않습니다.

소위 귀족들과 자본가들, 그리고 이와 유사한 유한계급 혹은 그 추종자 등, 헛된 쾌락의 탐닉자들에게 그렇게 큰 보상을 가져다주는 국가가 도대체 정의롭고 훌륭한 국가라고 하겠습니까? 반대로 농부들, 숯장수, 노동자들, 마부들과 장인들에게는, 이들이 없으면 전혀 국가가 존재할 수 없는데도 아무것도 넉넉하게 배당하지 않습니다. 꽃다운 청춘을 노동으로 착취하고도 저들이 세월과 질병 때문에 힘들어하고 가진 것이 없어 고생하는데도, 저들이 새운 밤을 기억하지 않으며 저들이 만들어낸 온갖 은공을 잊어버린 채 쓸쓸한 죽음을 맞도록 버려두니 이러한 국가는 어떠합니까? 가난한 자들의 얼마 안 되는 일당에서 매일 조금씩 덜어내는 행위, 사적인 속임수뿐만 아니라 국가적인 법률로써 거두는 행위는 또 어떠합니까? 이런 방식으로 국가에 가장 큰 기여를 한 사람들에게 가장 부당한 대우를 하는 불의를 예전에는 사적으로 저지르더니, 이제는 법률을 제정함으로써 그것이 마치 정의인 양 가장합니다. 하여 오늘날 가장 번성하고 있는 여러 국가를 살펴보고 연구해볼 때, 신께서 저를 보우하사, 이것은 부자들이 국가라는 미명 아래 자기네 사리사욕을 채우려는 음모에 지나지

독자여, 이 점을 명심하라.

256

않음을 발견할 수 있었습니다. 부자들은 자신들이 가진 것을 잃지 않고 사악한 방법으로 이제껏 쌓아올린 것을 지킬 묘수와 방법을 찾아냅니다. 그리고 부자들은 가난한 자들의 노동과 수고를 되도록이면 싸게 구입함으로써 그들을 억압할 계획을 수립합니다. 이런 장치를 통해 부자들이 국가를 외치며 (당연히 가난한 자들을 포함합니다) 국민 모두가 이를 지켜야 한다고 말하는 순간, 바로 법률이 됩니다.

　그렇다면 채워지지 않는 탐욕으로 가득 차, 나눈다면 모든 국민들에게 풍족히 나눌 수 있는 것을 자기들끼리 나누어 갖는 사악한 사람들은 유토피아의 행복에서 그 얼마나 멀리 떨어져 있단 말입니까! 유토피아에서는 화폐를 철폐했고 그와 더불어 탐욕을 제압함으로써 산더미 같은 노역을 쓸어버렸으며 온갖 범죄의 싹을 뿌리째 뽑아버렸으니 말입니다! 화폐를 철폐하면, 일상적인 처벌로는 그 죄를 물을 뿐 도저히 막을 수 없었던 사기, 절도, 약탈, 분쟁, 소요, 소송, 반란, 살인, 배신, 암살 등이 말끔히 사라지게 된다는 것을 누가 모르겠습니까? 화폐가 사라지는 바로 그 순간, 두려움, 근심, 염려, 노고, 불면 등이 사라집니다. 늘 돈에 굶주리는 것처럼 보이던 가난 또한 화폐가 사라지는 순간 바로 사라집니다.

　예를 하나 들어보겠습니다. 흉년이 들어 몇천 명이 굶주림에 시달릴 정도로 기근이 들었던 해를 마음속에 떠올려봅시다. 기근 막바지에 부유한 자들의 곳간을 열었을 때, 거기에는 언제 기근이 있었나 할 정도로 넉넉히 나눌 수 있을 만큼의 식량이 여전히 남아 있으리라 감히 주장합니다. 굶주림과 질병에 시들어가던 사람들이 하늘과 땅의 가뭄을 조금도 느끼지 못할 정도로 말입니다. 사실 그처럼 복을 가져다주는 화폐, 살기 위해 필요한 곳으로 우리를 안내할 것 같던 저 놀라운 발명품이 방해만 하지 않았어도 사람들은 아주 손쉽게 생필품을 얻을 수 있었을 겁니다. 부자들도 이런 사실을 알고 있으리라 확신합니다. 넘치도록 많이 가진 것보다는 실제로 필요한 만큼 갖는 것으로 충분히 유익하며, 엄청난 부를 쌓아두며 부담을 느끼기보다 지금 당면한 여러 어려움들을 벗어나는 데 쓰는 것이 훨씬 좋은 일임을 모르지 않을 것입니다. 또한 저는 확신하거니와, 모두가 자신의 진정한 이익을 바랐다거나 혹은 구세주 그리스도의 말씀을 따랐다면, 구세주는 무엇이 최고의 행복인지를 그 넓은 지혜로 알고 계셨을 것이며, 그 자애로운 마음으로 최고의 행복이 아닌 것을 알면서도 우리에게 이를 따르라 말하지 않으셨을 뿐이기에, 이 세상 모든 나라들이 진작에 유토피아의 정체를 받아들였을 겁니다. 저 사나운 짐승, 모든 악의 우두머리이자 어버이인 자만심이 이를 거부하지만 않았다면 말입니다.

놀라운 말이다.

자만심은 자신이 소유한 것을 가지고 부유함을 평가하는 것이 아니라 남이 갖지 못한 것을 가지고 평가하도록 만듭니다. 자만심이란 여신은, 그녀가 깔아뭉개고 조롱할 만한 처참한 인생이 없으면 존재하지 못했을 것입니다. 자만의 여신은 불행한 사람 가운데 서 있음으로써 그녀의 행복을 돋보이게 하며, 재산을 내세워 가난한 사람을 괴롭히고 자극합니다. 자만의 여신은 인간의 마음을 휘어 감은 지옥의 뱀이며, 마치 빨판상어처럼 달라붙어 생명의 선한 정기를 빨아먹습니다.

자만의 여신은 인간 본성에 깊이 박혀 있어 쉽게 뽑아낼 수 없는 것인데도 기쁘기 그지없는 것은 적어도 유토피아 사람들은 모든 사람들에게 기꺼이 바라 마지 않는 정체(正體)를 얻을 수 있었다는 점입니다. 유토피아 사람들은 그들이 채택한 생활 방식으로써 가장 행복하고, 사람이 생각할 수 있는 한 영원히 지속될 국가의 초석을 놓았습니다. 그들은 경쟁과 대결 등 여러 악덕의 뿌리를 그들이 이룩한 국가에서 제거함으로써 국가적 분열과 갈등의 위험을 막아냈는데, 이런 분열과 갈등은 쓰러질 것 같지 않던 나라들 여럿을 멸망케 했습니다. 그들이 국내의 평화를 유지하고 정치제도를 건강하게 유지하는 한, 그들은 결코 이를 질투하여 여러 번 헛된 도발을 시도했던 주변 여러 나라들에게 정복당하거나 흔들리지 않을 것입니다.

여기까지 라파엘 휘틀로다이우스 씨가 말했을 때, 나는 유토피아의 적지않은 제도와 법률이 참으로 황당무계한 것이라고 생각했다. 전쟁 방법이나 종교적 관습이나, 유토피아 사람들의 여러 다른 풍습 등이 그랬지만 그 가운데 전체 국가 체제의 가장 중요한 토대라고 할 화폐경제를 철폐한 공산주의적 경제체제를 나는 특히 그렇게 생각했다. 이것 하나만으로도 여타 나라들에서는 국가의 진정한 자랑이며 영광이라고 대부분의 사람들이 믿고 있는 고귀함과 위대함과 찬란함과 장엄함 등 모든 것이 송두리째 전복되기 때문이다.

하지만 나는 라파엘 휘틀로다이우스 씨가 이야기하느라고 지쳤음을 알았고, 또 내 스스로 이 문제에 있어그가 어떤 모순을 범하고 있다고 확신할 수 없었고 무엇보다 다른 사람의 생각을 비판하지 않으면 스스로가남들에게 어리석게 비추어질 것을 두려워하는 사람을그가 비난했다는 것을 기억했다. 그래서 유토피아의 생활 방식과 그의 찬찬한 설명에 찬사를 보내며, 나는 그의 손을 이끌고 저녁 식사를 하기 위해 들어갔다. 물론나는 그에게 우리가 이 문제를 좀 더 깊게 다루어볼 시간과, 좀 더 세심하게 이 문제를 이야기할 기회를 마련했으면 좋겠다는 말을 빠뜨리지 않았다. 그런 날이 언젠가 오기를 바라 마지않는다.

라파엘 휘틀로다이우스 씨는 분명 굉장히 학식이 높고 세상사에 엄청난 경험이 있는 사람이었지만, 나는그가 말한 모든 것에 동의할 수 없었다. 하지만 지금이라도 구애 없이 털어놓는바, 그가 들려준 유토피아의국가 정체(政體)에는 우리 사회가 마음만으로 희망하는것을 넘어 눈으로 직접 볼 수 있었으면 하고 바라는 많은 것들이 있었다.[74]

라파엘 휘틀로다이우스가, 이제까지 오로지 소수에게
만 알려진 유토피아 섬의 법과 국가제도를 다루었던 오
후 대화, 런던의 시민이자 부사법장관인 저명하고 박식
한 토머스 모어의 기록이 여기서 끝난다.

---

74 여기서 '희망하는 것을 넘어 …… 바라는 많은 것들'이라는 문구는 키
케로의 《국가론》에 등장하는 구절과 유사하다. 키케로의 《국가론》은
바티칸 도서관에 있던 아우구스티누스의 양피지 사본에서 1819년에
다시 발견되었다. 1500년대 경에는 키케로의 《국가론》 전체가 아닌
제6권의 마지막 부분인 〈스피키오의 꿈〉만이 남아 있었을 것이다. 만
약 이것이 키케로의 글을 흉내 낸 것이라면 토머스 모어는 아마도 다
른 사람들이 인용한 키케로의 토막글을 통해 접했을 것이다.

옮긴이 후기

《유토피아》의 새로운 번역에 착수하기에 앞서, 먼저 나온 여러 판본
들을 읽으며 과연 새로운 번역이 필요한가, 만약 필요하다면 어떤 점을
부각시켜 앞선 판본들과 구별되는 번역본을 만들어낼까를 생각해보았
다. 과연 새로운 번역은 필요했다. 토머스 모어의 《유토피아》는 애초에
라틴어로 쓰였는데도 우리말 번역본은 하나같이 라틴어판을 참고하지
않았다. 또 무슨 이유에서인지 수많은 인문주의자들의 의미 있는 흔적
들을 선택적으로 옮겨놓았다. 영역본 등의 번역 저본이 한 선택을 그대
로 따른 것으로 보였다.

새로운 번역본에서는 르네상스 시대의 인문주의자들이 《유토피아》에
남긴 수많은 기여를 돋보이도록 만들고자 했다. 그럼으로써 그들이 희
랍과 라틴의 고전문학에서 얻어온 인문 정신의 정수들이 《유토피아》에
고스란히 담겨 있음을 보여주고자 했다. 이런 의도를 충실히 초판에 실
현했다고 말할 수 없음을 안타까운 마음으로 밝혀둔다. 향후 개정판에
서 진척을 이루리라 기대한다.

인문주의자들의 생애는 김기훈 씨의 도움을 받아 정리했다. 번역의
기회를 마련해준 문예출판사에 감사를 전한다.

참고문헌

이 책은 다음에 열거한 책을 기초로 하여 만들어졌다.

- *Utopia, Latin text and English translation*, edited by G. M. Logan, R. M. Adams and C. H. Miller, Cambridge University Press, 1995, 2006. 〔이 책을 저본으로 하여 번역하였다.〕
- 《유토피아》, 서문/판본편집/주해 폴 터너, 류경희 옮김, 펭귄클래식코리아, 2008. 〔폴 터너 영역본은 1516년 루뱅 라틴어 판본을 기초로 하여 만들어졌다고 한다.〕
- 《유토피아》, 나종일 역, 박영사, 1976년 초판, 1987년 중판. 〔이 번역본의 저본은 1551년 Ralph Robinson의 영역본을 기초로 철자법을 현대적으로 고쳐 만들어진 Everyman's Library. No. 461의 *Utopia*다.〕
- 《유토피아》, 나종일 역, 서해문집, 2006년 초판. 〔이 번역본은 앞의 박영사 판을 크게 수정한 것이며, 번역의 저본은 *Utopia, Latin text and English translation*, edited by G. M. Logan, R. M. Adams and C. H. Miller, Cambridge University Press, 1995판을 사용하고 있다.〕
- 《유토피아》, 주경철 역, 을유문화사, 2007년 초판. 〔역자는 이 번역본의 저본을 밝히지 않았다.〕
- 《유토피아》, 황문수 역, 범우사, 1972년 초판, 1999년 3판. 〔펭귄클래식의 폴 터너 영역본을 저본으로 삼아 번역했다고 한다.〕

찾아보기

옮긴이 **김남우**

연세대학교 철학과를 졸업하고, 서울대학교 서양고전학 협동과정에서 희랍서정시를 공부했다. 독일 마인츠대학교에서 로마서정시를 공부했다. 정암학당 연구원이며, 서울대학교와 철학아카데미에서 희랍어와 라틴어, 희랍문학과 라틴문학을 강의하고 있다. 《희랍문학사》, 오비디우스의 《변신 이야기》, 에라스무스의 《격언집》 등을 번역했다. 한국연구재단 명저 번역 과제 《초기 희랍의 문학과 철학》(공역)의 출판을 준비 중이다.

유토피아

1판 1쇄 발행 2011년 1월 25일
2판 1쇄 발행 2025년 2월 20일

지은이 토머스 모어 | **옮긴이** 김남우
펴낸곳 (주)문예출판사 | **펴낸이** 전준배
출판등록 2004. 02. 11. 제 2013-000357호 (1966. 12. 2. 제 1-134호)
주소 04001 서울시 마포구 월드컵북로 21
전화 02-393-5681 | **팩스** 02-393-5685
홈페이지 www.moonye.com | **블로그** blog.naver.com/imoonye
페이스북 www.facebook.com/moonyepublishing | **이메일** info@moonye.com

ISBN 978-89-310-2447-0 04800
ISBN 978-89-310-2365-7 (세트)

• 잘못 만든 책은 구입하신 서점에서 바꿔드립니다.

⚘문예출판사® 상표등록 제 40-0833187호, 제 41-0200044호

■ 문예세계문학선

★ 서울대, 연세대, 고려대 필독 권장 도서　▲ 미국대학위원회 추천 도서
● 《타임》 선정 현대 100대 영문 소설　▽ 《뉴스위크》 선정 세계 100대 명저

(뒷면 계속)